Déchéance

Saison 1
Un monde à nous

Maze Perkins

MENTIONS LÉGALES

« Le Code de la propriété intellectuelle interdit les copies ou reproductions destinées à une utilisation collective. Toute représentation ou reproduction intégrale ou partielle faite par quelque procédé que ce soit, sans le consentement de l'auteur ou de ses ayants droit ou ayant cause, est illicite et constitue une contrefaçon, aux termes des articles L.335-2 et suivants du Code de la propriété intellectuelle. Tous droits réservés. Les peines privatives de liberté, en matière de contrefaçon dans le droit pénal français, ont été récemment alourdies : depuis 2004, la contrefaçon est punie de trois ans d'emprisonnement et de 300 000 € d'amende. »

Maze Perkins
First Flight éditions
Dépôt légal : Octobre 2022
Image : shutterstock
Illustration : Coveryourdreams
Mise en page : Françoise T.
Correctrice : Chantal Pichard
ISBN : 9782492923517

DÉDICACE

AVANT-PROPOS

Salut mes petites étoiles ! Avant de vous lancer dans cette lecture, je tiens à vous rappeler que ce roman est une Dark Romance comprenant des scènes pouvant heurter la sensibilité des plus jeunes. Alors, si ça te va, toi et moi, on va passer un pacte !

Tu t'engages à avoir au moins 16 ans et de prendre en compte ta propre sensibilité. Prends également en compte que ce roman comporte des sujets sensibles comme le viol, la maltraitance, des meurtres, de la torture (il y a une scène dans ce tome, ça devrait le faire) et kidnapping.

Pour ma part, je m'engage à t'emmener dans un autre monde où la frontière entre le bien et le mal n'existe plus. Un monde à eux.

Aussi, l'intrigue de Déchéance se déroule en partie en Ukraine. Il me semble important de préciser que l'histoire a été écrite avant le drame que traverse ce pays actuellement.

J'apporte tout mon soutien au peuple Ukrainien.

Je te souhaite une agréable lecture !

Maze.

Pour toutes les personnes qui me suivent dans chacune de mes aventures, aussi dingues soient-elles.
Merci.

« J'suis son bourreau
J'suis là si jamais elle saigne
Mais j'lui mets la tête sous l'eau
Pour voir jusqu'où elle m'aime… »

Gringe, *Jusqu'où elle m'aime.*

Prologue

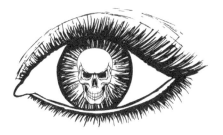

— C'est une journée douloureuse pour les habitants d'Helena. Il y a quatorze ans jour pour jour, Frederick et Jessica Lanson ainsi que leur fils aîné, Nick Lanson, ont été sauvagement assassinés à leur domicile, sous les yeux de leur cadette, seule survivante de la tuerie. Malgré les années, cet acte abominable reste le pire qu'ait vécu la capitale du Montana. Il suscite encore l'effroi chez nos concitoyens ayant connu les Lanson ou non. Comme vous pouvez le voir derrière moi, une bonne partie de la ville s'est réunie ce soir devant l'ancienne demeure de la famille pour y déposer des fleurs et allumer des bougies en leur mémoire. La tristesse est palpable, nous prouvant à tous que le temps n'efface pas la peine. Je me trouve en présence de Louis Herman, le maire d'Helena qui souhaitait adresser quelques mots en mémoire des Lanson.

Le journaliste tend le micro au maire qui affiche une moue peinée.

— Merci, Thomas. En effet, le douze janvier est une date qui amène beaucoup de souffrance à Helena. Les Lanson étaient une famille sans problème, appréciée par leurs voisins. Ils vivaient dans notre magnifique ville depuis leurs naissances et avaient choisi d'y rester pour élever leurs enfants. Leurs décès demeurent un mystère pour tout le monde ici. La police n'a jamais bouclé l'enquête, nous cherchons encore l'auteur de ce crime atroce et nous n'arrêterons que lorsqu'il sera derrière les barreaux.

— Merci, monsieur le Maire.

Le journaliste aborde une vieille femme qui, quelques secondes auparavant, déposait des fleurs sur le perron de la maison abandonnée depuis quatorze ans.

— Vous connaissiez la famille Lanson ? lui demande-t-il.

— Comme tout le monde dans le quartier. Jessica était la première à répondre présente pour aider les autres. C'était une femme bien. Et tout le monde se souvient des barbecues de Fred ! Quant à Nick, il était dans l'équipe de hockey de mon fils, ils étaient très proches tous les deux, il venait régulièrement à la maison après les cours. Leur fille, mince, son prénom m'échappe…

Eliza Lanson. Je m'appelle Eliza, connasse de mythomane à la con. Je coupe la télévision d'un geste rageur en portant la bouteille de Jack à mes lèvres. Agnès Hillman était une habitante du quartier vivant à quelques maisons de la nôtre, une vraie peste. Le genre de personne qui nous pousse à changer de trottoir lorsque nous la croisons en ville. Nick n'a jamais été ami avec son fils tout aussi fourbe que sa génitrice et pour tout dire, Hector - oui, Agnès l'a vraiment prénommé ainsi - était la mascotte de l'équipe de hockey. Et la risée du bahut. Difficile d'être populaire lorsqu'on n'est ni beau ni doué ni cool.

Il est rare que les journalistes me nomment par mon prénom, ils ont rapidement trouvé un sobriquet pitoyable qui, visiblement, semble bien plus accrocheur : l'enfant qui a survécu.

Je n'avais que quatorze ans, pourtant je savais qu'être une version plus glauque d'Harry Potter n'était pas le summum de la perfection. J'avais déjà la cicatrice, si on pouvait oublier le surnom…

Je ne saurais dire pourquoi je m'inflige une telle torture tous les ans. L'air touché des journalistes me fait presque rire. Ils déblatèrent des conneries seulement pour faire du buzz. Ils pensent qu'ils valent mieux que nous chaque fois qu'ils ouvrent la bouche, alors que, finalement, ils sont à peine intelligents, faussement cultivés et surtout très mauvais comédiens.

Et ces abrutis qui se réunissent devant mon ancienne maison, comme s'ils étaient réellement affectés par la mort de ma famille. En réalité, le douze janvier est davantage une fête au village qu'un hommage.

Chaque année, je me demande pourquoi ils ne passent pas à autre chose. C'est moi qui étais dans cette baraque, alors pourquoi je parviens à avancer et pas eux ?

Je soupire et bois une longue gorgée de Whisky. Cette journée ne pouvait pas être plus merdique. Je n'aime pas les dimanches en général. Je n'en connais pas réellement la raison. Toutefois, ce dimanche d'hiver, c'est vraiment la merde.

Mon téléphone n'a pas cessé de sonner, on voulait prendre de mes nouvelles, savoir si je tenais le coup.

Si je tiens le coup ? Ça fait quatorze piges que je vis avec ces souvenirs, ouais je tiens le coup, sinon je me serais défenestrée depuis un bout de temps. Si ces abrutis de journalistes me lâchaient un peu les basques, ça irait beaucoup mieux.

Je rejette la tête en arrière en me massant les tempes. J'ai clairement trop bu, comme tous les ans à la même date. Je suis incapable de supporter cet «hommage», qui dans mon esprit sonne davantage comme un rappel.

Un rappel annuel que moi, Eliza Lanson, j'ai survécu alors que le reste de ma famille, non.

Partie 1

Un monde en enfer

Chapitre 1

THE BEGINNING

KURT

Mon souffle est régulier, mais impatient. De ma bouche ne sort aucun son, j'attends tranquillement, en toute discrétion. L'ouïe fine, je suis aux aguets. Nous avons tellement souffert par sa faute, à nous de provoquer sa déchéance. Elle nous a involontairement mis à genoux, nous allons la pousser à bout.

Je soupire, prompt à commencer. Aujourd'hui, ce sont mes règles, mon jeu. Aujourd'hui, c'est moi qui déciderai des enjeux. J'espère qu'elle est prête à endurer ce à quoi nous avons survécu. J'espère qu'elle est prête à se battre face à ce que nous avons connu. Notre sang n'a cessé de couler et nos larmes de ruisseler à chaque fois. Nous sommes devenus malsains, malheureusement pour elle, nous n'avons plus nos chaînes. Nous sommes remplis de haine. J'ai le sourire aux lèvres. Je me languis, nous sommes les loups, elle est le lièvre.

Notre vengeance va bientôt commencer.

Mon palpitant bat fort dans ma poitrine, mes mains tremblent, une montée d'adrénaline m'incite à attaquer maintenant, mais je me contiens. Dans le noir absolu de sa penderie, je l'entends se rapprocher. Elle est là, à quelques mètres de moi, presque à ma merci. Mes doigts entourent plus fermement le manche de mon couteau. Bientôt, elle sera celle qui m'entraînera vers mon but.

Grâce à elle, Jake et moi obtiendrons enfin justice. Elle est la clef, seule elle peut attirer le diable hors de sa tanière. J'en suis presque désolé pour elle, quoique non, je ne le suis pas. C'est triste, l'enfant qui a survécu s'apprête, selon notre plan, à mourir après avoir enduré un cauchemar long et douloureux, après avoir subi des tortures que nous préparons depuis des années.

L'ampoule de la chambre s'allume, laissant un fin trait lumineux passer sous la porte du placard. J'entends ses pas, je ne la vois pas, mais je sais qu'elle s'approche de son lit. Je ferme les yeux et calme ma respiration qui, impatiente, s'était alourdie. Mon cœur pulse de plus en plus fort, j'adore ça.

Oui, j'adore cette montée d'adrénaline quelques minutes avant de tuer ou, dans le cas de cette femme, kidnapper. J'adore sentir mes paumes devenir moites, percevoir mes pulsations cardiaques s'accélérer sous mon souffle saccadé. J'aime sentir les poils de mes bras se dresser et les perles de sueur se former sur mon front.

C'est le pied, putain !

J'entends la couverture se froisser lorsqu'elle s'allonge. Elle ne se doute pas de ce qui l'attend et je me délecte de son ignorance face au danger qui la guette. Le mince filet de lumière sous la porte s'éteint et d'un coup j'hésite. Dans mon plan, je devais sagement attendre qu'elle s'endorme avant de lui injecter le sédatif, mais je ressens maintenant le besoin de voir naître la panique dans ses yeux quand elle comprendra que cette fois, elle ne s'en sortira pas.

Je me tâte, pesant le pour et le contre. Si elle hurle, elle risque d'inquiéter ses voisins et je n'aurai pas le temps de la porter jusqu'à la voiture en toute discrétion. Mais si je suis assez rapide, elle n'aura pas l'occasion d'ouvrir la bouche que ma main reposera déjà sur ses lèvres. J'attends encore quelques minutes que sa respiration ralentisse.

Je me décide et pousse doucement la porte qui, par chance, ne grince pas. J'avance d'un pas sur le sol en lino gris clair. Sur la pointe des pieds, je chemine lentement jusqu'à frôler le pied du lit de mon tibia. Elle ne m'entend pas, ne bouge pas. Ses yeux restent fermés alors qu'elle est allongée sur le dos et j'entends déjà sa respiration s'alourdir, attirée par Morphée. Je contourne, toujours à pas de loup, le matelas jusqu'à arriver près de son visage.

Je pose volontairement mon genou sur le lit pour qu'elle sente ma présence, elle gigote avant de se redresser prestement. Je plaque violemment ma paume sur sa bouche en la recouchant. Elle tente de se débattre, mais je l'enjambe rapidement, me plaçant à califourchon sur son abdomen. Ses bras bloqués par mes genoux, elle agite ses jambes dans tous les sens, tentant de me déstabiliser tantôt à gauche, tantôt à droite. Je soupire : quelle amatrice ! Je passe mes doigts dans ses cheveux bruns, presque noirs. Ils sont aussi doux qu'une plume. Je suis surpris qu'aucune larme ne coule de ses jolis iris vert émeraude.

— Tu es bien courageuse, murmuré-je avant de glisser ma main dans ma poche arrière.

Ses yeux sont désormais grands ouverts, elle me fixe avec attention, me dévisageant comme si elle allait devoir dépeindre mon portrait-robot dans une heure. Je tire de mon jean une seringue remplie de sédatif, « une dose de cheval » m'a dit mon frère. Qu'importe, je préfère qu'elle dorme jusqu'à demain soir plutôt qu'elle ne se réveille dans la voiture qui nous mènera à plusieurs miles d'ici, dans une cabane en plein milieu d'une forêt.

Ses yeux déjà ronds s'agrandissent encore à la vue de l'aiguille de plusieurs pouces. Je sens sa respiration s'accélérer, sa poitrine monte et descend à une vitesse folle. Je m'approche de son visage alors qu'elle s'agite violemment dans tous les sens. Heureusement que je suis bien plus fort qu'elle. J'enfonce l'aiguille dans son cou avant de caresser longuement ses cheveux. Elle se calme rapidement, ses vaines tentatives de défense s'affaiblissent et, peu à peu, ses jambes ne bougent plus. J'embrasse son front avant de quitter son corps. J'allume la lumière et ouvre la penderie.

— Tu vas voir, tes derniers jours se passeront dans un endroit merveilleux.

Je doute qu'elle m'entende encore, mais qu'importe. Je ressens le besoin de lui parler, même si elle est plongée dans les bras de Morphée. Après tout, c'est comme si je la connaissais depuis toujours. On ne s'est jamais adressé la parole, mais j'ai cette impression persistante qu'elle fait pratiquement partie de la famille. Je sors le sac que j'ai préparé ce matin et le glisse sur mon épaule. Dedans, j'ai mis quelques fringues afin qu'elle ne sente pas la mort avant de l'embrasser.

Mon bras gauche passe sous ses genoux tandis que

le droit s'impose sous sa nuque. Plongée dans une douce inconscience elle ne réagit guère lorsque je la soulève du confort de son lit. Je quitte sa chambre après avoir pris soin d'éteindre la lumière de cette dernière. J'avance rapidement jusqu'à la porte de son appartement qui, par chance, est au premier étage. Je la remercie intérieurement pour ce choix peu judicieux qui m'a permis d'entrer chez elle avec énormément de facilité. Pour une fille qui a connu l'horreur, elle n'a pas pris beaucoup de précautions pour assurer sa sécurité.

J'ouvre avec plus ou moins de difficulté la portière de mon 4x4 et l'installe sur la banquette arrière délicatement. Le but n'est pas de la blesser avant notre arrivée, ce serait bête. Je me place derrière le volant avant de démarrer rapidement.

Jake nous attend déjà à la cabane où il est censé avoir tout préparé pour accueillir notre captive. Cela fait maintenant deux ans que nous élaborons cet enlèvement dans les moindres détails, tout est prévu, jusqu'à la date précise. Elle prend toujours un jour de congé, le treize janvier, si ça ne tombe pas un dimanche.

Cette habitude nous permettra de prendre de l'avance sur la police. Elle n'a pas beaucoup d'amis, mais elle est très assidue dans son travail de psy dans un hôpital psychiatrique. Fraîchement diplômée, elle ne prendrait pas le risque de perdre son emploi qu'elle a obtenu sans mal suite à un stage alors qu'elle n'était encore qu'étudiante. Jamais elle ne manquerait un jour de boulot sauf si elle est clouée au lit avec cent-quatre[1] de fièvre et là encore, elle appellerait son patron afin de le prévenir. Dès mardi, sa disparition sera officielle. Nous ne pouvions pas non plus l'enlever hier soir, il fallait qu'elle soit en mesure de répondre au téléphone

---

1 104 °F équivalant à 40 °C

aujourd'hui pour rassurer le peu de proches qu'il lui reste.

Le douze janvier est la seule journée où elle se laisse aller à l'alcool, noyant sa culpabilité du survivant. Je connais cette femme mieux que personne, mieux qu'elle ne se connaît elle-même, après l'avoir suivie durant deux longues années, tous les jours. Le moindre détail de sa vie est gravé en moi, de la marque de bière qu'elle boit à l'équipe de hockey qu'elle soutient. Je sais également qu'elle ne supporte pas qu'on lui rappelle qui elle est : elle n'a pas honte, ça non, elle souhaite seulement avancer.

C'est perturbant de connaître une personne mieux qu'on ne se connaît soi-même, mais si on s'y fait, ça devient rapidement une habitude. J'aurais presque pu m'attacher à elle et sa passion pour le latte qu'elle boit chaque matin avant d'aller au boulot. En réalité, si je veux être parfaitement honnête, c'est un peu le cas. Elle fait partie de mon quotidien depuis si longtemps qu'une part de moi a développé une forme… d'addiction.

Je suis accro à la traque, la sienne en particulier. J'ai appris à apprécier ses rituels. J'ai l'impression de vivre avec elle, littéralement. Chaque matin, je me pointais à quelques pas de chez elle, à six heures quinze précises, heure à laquelle sonne son réveil. Elle en a dix autres, à deux minutes d'écart, au cas où le premier ne la réveillerait pas.

Je l'observais se rendre dans sa salle de bains, je ne pouvais pas voir ce qu'elle y faisait, avant que je n'entre par effraction et installe des caméras un peu partout. Elle commençait toujours par un passage aux toilettes, puis elle enduisait sa brosse à dents de dentifrice alors que l'eau de la douche chauffait. Ensuite, elle se lavait à la vitesse de l'éclair, en se nettoyant les dents au passage. Je peux même dire qu'elle débutait par ses cheveux avant de frotter son corps délicieux, trop rapidement à mon goût.

Elle retournait par la suite dans sa chambre où elle s'habillait. Eliza Lanson est une adepte des jeans slim et des cols ronds pour le haut. Bien sûr, avec le corps qu'elle se paye, elle pourrait être sexy en sac poubelle. Toutefois, le tissu qui moulait son petit cul ferme et ses jambes toniques, ainsi que le décolleté qu'elle arborait fièrement, laissant une vue agréable sur sa poitrine attrayante, ont toujours eu le mérite de me faire bander. La simplicité de ses tenues la rendait encore plus sexy.

Elle ne se maquillait jamais beaucoup, une petite touche de mascara, parfois un trait de khôl et dans ses bons jours, elle mettait un peu de rouge à lèvres. Elle n'a jamais eu besoin de plus pour être belle.

Elle quittait son domicile entre six heures cinquante et sept heures avant de monter dans sa voiture, une vieille Charger dont elle est fan. Elle appartenait à Nick, son grand frère. Eliza la bichonnait comme la huitième merveille du monde.

Elle se rendait ensuite à un Starbucks à cinq minutes de l'hôpital psychiatrique d'Helena, où elle commandait son fameux latte. Suite à quoi, elle allait bosser. Là-bas, je perdais sa trace durant toute la journée parce qu'elle sortait rarement pour déjeuner, hormis si Edouard, son chef de service, l'invitait. Si tel était le cas, elle finissait par s'envoyer en l'air avec lui à l'arrière de sa caisse.

Je déteste ce type. Je déteste l'idée qu'il posait ses mains sur son corps, qu'il la sautait dans son break sans pudeur, me laissant l'horrible loisir de les mater. Le pire ? Elle simulait. Parfois, lorsque les vitres n'étaient pas trop embuées, je la voyais lever les yeux au ciel. Je n'avais qu'une envie : entrer dans cette fichue bagnole et la baiser jusqu'à ce qu'elle jouisse, pour qu'elle comprenne ce qu'une vraie queue peut lui faire ressentir. Toutefois, je serrais les dents et attendais, observant ses magnifiques seins sautiller au rythme des coups de reins - digne d'un lapin - de l'autre abruti. Je devais penser à la mission, rien d'autre. J'ai dû apprendre à faire fi de mon désir ainsi que des battements irréguliers de mon cœur.

Elle rentrait chez elle aux alentours de dix-neuf heures et s'installait devant la télé avec un plat surgelé. Elle se couchait ensuite vers minuit. Sa vie était monotone et réglée comme une horloge. Elle sortait parfois le vendredi ou le samedi soir dans un bar pas très loin de son domicile, avec des collègues de travail ou des anciens amis de l'université, mais ça restait en de très rares occasions.

Elle passait son samedi, lorsqu'elle n'était pas de garde à l'hôpital, à bosser sur des dossiers de patients qu'elle suivait après avoir été à la salle de sport. Le dimanche, elle allait faire son jogging matinal dans les rues d'Helena, évitant soigneusement son ancien quartier.

Ma vie est rythmée par la sienne depuis deux ans désormais. J'ai même fini par prendre un appartement en ville, à deux blocks de chez elle, pour ne plus avoir à prendre ma caisse le samedi et le dimanche. Je mangeais en même temps qu'elle, je me couchais quelques minutes après elle, j'allais même courir avec elle en gardant assez de distance pour ne pas qu'elle m'aperçoive. Et au fil du temps, l'enfant qui a survécu est devenue mon quotidien.

Jake a aussi donné de sa personne pour la connaître

sur le bout des doigts. Il a été adopté par mon enfoiré de géniteur alors qu'il n'était encore qu'un jeune gamin, quant à moi, je ressemble comme deux gouttes d'eau à mon père. Il était plus simple pour Jake – que je considère malgré tout comme mon petit frère, le sang en moins – de s'approcher d'elle, elle ne pouvait pas le reconnaître.

Il pouvait donc la côtoyer sans qu'elle ne se doute de rien. Durant six mois, il a été interné dans l'hôpital psychiatrique où elle travaille. Jake fut le premier patient d'Eliza et autant dire qu'elle a mis du cœur à l'ouvrage, sûrement pour impressionner ce fils de pute d'Edouard.

Chaque semaine, il la fréquentait sans qu'elle ne fasse le rapprochement. Pour elle, Jake n'était qu'un sociopathe comme les autres qu'elle devait s'efforcer d'apaiser à défaut de guérir. Parfois, j'ai bien cru qu'elle avait réussi à enrayer le diable tapi en lui, mais ce dernier revenait frapper à la porte de mon frère et le briser un peu plus chaque fois. Ou alors, c'est moi qu'il brisait, parce qu'une chose est certaine, mon frère n'en a rien à carrer de sa santé mentale, pour ma part, chaque fois que je croise son regard, la culpabilité m'assaille un peu plus violemment que la précédente.

Il m'a souvent dit qu'elle n'était pas comme les autres thérapeutes qu'il avait croisés. Non, elle ne croyait pas à sa guérison et elle ne le lui cachait pas. Jake le savait, je le sais également, les troubles du comportement antisocial ne se soignent pas. On peut vivre avec, comme une personne lambda, mais on ne peut pas les guérir. Les psys sont au courant, pourtant, habituellement, ils s'acharnent à tenter de changer le point de vue de Jake sur le monde extérieur, vainement bien sûr.

Elle, elle ne lui mentait pas. Son mal était incurable, mais d'après elle, ce n'était pas grave puisqu'un sociopathe peut très bien réussir dans la vie. Selon une certaine étude, les sociopathes et les psychopathes sont souvent en haut de l'échelle sur le plan professionnel. Ils occupent des postes à responsabilité, dirigent des entreprises, ce sont des leaders. Ils ne supportent pas la défaite, ce qui les entraîne toujours plus haut, toujours plus fort.

Jake me répétait qu'elle ne le traitait pas comme un damné contrairement à beaucoup d'autres professionnels de santé, au contraire leurs discussions étaient menées d'égale à égal et ça, Jake l'avait apprécié, amplement. Si plusieurs spécialistes n'avaient pas confirmé son trouble, j'aurais pu croire qu'il avait développé des sentiments pour cette femme. Au fil du temps, j'ai compris qu'il la respectait d'une certaine façon, jamais personne n'avait usé d'une telle honnêteté avec lui en ce qui concerne sa maladie.

Même si Jake m'affirme qu'il lui a menti sur notre enfance, je suis convaincu que c'est faux. Il a dû se sentir en confiance dans cet espace clos et face à ses iris émeraude, et surtout se sentir en confiance avec elle. En même temps, si Eliza est si forte que ça dans son métier, elle lui a forcément soutiré des informations enfouies au plus profond de lui, mais comment l'en blâmer ?

Il me parlait souvent de sa cicatrice sur la joue, ça le fascinait. Voir la chair meurtrie sur ce visage angélique lui faisait poser beaucoup de questions : quel angle avait la lame ? Sur quelle profondeur avait-elle transpercé la peau… ? Bien qu'une cicatrice n'ait rien de joli, j'ai pu remarquer qu'elle ne la cachait pas, jamais, même pas à l'aide de fond de teint comme beaucoup de femmes l'auraient fait. Elle ne la mettait pas en valeur non plus, mais j'avoue trouver ça audacieux de la porter sans filtre après la menace de mon père quatorze ans plus tôt.

Il y a quelque chose de fascinant chez Eliza Lanson. Malgré son traumatisme, elle a décidé de travailler avec des fous, c'est un choix étrange. Je pense qu'elle voulait comprendre pourquoi sa famille avait été massacrée ainsi, si seulement elle savait, la pauvre, elle tomberait de haut, très haut. Sa force mentale me surprend beaucoup. J'ai rarement vu quelqu'un capable de se remettre de ce qu'elle a vécu. Ça relève presque du miracle ou d'une déviance mentale profonde.

Après plusieurs heures de route, mes phares éclairent la façade en bois de la cabane, perdue au milieu d'une forêt d'épineux. La douce odeur boisée entoure la voiture à tel point que ça me donne la gerbe, je n'apprécie guère l'isolement, je préfère l'effervescence des grandes villes, la pollution, le bruit, même si, en totale contradiction, j'apprécie le calme qu'on retrouve seulement dans la nature.

Jake, sûrement alerté par les phares, sort de la cabane enneigée. Sans un mot, il attrape le sac de notre captive tandis que je la conduis à l'intérieur. La cheminée au rez-de-chaussée crépite, donnant un air presque chaleureux à l'endroit. On se croirait aux pieds des pistes dans une station de ski en vogue, et pourtant non, nous sommes loin de cette ambiance.

Comme prévu, je la porte jusqu'à une chambre à l'étage que Jake a pris grand soin de préparer : un lit en bois et des liens, le strict minimum. Je la dépose délicatement au centre du lit avant d'attacher ses poignets et ses chevilles aux quatre coins, à l'aide de morceaux de cordes rêches et raides. Encore profondément endormie, elle ne réagit pas lorsque je caresse presque tendrement la cicatrice qui balafre sa joue, indélébile et blanchie par le temps, puis je passe mon index de haut en bas, ressentant la peau tendue et douce. Étrangement, ça lui donne un certain charme, brut et sauvage. Je me retiens de glisser mes doigts vers sa poitrine qui pointe à travers son léger débardeur et me lève. Je ne dois pas me laisser aller à mes pulsions. Je sais que, tant qu'elle sera parmi nous, je devrai **déjà contenir celle de Jake**. Alors, comme d'habitude, je vais prendre sur moi.

Je quitte la chambre avant de fermer les trois verrous. La fenêtre étant condamnée, elle n'a aucune issue de secours, et même si elle venait à s'échapper, elle est encerclée par plusieurs centaines de milliers de sapins, sans parler de sa tenue bien trop légère - et sexy - pour affronter le froid hivernal et la neige qui a recouvert le parterre de la forêt. Impossible pour elle de nous fausser compagnie.

Jake pose sa main sur mon épaule et me sourit.

— On va l'avoir, souffle-t-il.

— J'en meurs d'impatience.

Chapitre 2

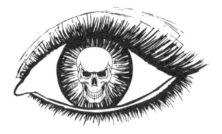

WHO'S THE DEVIL ?

ELIZA

J'ai froid, j'ai faim, j'ai soif, mais étrangement, je n'ai pas peur. Mes bras me tirent depuis mon réveil. Je ne sais pas combien de temps j'ai bien pu dormir, en revanche voilà environ une demi-heure que je suis pleinement réveillée. Ma tête me fait souffrir, une migraine sûrement due au sédatif qu'on m'a injecté me donne la sensation qu'un étau serre de part et d'autre mes tempes et compresse mon cerveau.

Je savais que ce jour arriverait, je suis même surprise que ça ne soit pas arrivé plus tôt. Qu'importe où je placerai mon coup de genou cette fois, je ne m'en sortirai pas vivante. C'est une promesse que m'a faite ce malade il y a déjà quatorze ans.

Je me souviens de tous les détails de cette atroce nuit et étonnamment, l'individu qui s'en est pris à moi hier soir n'est pas celui qui m'a laissé cette marque indélébile sur la joue. En effet, l'homme qui a attaqué ma famille était plus ou moins âgé. Malgré sa cagoule, je me rappelle les pattes d'oie aux coins de ses yeux ainsi que les rides aux commissures de ses lèvres. Même si je n'ai pas eu beaucoup de temps pour voir mon agresseur hier, et que le manque de lumière ne m'a pas aidée, je sais tout de même qu'il est bien trop jeune pour être le tueur de ma famille. Il devait avoir une trentaine d'années, maximum.

Je ne tente pas de bouger par peur de me faire mal aux poignets ou aux chevilles tant les liens sont serrés. Je ne suis pas débile, avec ma force de mouche, je ne suis pas près de faire céder les cordages épais, et ce, même s'ils étaient fins et souples. Mes ravisseurs ne sont pas des novices, ils n'ont pas lésiné sur la qualité du matériel.

Mon regard vagabonde dans la pièce, à peine éclairée par le soleil couchant. Les murs sont en bois brut et aucun meuble hormis le lit ne trône ici. La fenêtre n'a pas de poignée et des barreaux étroits se trouvent derrière le vitrage. Sortir par là n'est donc pas envisageable. De l'autre côté, je vois des verrous sur la porte… C'est désormais sûr, je ne risque pas de m'échapper.

Mon corps grelotte. Je ne porte qu'un jogging et un débardeur, la pièce non chauffée pourrait me tuer avant mes kidnappeurs. Et puis c'est bien connu : les personnes grandes et minces perdent plus rapidement de la chaleur que les personnes plus petites et plus rondes. Étant dans la première catégorie, je suis prédisposée à me cailler au moindre coup de vent. Sans parler du fait que je suis déshydratée et que j'ai été droguée. Autant dire que le tout additionné me fait penser que je vais certainement mourir de froid.

Je ferme les yeux et tente de calmer mes

tremblements qui font grincer le lit qui semble ne plus avoir d'âge. J'ai beau me concentrer, réfléchir à des choses positives et occuper mon esprit afin que celui-ci ne reste pas focalisé sur la température de la pièce et de mon corps, rien n'y fait, je n'ai jamais eu aussi froid de toute ma vie. J'ai l'impression d'être sous la neige ou dans un glacier, à poil.

J'entends le bruit sinistre des verrous qu'on débarre. Mon corps se crispe de la tête aux pieds. Je n'ai certes pas peur, mais si ma mort pouvait être rapide, j'avoue que ça me plairait plutôt pas mal. Deux hommes pénètrent dans la pièce et l'absence de cagoule sur leurs visages me confirme mon décès imminent. Les mines sont sombres, les regards durs et froids et leurs statures en imposent. Puis, aucun abruti sur cette terre n'enlèverait quelqu'un sans camoufler ses traits s'il compte le relâcher après. *Logique.*

Mes yeux s'écarquillent légèrement lorsque je reconnais un de mes anciens patients : Jake Aspen si mes souvenirs sont bons. C'était un gamin de vingt-et-un an lorsque je l'ai connu, il y a huit mois environ. C'était le premier et pas des moindres. J'avais jugé qu'il représentait un danger pour la société avant qu'il ne sorte, quelques jours plus tard.

Bien que tous mes rapports aient figuré dans son dossier, et surtout qu'ils fussent clairs sur la dangerosité de l'individu, je n'ai jamais compris pourquoi le directeur de l'établissement l'avait laissé partir. Ce mec est dangereux, je veux dire *vraiment* dangereux. Tuer ne lui pose aucun problème, faire du mal à autrui non plus, au contraire. Son empathie est nulle, les sentiments et les émotions ne sont pas maîtrisés, j'aurais **dû le voir en consultation pendant encore des mois pour savoir si c'était une cause perdue.**

Comme tous les sociopathes, il n'a aucun remords et même s'il connaît les lois, il ne comprend pas, par exemple, pourquoi tuer est un problème. Mon diagnostic faisait également état de sa capacité à manipuler les autres, mais aussi à mentir à la perfection. J'ai vite compris qu'il me dissimulait plusieurs informations sur sa vie et plus particulièrement sur son enfance. En revanche, je ne pense pas qu'il m'ait menti sur toute la ligne, il m'a seulement caché des données qui auraient pu m'être utiles aujourd'hui.

L'homme à ses côtés est celui qui m'a kidnappée, je n'ai plus aucun doute. Ses yeux, je les reconnaîtrais entre mille. Bleu océan, froids comme la glace, durs comme la pierre. Exactement les mêmes que l'enfoiré qui a massacré ma famille il y a quatorze ans. Contrairement à Jake qui est châtain, presque blond, celui qui l'accompagne est brun, les cheveux quasiment noirs.

Même leurs traits sont différents. L'homme que je ne connais pas a un visage des plus agréables à regarder : un nez concave, des lèvres charnues et le même teint mat. Quant à Jake – qui n'est pas en reste question beauté – il fait plus juvénile, sa carnation est plus claire et ses yeux sont si noirs que je ne parviens pas à différencier ses pupilles de ses iris.

Mes dents s'entrechoquent à force de grelotter, et même si je fais mon possible pour ne pas montrer de signe de faiblesse, mon corps réagit de lui-même. Je suis prête à parier que mes lèvres sont déjà bleues. Les deux hommes me fixent, affichant un mince sourire. Ils ne parlent pas, mon état proche d'une poche de glace semble les amuser.

— Tu dois te poser un milliard de questions, ricane Jake.

— Non.

Bien sûr que non. Je sais exactement ce que je fais ici. Je devrais leur poser des questions banales, histoire de gagner du temps, mais étrangement, je n'en vois pas l'intérêt. À quoi bon ? Je suis suffisamment courageuse pour affronter les monstres qui sont devant moi, pour subir ce que je dois endurer et tout ça sans me plaindre. Il y a bien longtemps que j'ai cessé de croire que me lamenter allait me faire avancer. Et pourtant j'en croise dans mon boulot, des gens pour qui toutes les petites contrariétés du quotidien deviennent un prétexte pour pleurnicher.

Les « Caliméro » ont une fâcheuse tendance à m'agacer. Malgré cela, derrière leurs jérémiades, se cache généralement une vraie souffrance. Pour ma part, je les oriente souvent vers mon collègue, je n'ai pas la patience pour ce genre de personnes.

Non pas que je les juge. J'ai simplement un degré différent d'empathie pour autrui. Avec mon vécu, en étant parfaitement égocentrique et aucunement professionnelle, il m'est compliqué d'écouter une nana larmoyer sur son mari infidèle ou un truc dans le style. Il y avait cette femme qui avait tant souffert par la tromperie de son époux qu'elle était tombée en dépression. Son mec l'avait fait interner parce qu'elle avait tenté de mettre fin à ses jours. J'ai eu envie de la cogner à la seconde où elle a ouvert la bouche. Bien sûr, la dépression est grave et doit être soignée. Les patients qui en souffrent vivent un véritable calvaire au quotidien, mais je n'arrivais pas à rationaliser.

J'ai toujours été légèrement individualiste, le nier serait un mensonge plus gros que moi. Et cette part de moi-même que j'essaie de passer sous silence lorsque je suis au travail, n'arrive pas à tolérer qu'une nana tente de crever parce que son enfoiré de mari l'a trompée alors que je suis là, en ayant vu ma famille mourir sous mes yeux, à l'écouter raconter sa vie pitoyable.

Je l'ai rapidement redirigée vers un psychologue, parce qu'après tout, sa pathologie n'a pas nécessairement besoin d'un psychiatre, hormis pour signer les ordonnances. Il lui fallait une thérapie, ou un bon coup de pied au cul, je n'en sais rien.

Durant mon adolescence on m'a diagnostiqué le syndrome de la culpabilité du survivant. Mon psy de l'époque m'expliquait que je me sentais coupable d'être encore vivante, à la place des membres de ma famille assassinés, ou de ne pas être morte avec eux.

C'est faux. Je ne culpabilise pas d'être en vie. J'aurais seulement préféré ne pas l'être. Non pas parce que ma famille n'a pas survécu, mais parce que moi, je dois vivre avec les images sordides de leur massacre, chaque jour et chaque nuit à travers mes cauchemars systématiques. Je n'ai jamais évoqué la menace du tueur devant qui que ce soit, mais quelque part, j'ai attendu ce jour toute mon existence. Je n'avais que quatorze ans lorsqu'il a croisé ma route. Pourtant, depuis ce jour, je nourris une haine qui me tord les boyaux chaque instant. Une haine profonde, qui prend racine dans chaque parcelle de mon être. Une haine qui me pousserait à le buter, de mes mains, de façon lente. Je voudrais savourer sa souffrance, l'entendre me supplier comme mes parents l'ont fait. Le voir chialer comme une merde en tombant à genoux devant moi, perdre toute sa fierté, comme mon père a abandonné la sienne avant de mourir. Je veux l'abattre depuis la seconde où il a franchi le seuil de la maison, me laissant seule avec les cadavres de ma famille, mes pieds nus baignant dans leur sang. Alors, j'ai fermé ma gueule.

J'ai dit à la police qu'il n'avait pas parlé, qu'il m'avait seulement regardée de haut en bas avant de sortir. Je savais que les flics me protégeraient si je le révélais et je savais aussi que cet enfoiré ne me retrouverait peut-être pas si tel était le cas. Puis, j'ai attendu. Jusqu'à aujourd'hui. Dans le simple espoir de le liquider, quitte à y laisser ma peau.

La mort ne m'inquiète plus, puisque d'après moi, j'aurais dû y rester il y a quatorze ans, d'ailleurs, une partie de mon âme y est restée cette nuit-là.

— Oh vraiment ?

— Oui, Jake, je n'ai aucune question. Je ne suis pas intéressée par le pourquoi du comment. Dans tous les cas, je suis assez lucide pour comprendre que je ne ressortirai pas d'ici vivante, alors à quoi bon tenter de connaître vos motivations et les méthodes que vous comptez employer ?

Une part de moi aimerait lui demander où est l'homme qui était là il y a quatorze ans, mais je me retiens, ils n'ont pas besoin de voir ma colère, pas encore, pas maintenant. La colère bout dans mes veines, pourquoi cet enfoiré ce planque-t-il ? Est-il assez lâche pour ne pas tenir sa parole ? Désormais, je tremble, mais je ne saurais dire s'il s'agit de haine ou de froid.

Le sourire de l'homme qui accompagne Jake s'efface tandis que mon ancien patient baisse les yeux. Si je ne le connaissais pas comme je le connais, je pourrais presque croire qu'il culpabilise. Toutefois, je sais qu'actuellement, il prend son pied. Faire souffrir ses congénères lui procure une jouissance énorme. Jake n'est pas comme les autres, il ne prend quasiment aucun plaisir dans le sexe hormis dans des situations assez glauques. Ce qui le fait triquer, c'est ça. Voir sa victime incapable de se défendre, voir la peur naître dans son regard lorsqu'elle comprend qu'il va lui arracher la vie. Ce qu'il aime, c'est le contrôle absolu et sans concession.

— Relève la tête, Jake, tu sais très bien que je te connais. Tu n'as pas honte de ce que tu vois. Je suis prête à parier que ça te fait même bander.

Il se redresse, un franc sourire aux lèvres. J'en étais sûre. J'ai rencontré assez de manipulateurs pour ne plus jamais me faire manœuvrer. J'ai également appris à ne plus croire aux paroles d'une personne souffrant de troubles de la personnalité antisociale. Il aime mentir, c'est un jeu pour lui. Combien de temps le croira-t-on ? Combien de mensonges peut-il proférer avant que l'on comprenne qu'il se fout de notre gueule ? Comme les gosses, il s'éclate de la naïveté des gens.

— Alors tu te rappelles de moi, Eliza ? demande Jake, sans quitter son sourire de sale pervers tordu.

— Oui, Jake. Je n'oublie aucun patient.

Encore moins le premier...

Il sourit davantage avant de s'approcher de moi, doucement. Je le sais instable et son impulsivité, d'après mon analyse à son sujet, est bien moins contrôlable que le commun des mortels. Un bruit trop prononcé peut le mettre dans une rage folle. Il serait prêt à tuer pour un regard trop insistant.

Le calme flegmatique de son complice m'inquiète encore plus que la folie visible de Jake. Je préfère largement connaître le fond d'une pensée que de me retrouver dans un brouillard d'incertitudes. Cet homme, d'apparence froide et contrôlée, cache son état d'esprit à la perfection. Même en plongeant dans ses iris à la fois effrayants et hypnotisants, je ne perçois pas ses intentions. C'est lui qui commande ou bien

Jake ?

Je suis perturbée par cette expression faciale neutre. Jake est amusé par la situation, on le voit dans ses yeux pétillants de malice. Mais son acolyte, lui, ne laisse rien transparaître et ça n'augure rien de bon.

Jake pose délicatement ses doigts sur ma joue où la cicatrice me rappelle l'horreur que j'ai vécue. Son toucher est chaud et je comprends que seule la pièce où je me trouve est gelée. Tandis que je me pèle le cul dans cette chambre, eux profitent d'une chaleur agréable dans le reste de la maison.

— Tu as froid.

— Tu as trouvé ça tout seul ? rétorqué-je sarcastique.

Le provoquer n'est sûrement pas l'idée du siècle, mais si ça peut me permettre d'en finir plus vite, alors très bien. Jake a un ego surdimensionné, il ne supportera pas longtemps mon petit jeu, mes remarques ou mes provocations. Peut-être qu'il appellera le meurtrier de ma famille dans ce cas ?

Je remarque que sa main, qui ne me touche pas, se contracte fortement. Il se mord la lèvre inférieure de colère, le regard dur, puis soupire avant de reculer d'un pas. L'évidence me frappe, ce n'est pas lui qui commande. Jake ne sait pas se contrôler, hormis s'il n'en a pas le choix.

Une analyse rapide m'apprend que son hypothétique complice ne lui a pas donné l'autorisation de me frapper et l'œillade meurtrière qu'il offre à ce dernier me le confirme. Frustré, il grogne avant de le rejoindre.

— File-lui une couverture, Kurt, sinon dans quelques heures elle mourra de froid.

Je sens mes yeux briller d'espoir lorsque le prénommé Kurt quitte la pièce sans un mot. Jake s'approche rapidement de moi avant d'enfoncer son poing violemment dans mon ventre. Je siffle de douleur, mon estomac vide se contracte m'obligeant à me plier en deux, mais mes membres étant retenus par ces cordes rêches, la souffrance est décuplée. J'ai envie de vomir.

Je ferme les poings et clos mes paupières. Aucune larme ne doit quitter ces dernières, j'en suis consciente. Jake veut me faire craquer, il aime ça. Il s'approche de moi, je le sens, il m'attrape les joues d'une main. Désormais son souffle s'abat mon visage, je me concentre davantage. Je serre les dents alors que la douleur semble s'intensifier de seconde en seconde.

— Je vais faire de ta vie un enfer, articule-t-il en rage.

La porte s'ouvre brusquement, mettant fin aux sévices de Jake, qui, je le sais, ne font que commencer. Tant qu'il n'obtiendra pas ce qu'il attend de moi, ou ma souffrance visible, il continuera à me frapper ou pire me torturer derrière le dos de Kurt. Toutefois, même si je prends le risque de ne pas obtenir ma vengeance, je refuse de lui octroyer le plaisir de me voir chialer. Je crois que Jake Aspen n'est pas du tout préparé pour faire face à ma fierté.

J'ai réussi à ne pas pleurer lors du meurtre sanglant de ma famille, je peux très bien me contenir aujourd'hui.

Kurt dépose une couverture sur moi. Instinctivement, je sens mon corps s'enfoncer dans le matelas. La couche polaire du tissu me réchauffe rapidement à tel point que je me retiens de justesse de gémir de bonheur et de le remercier.

Sauf que je suis consciente que ce n'est pas un cadeau. Ils ne me l'ont pas offerte par charité, ils veulent seulement me garder en vie plus longtemps. Mes convictions s'envolent peu à peu et d'un coup, je ne sais plus réellement pourquoi je suis ici.

Kurt me fixe de façon étrange. Dans son regard, une lueur brille. Je ne saurais dire ce que c'est, mais c'est bizarre. Lui qui, depuis qu'il est entré dans la chambre, cache tout ce qui lui passe par la tête, je ne comprends pas pourquoi il laisse transparaître une forme d'émotion.

Lorsque je soupire, un nuage vaporeux quitte mes lèvres. La température ambiante est beaucoup trop basse. Bien que la couverture m'apporte un semblant de chaleur, j'ai froid et j'ai également mal au ventre suite au coup porté par Jake. Je me sens vulnérable et je ne supporte pas ça. Depuis quatorze ans, j'évite toute situation que je sais incontrôlable et surtout je fais tout pour ne pas montrer ma faiblesse. Non par peur, simplement parce que j'ai développé un besoin constant de maîtrise sur mon existence.

Dès que je sens une chose m'échapper, je n'aime pas ça. Les gens profitent de la faiblesse physique ou psychique d'une autre personne. Ensuite la manipulation est l'art d'utiliser les failles des autres pour prendre le pouvoir, le dessus, et ça, ça me dégoûte. Enfin, ça me débecte d'être celle qui est plus faible que les autres.

Je ne panique pas, ça non, jamais. Disons que le contrôle m'apporte une certaine stabilité, un confort de vie que je pensais à jamais éteint. Dès que je sors de ma zone de confort, je me sens vulnérable et impuissante.

Actuellement, je me sens amoindrie et à la merci des deux hommes. Je n'aime pas cette sensation qui me broie l'estomac. Celle qui me rappelle que je ne suis pas maîtresse du moment présent, mais aussi de mon futur, que ma vie dépend du bon vouloir de l'homme qui a massacré ma famille.

— C'est fascinant, murmure Kurt.

Je le fixe attendant la suite, toutefois, il ne fait que m'observer. Ses iris plongent dans les miens, semblant sonder mon âme. Je déglutis difficilement. Sa façon de me regarder me déstabilise. Ses yeux, les sosies de ceux qui hantent mes nuits, accentuent mon inconfort face à cette situation. Il s'approche jusqu'à s'asseoir à mes côtés et se penche. Son visage s'arrête à quelques pouces du mien. Son souffle chaud à la senteur de nicotine et de menthe s'écrase sur mon faciès.

— Tu n'es pas effrayée, reprend-il. Tu es juste… désorientée. Pas vrai ?

Je ne réponds pas, à quoi bon, il connaît déjà la réponse. Du plus loin que je me souvienne, je n'ai jamais eu peur de rien, même avant la mort de mes parents et de mon frère. Lorsque je grimpais dans les arbres devant notre maison, ma mère s'accrochait au bras de mon père en me hurlant de faire attention, je ne comprenais pas pourquoi. Mon père la rassurait en lui disant que c'était l'insouciance de la jeunesse et qu'en grandissant ça me passerait. Ça ne m'est jamais passé. Aujourd'hui encore, je ne me suis jamais retrouvée dans une situation qui ait su provoquer de la peur en moi.

L'absence de crainte, c'est possible, mais il faudrait que mon amygdale cérébrale soit absente. Poussée d'adrénaline, accélération du rythme cardiaque ou tension musculaire, toutes ces réponses de l'organisme face au danger sont déclenchées par l'amygdale, elle-même directement connectée à nos sens, dans un seul but : nous faire décamper au plus vite en cas de danger. Pas d'amygdale, pas de peur. Dans le doute, j'ai fait vérifier si j'avais toujours cet organe dans mon corps, la réponse est oui.

J'ai essayé de trouver de potentiels troubles qui pourraient expliquer cette absence de peur, je n'ai jamais trouvé quoi que ce soit, ou alors je ne veux pas l'entendre. En tant que psychiatre, il est hors de question que j'admette souffrir d'un trouble de la personnalité, et ce, même si plusieurs signes s'imposent à moi.

Mon manque de réaction face à la mort de ma famille aurait dû m'aiguiller dès l'adolescence, mais j'aime à croire que j'étais simplement en état de choc. Désinhibition, aucune notion du risque, difficulté à reconnaître les expressions du visage sont aussi des symptômes à prendre en compte. Heureusement que j'excelle dans l'analyse faciale pour écarter certaines pathologies, sinon j'aurais pu me faire interner moi-même !

— Dis-moi, Eliza, serais-tu une psychopathe ?

— Non. Je ressens des émotions et des sentiments, et j'arrive à comprendre ceux des autres.

Voilà comment je me rassure depuis des années. Un psychopathe au même titre qu'un sociopathe ne ressent aucune empathie et ne parvient pas, généralement, à se conformer aux règles de la société. Ce n'est pas mon cas. Aussi, je suis capable d'éprouver des sentiments comme l'amour, l'envie, la colère… Les troubles de la personnalité antisociale sont donc à éjecter des choix possibles.

— Alors, qu'est-ce que tu es ?

Une héroïne Marvel ? Il ne savait pas ? Tous les soirs, j'me balade en tenue moulante et en cape et je sauve de pauvres innocents en détresse !

— Une femme… qui n'a pas peur de toi… ni de la mort.

Il ricane avant de caresser délicatement mes

cheveux. Son geste me perturbe. Si délicat soit-il, son regard, lui, est empli de colère. Comme son frère, il aimerait me voir flipper, pleurer et les supplier de me relâcher, ou de m'achever.

— La mort n'est pas la pire chose qui puisse t'arriver, tu sais ? C'est trop bref.

À mon tour, je ricane doucement. En effet, la mort est même la meilleure chose qui puisse m'arriver, mais vu le profil à la limite du sadisme de Jake, je sais que ce n'est pas ce qui m'attend.

— Je pense être la mieux placée pour l'affirmer, Kurt.

— C'est vrai. Dis-moi, tu fais encore des cauchemars ? Tu revois encore mon père tuer tes parents et ton grand frère ?

Je me crispe de la tête aux pieds. Je déteste parler de mes cauchemars, ils ne font qu'accentuer ma faiblesse. Puis, comment sait-il que j'en fait ?

Toutefois, je note que l'enfoiré que j'attends depuis des années est son père. Peut-être que tout n'est pas perdu, peut-être qu'il sera le prochain à franchir la porte et qu'enfin, je pourrais prendre ce qui me revient de droit : sa vie, après qu'il a volé la mienne.

— Les cauchemars sont les jouets favoris du diable, tu le sais ? me questionne-t-il.

— Qui est le diable, Kurt ?

Il s'approche afin de chuchoter au creux de mon oreille, comme un secret.

— Mon père, mon serdtse[2], mais ne t'inquiète pas, je vais bientôt mettre un terme à son règne et tu seras aux premières loges pour le voir chuter de son trône. Et lorsque ce jour arrivera, continue-t-il en me regardant avec un sourire en coin, ce sera moi ton pire

---

2 Signifie « cœur » en russe.

cauchemar.

— Une vendetta contre papa, amusant, soufflé-je.

Un rictus déforme ses lèvres avant qu'il ne se redresse.

— Oh, pour moi, ça le sera sans aucun doute.

Il se lève avant de quitter la chambre, suivi de près par Jake. Un léger sourire étire mes lèvres lorsque j'assimile ses paroles.

Non, Kurt, je ne serai pas aux premières loges, je serai l'actrice principale de la mort de ton géniteur, c'est une promesse.

Chapitre 3

THE TRAP

KURT

Assis sur le canapé, concentré sur mon téléphone, j'entends le premier cri d'Eliza Lanson. Un immense sourire étire mes lèvres. Voilà près d'une heure que Jake tente de la faire hurler, pleurer, supplier, et je crois bien qu'il est enfin parvenu à cocher la première case. Une part de moi aimerait que ce ne soit pas *elle* dans la chambre, l'autre en revanche, me rappelle que mon frère a besoin de ça.

Je ferme les yeux et prends une longue inspiration : Eliza est un moyen, pas un but. J'ai fait l'erreur de trop bien la connaître, j'ai appris à me reconnaître à travers elle et… je le paye aujourd'hui. Néanmoins, mon jugement et mes émotions n'ont pas leur place actuellement. J'ai toujours su comment allait se terminer cette histoire, je suis même à l'origine de ce plan. Désormais, il est temps pour moi d'assumer les conséquences. J'ai merdé en m'attachant à elle. Tant pis pour moi.

Toutefois, je me crispe lorsque, quelques secondes plus tard, j'entends un autre grognement plus grave.

— Putain de salope, je vais te buter ! hurle Jake.

Je grimace avant de me lever et de rejoindre la chambre de notre captive. Je reste de marbre, en surface, face à son visage ensanglanté. En mon for intérieur, je me retiens de ne pas exploser la gueule de mon frère. La pommette gauche d'Eliza a déjà bien gonflé et sa bouche est en sang. Toutefois, en regardant Jake, je doute que cette hémoglobine appartienne à notre victime. Il maintient sa main maculée de rouge en jurant.

— Cette pute m'a mordu putain !

Je réfrène un rire. Même attachée, elle parvient à le mettre hors d'usage. Une vraie tigresse.

— J'te la laisse, je vais me nettoyer ça, aboie-t-il avant de sortir.

Eliza tourne la tête et crache le sang de Jake sur le drap blanc. Je m'approche d'elle doucement. Sous son débardeur, ses tétons pointent, sûrement à cause du froid, mais je me demande si elle ne pourrait pas réagir à... *moi* ? Je sens ma queue durcir alors que je m'assois près d'elle. Je suis fasciné par son manque de réaction. Elle ne sursaute pas, ne crie pas et ses tremblements sont assurément dus à la fraîcheur et non à la douleur.

Sans que je ne contrôle mon geste, mes doigts glissent sur son cou que je serre modérément avant de chuter sur sa poitrine. Elle me lance un regard noir tandis que je dérive sur ses tétons pointés avec lesquels je joue alternativement avec mon pouce. Putain, je suis à l'étroit dans mon pantalon.

— Soit tu as vraiment froid, soit tu es masochiste, mon serdtse.

— Que veux-tu à la fin ? souffle-t-elle.

— Voir mon père tomber.

Un instant, elle sourit. Mais elle l'efface si rapidement que je crois l'avoir rêvé.

— Je ne vois toujours pas pourquoi je suis ici et en quoi je peux t'être utile.

Mes doigts passent sous son débardeur, cette fois, j'obtiens une réaction de sa part, elle tressaille. Je ne suis pas un violeur, jamais je ne descendrais plus bas que la naissance de son sein, mais rien que d'imaginer que je puisse faire davantage la dégoûte, je le vois dans ses yeux.

Si elle savait à quel point j'en ai rêvé… Elle ne pourra jamais, ne serait-ce que concevoir le nombre de fois où, alors qu'elle plongeait dans le sommeil, j'ai quitté ma surveillance pour aller sauter une nana. C'était facile, je suis le genre de mec qui plaît aux femmes. Avec deux-trois sourires et des belles paroles auxquelles elles-mêmes ne croient pas, je les foutais dans mon pieu. Je les baisais en imaginant qu'il s'agissait d'Eliza.

Elle hante chacun de mes fantasmes depuis deux ans, des plus soft aux plus hardcore. Chaque fois que je m'enfonçais dans une chatte, dans un cul ou dans une bouche, j'étais obligé de feindre qu'il s'agissait d'elle pour être en mesure de jouir.

Après avoir installé des caméras chez elle, je me suis branlé pratiquement tous les matins alors qu'elle glissait son corps nu sous le jet de la douche. Le pire était lorsqu'elle se masturbait.

Ses doigts qui caressaient sa petite chatte me rendaient dingue, j'étais presque jaloux d'eux. Tellement bandante dans chacun des mouvements de ses hanches, je regrettais de ne pas avoir le son quand ses lèvres s'entrouvraient. Elle est tellement bonne, davantage lorsque le plaisir la terrasse. Le sexe, sans aucun doute, est le costume qui lui sied le plus.

Je me conforte dans le fait qu'avant sa mort, elle me suppliera de la baiser. Du moins, je vais tout faire pour que cela arrive. Après ça, avec tout le désir que je contiens depuis des années, et même si elle parvenait à sortir d'ici en vie, elle ne pourra plus jamais se contenter de cette sous-merde d'Edouard. Éternellement, elle se souviendra de mon passage en elle, même dans la mort.

— Depuis deux ans, mon père a dans l'optique de te retrouver alors il envoie ses hommes de main à ta recherche, que je me suis fait un plaisir de buter, pour toi. Aujourd'hui, il sait que tu es en ma possession et lorsqu'il sortira de sa planque, pour toi, je le tuerai.

— Et pourquoi ne pas m'avoir demandé, tout simplement ? Je veux voir ton père mort depuis quatorze piges, tu ne t'es pas dit que je pourrais vous aider sans que tu aies besoin de me kidnapper et de m'attacher à ce lit pourri ?

Étrangement, non. L'idée qu'elle m'aide volontairement ne m'a jamais traversé l'esprit. Jouer les appâts n'est pas un boulot simple, on n'est jamais sûr d'en sortir vivant. Pire encore, il faut faire confiance à ses complices et je doute sincèrement qu'elle soit capable de le faire. Et ce, même pour venger sa famille. Et encore moins aujourd'hui.

— Oh, ma douce Eliza, aurais-tu vraiment pris le risque de tomber entre les mains de mon père et…

— Oui, Kurt, me coupe-t-elle. Ce connard a exécuté ma mère d'une balle entre les deux yeux, avant de se tourner vers mon père et de reproduire son geste. Il a fini par enfoncer un canif dans la gorge de mon frère alors qu'il se vidait de son sang. Et tout ça, en riant.

Elle déglutit bruyamment avant de détourner le regard. Les traits de son visage sont tirés par la haine. Presque palpable, l'air de la pièce change radicalement, se chargeant d'électricité. Certes, elle a vu sa famille crever, mais je n'ai pas passé une meilleure nuit qu'elle. On a tous nos démons et le diable les maîtrise à merveille.

— Tu sais ce dont je me souviens de cette soirée ? lui demandé-je. Mon père est rentré, fou de rage qu'une gamine lui ait tenu tête. Il m'a tabassé, me disant que je n'étais qu'une merde, un moins que rien, qu'une fillette avait osé s'opposer à lui alors que moi j'en étais incapable. Et lorsque je n'ai plus réussi à bouger, il est allé dans la chambre de Jake.

Je m'arrête, la suite ne m'appartient pas. En repensant à cette nuit de janvier, toute ma rancœur réapparaît et je me rappelle pourquoi Eliza est ici, pourquoi j'ai fait tout ça. Jasper Aspen doit payer, qu'importent les dommages collatéraux.

— Et il l'a violé, balance-t-elle avec nonchalance, je sais tout ça, Kurt. J'ai passé six mois à parler quotidiennement avec ton frère. Il a laissé traîner pas mal d'indices.

Je me crispe avant de glisser ma main autour de sa gorge. Je serre assez fort pour qu'elle comprenne que je ne suis pas son ami et qu'ici, elle est ma captive, ma propriété. Cette manière presque dédaigneuse dont elle énonce l'enfer qu'a vécu mon petit frère me donne la gerbe.

Elle tente de se débattre, mais ses jambes et ses poings sont encore attachés. Je raffermis ma prise, une colère brûlante se déployant dans mes veines.

Comment ose-t-elle ? Qu'importe ce que mon frère a laissé sous-entendre, ça ne la regarde pas. Elle n'a encore moins le droit de l'exprimer de cette manière. Je peux entendre sa colère qui, je le pense, cache une peur bleue de ce qui l'attend. Je peux même comprendre, elle avait repris sa vie en main et Jake et moi avons fait voler en éclats l'existence pitoyable et ridicule qu'elle s'était construite. Cette mascarade grandeur nature d'une vie parfaite et sans travers alors qu'elle est bouffée par la haine et visiblement, la soif de vengeance. Qu'importe, elle n'a aucun droit de parole sur ce que Jake a vécu. Moi, je m'en fous royalement, elle peut insinuer que je suis faible, lâche, ou n'importe quoi d'autre, j'en suis conscient. Je n'ai pas été capable de protéger mon petit frère et lorsqu'on voit le résultat, j'ai encore plus honte de moi.

Je serre davantage. Comme si je voulais qu'elle sente à quel point ce sujet est sensible, aussi bien pour Jake que pour moi, comme si je voulais l'imprimer sur sa chair pour qu'elle ressente un quart de ce qu'a dû éprouver mon frère ce soir-là.

Elle devient rapidement rouge tandis que j'appuie un peu plus fort, réduisant sa capacité à respirer. Soudain, elle arrête tout mouvement défensif, se laissant choir sur le matelas, et plante son regard empli de larmes dans le mien.

— Mec, tu vas la tuer.

J'ignore mon frère et replonge dans ses iris émeraude. Ses prunelles sont suppliantes, mais bizarrement, j'ai plutôt l'impression qu'elle me demande d'aller jusqu'au bout de mon geste et non d'arrêter. Ses yeux commencent doucement à se révulser et son corps à convulser. Je sens ma queue se dresser une nouvelle fois, bordel. Je relâche la pression autour de sa gorge et après avoir rempli ses poumons d'oxygène et une quinte de toux interminable, elle reprend sa respiration.

Elle va me rendre dingue !

Une marque rouge entoure déjà son cou tandis que je me relève.

— Ne me parle plus jamais comme ça, Eliza. Je ne suis pas ton pote et ne le serai jamais, et même si c'était le cas, ça ne te donnerait pas le droit d'évoquer ça. Garde-le en mémoire.

— Ce n'est pourtant que la vérité, murmure-t-elle, c'est si dur à entendre, Kurt ?

Sa voix est rauque et faible. Sa difficulté à articuler me donne une trique d'enfer. Voir cette grande gueule pratiquement réduite au silence me conforte dans mon besoin quasi viscéral de la baiser avant de laisser Jake la buter. Je ne peux pas prendre le risque qu'elle s'immisce davantage dans mon esprit. Elle est dangereuse. On ne la voit pas venir et pouf, elle devient ce qu'on a toujours cherché.

— Tu sais, reprend-elle en chuchotant, tout est la faute de ton père. C'est lui qui n'a pas réussi à me tuer cette nuit-là. Moi, je veux juste qu'il meure, qu'on en finisse et je crois que je peux t'aider.

— Ah oui ? Et comment ? ricane Jake.

— Votre père vous voit comme des êtres faibles, pas vrai ? Mais moi, il me considère comme forte, alors que c'est l'inverse, non ? S'il sait que je suis avec vous de mon plein gré, que va-t-il penser ?

Je penche légèrement ma tête sur le côté. Je ne sais pas si elle est sincère ou bien si elle se joue de nous. Je souris doucement, évidement qu'elle nous manipule, certainement de la même manière qu'elle l'a fait avec mon père pour être encore en vie aujourd'hui. Néanmoins, ses dires sont vrais, je ne peux pas le nier. Je réfléchis à cette proposition alors que ses yeux se ferment lentement sous mon regard. Lorsqu'elle semble endormie, je quitte la pièce, accompagné de mon frère qui m'observe étrangement.

— À quoi penses-tu ? demandé-je.

Je me laisse tomber sur le canapé face à la cheminée. Jake sort deux bières du frigo avant de s'installer à mes côtés et de m'en tendre une.

— À ce qu'elle vient de dire. C'est malin et audacieux, mais je ne sais pas, je ne lui fais pas confiance.

Je hoche la tête, je suis parfaitement d'accord avec lui. Ça tient la route, Jasper sera dingue lorsqu'il apprendra qu'elle est ici de son plein gré, et ce sera forcément le cas. Mon géniteur a une fâcheuse tendance à tout savoir de nous alors que nous ne savons même pas où il se planque à l'heure actuelle. Peut-être sortira-t-il plus rapidement de l'ombre ? On le sait, quand son ego est touché, il agit de manière irréfléchie faisant des erreurs débiles. Comme agresser Jake. Il savait que, tôt ou tard, on se vengerait. Il nous a tout appris, il est donc parfaitement conscient que seul face à nous deux, il n'a aucune chance.

— Nous n'avons pas besoin de lui faire confiance. Écoute, on suit son plan qui me semble ingénieux, on lui laisse croire qu'elle a les pleins pouvoirs et lorsque Jasper est mort, on la butte elle aussi.

Il soupire avant de laisser sa tête tomber en arrière. En quarante-huit heures à peine, elle est déjà parvenue à faire exploser nos convictions. Dans notre plan initial, nous devions enlever Eliza avant de l'emmener ici, attachée. Jake devait se venger de ce qu'il a subi gamin par la faute de cette petite peste pendant que j'attendais sagement mon père. Une fois mon père mort, Jake devait tuer Eliza.

Il n'y avait rien de compliqué, mais cette fille a quelque chose de… *satisfaisant*. Pour la première fois de ma vie, quelqu'un n'a pas peur de moi, et j'en bande encore. Putain, cette fille m'a tellement fait triquer en quelques heures que c'en est douloureux.

Même Jake m'a averti plusieurs fois que je le faisais flipper lors de mes crises de nerfs. Pas Eliza. Je l'ai étranglée jusqu'à l'asphyxie et pourtant, aucune peur ne traversait son regard émeraude. Ça m'a perturbé.

Et sa manière de me tenir tête, de me provoquer, comme si elle espérait que je la tue plus rapidement, bordel elle me rend dingue ! Ça m'excite autant que ça me donne envie de l'éventrer !

Je soupire avant de tirer un dossier rouge de mon sac. Même si je suis ici et que je dois en priorité m'occuper d'Eliza, je ne compte pas arrêter de travailler pour autant. J'ai assez d'argent pour m'arrêter quelque temps, ce n'est pas le souci, seulement je crois que j'ai développé avec le temps, une forme de dépendance au meurtre. Cette sensation de toute puissance lorsqu'une vie réside entre mes doigts, c'est exaltant, tout simplement.

Le dossier retrace toutes les informations que j'ai récoltées depuis que j'ai accepté le contrat, il y a un mois. Ma victime, Kara Peterson est une pute snob qui possède à elle seule un quart des richesses du globe. Elle est en vacances à Helena avec son enfoiré de mari, prêt à empiler les cadavres pour arriver jusqu'au sommet. C'est d'ailleurs lui qui a contacté l'Organisation, laquelle m'a fourni les renseignements. Sa femme veut divorcer et le pauvre petit mouton pathétique perdrait toute la fortune que sa femme a construite. Le genre de couple horrible qui se donne une image de famille parfaite.

Donnez-leur l'Eden, ils en feront un enfer…

Pour cette mission, le mari m'a bien mâché le travail

puisque je sais exactement où et quand attaquer. Il m'a fourni l'adresse de la baraque qu'il occupe et les horaires où il est sûr qu'elle sera présente et seule.

Il veut qu'elle souffre, que sa mort soit longue et douloureuse et pour ça, il a aligné plusieurs zéros sur son carnet de chèques. Ce soir, elle sera dans sa maison de vacances à quelques miles au nord d'ici. J'ai deux heures pour lui faire vivre un enfer avant de l'achever.

— Tu pars à quelle heure ?

— Je vais y aller, si tu as un souci, je garde mon portable à portée de main.

Il hoche la tête avant de se lever. Quant à moi, j'enfile mon manteau et attrape mon sac, préparé ce matin.

— Reste en vie, ricane Jake.

— Ça, frérot, c'est ma spécialité.

Je sors de la cabane. Le froid gifle mes joues tandis que mes bottes s'enfoncent dans la neige épaisse. Une fois dans mon véhicule, j'enclenche rapidement le chauffage, rien que quelques secondes dans ce froid polaire et j'ai déjà l'impression de me transformer en glaçon. Après avoir entré les coordonnées dans le GPS, je prends la route et me laisse guider.

J'arrive relativement vite à l'adresse indiquée. Je n'avais jamais fait attention à cette baraque de bourges perdue dans la forêt. La maison ne possède pratiquement aucun mur hormis les fondations nécessaires. Tout est en baies vitrées ce qui, en pleine ville m'aurait posé un énorme problème : n'importe quel promeneur téméraire aurait pu me voir.

Toutes mes planques ou lieux provisoires de vie sont à l'abri des regards sans être isolés du monde, ça me permet de garder la maîtrise de mon environnement, d'avoir des solutions de repli. En pleine nature, quelles sont les possibilités de fuite en cas de problème ? Les étendues de forêts, de plaines ou de montagnes, où vous devenez une cible de choix en moins de dix secondes.

Comme prévu, le mari de la salope que je dois buter a laissé une fenêtre ouverte au sous-sol, me permettant d'entrer facilement dans la demeure. Je repère rapidement les escaliers qui me mèneront à l'étage où sa femme est censée, d'après les dires de son mec, regarder un talk-show ridicule retraçant la vie de femmes de joueurs de football américain ou de baseball.

Je ferme les yeux et écoute les battements de mon cœur s'intensifier et ma respiration s'alourdir. Je ne me lasserai jamais de cette montée d'adrénaline, cette libération abrupte. La première fois que j'ai tué une personne, je n'avais que onze ans. C'était une pute employée par mon père. Elle avait été kidnappée par ses hommes lorsqu'elle n'avait que quinze ans.

Elle était jolie. Une brune aux yeux bleu électrique. Je me souviens qu'elle avait une magnifique poitrine rebondie digne des plus belles actrices hollywoodiennes et un cul à la Kim K. Elle était parfaite. Jusqu'à ce qu'elle chope le sida. Plus trop utile vu les activités que mon père lui demandait d'effectuer. Il m'a donc ordonné de la buter, comme pour me faire passer un test.

J'ai d'abord tenté de refuser, mais il a menacé de s'en prendre à Jake. J'ai donc pris le couteau qu'il me tendait, et je n'ai pas réfléchi. Je me souviens encore de ses cris. Elle hurlait trop, à s'en décrocher les mâchoires, je n'arrivais pas à me concentrer. Je lui répétais de se taire, mais elle secouait la tête dans tous les sens en hurlant toujours plus fort. Je n'en pouvais plus, alors je lui ai planté le couteau dans la gorge. Le silence m'a immédiatement apaisé.

Passé ce moment, je suis resté assis près de son corps, des heures durant. Et quand mes yeux se sont posés sur sa dépouille, sa blessure mortelle exposée, je n'arrivais pas à croire ce que je venais de faire, j'ai paniqué, j'ai vomi, tandis que mon père me félicitait. Un mois plus tard, il a recommencé, encore et encore, des semaines, des mois durant, jusqu'à briser la moindre petite étincelle d'humanité en moi.

On dit que lorsqu'on arrache la vie à autrui, on sacrifie un morceau de son âme, la vérité est bien plus dramatique. Au premier meurtre, on perd la moitié de son humanité, au second elle s'envole un peu plus.

Mais le deuxième, c'est celui qui brise vraiment, qui laisse des traces indélébiles. Parce qu'on connaît l'effet, on sait à quoi s'attendre, mais on le fait quand même.

Je ne suis pas comme Jake, gamin je connaissais les sentiments. Mon père a pris un malin plaisir à tout m'arracher pour ne laisser qu'une simple coquille vide, insensible et conditionnée pour tuer. Et c'est ce que je fais de mieux puisque c'est la seule chose que je sais faire…

Lorsque j'arrive dans le salon, pas de bruit de télévision, je comprends que tout n'était que mise en scène. Pas de salope blindée ni de mari prêt à tout pour sa fortune. Seulement quatre hommes, ceux de mon paternel, toutes armes chargées, pointées dans ma direction…

Et merde!

Chapitre 4

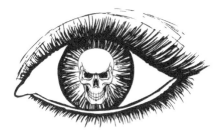

Panic and Blood

Eliza

Le temps passe lentement. Depuis ma merveilleuse idée de mordre Jake et de parler de son viol avec son frère, ni l'un ni l'autre ne sont remontés, pour mon plus grand plaisir. Lorsque Kurt a encerclé ma gorge, j'ai bien cru que j'allais y rester. Pour de bon. Plus je me débattais, plus il resserrait, j'ai donc lâché prise et étrangement ça a fonctionné.

J'essaie de m'expliquer ce revirement de situation depuis plusieurs heures. Kurt était prêt à me tuer, sans hésitation, je le sais, je l'ai senti. Alors pourquoi a-t-il arrêté ? Je ne suis pas dupe, essayer de comprendre ce qu'il s'est passé dans sa tête ne m'avancera à rien. D'après une analyse rapide de son comportement, Kurt semble avoir tous les symptômes d'un cas, disons modéré, de psychopathie. Pourtant, ce n'est pas un psychopathe, il n'aurait pas réagi aussi violemment pour défendre Jake si tel avait été le cas. C'est comme s'il avait endormi ses émotions et que, parfois, elles se réveillaient. Comme une crise de dissociation sur la durée. Toutefois, j'aurais beau essayer de toutes mes forces, je ne comprendrai jamais exactement ce qui se passe dans sa tête, peu importe mes diplômes. Je ne suis pas un génie et simplement observer son comportement ne me permet pas de savoir ce qu'il ressent ou, au contraire, ne ressent pas.

Néanmoins, je reste une passionnée du cerveau humain et la folie qui grignote son être est plus qu'intéressante puisque, contrairement aux psychopathes que j'ai rencontrés, il semble ressentir des émotions, avoir des sentiments. L'amour qu'il porte à Jake, par exemple, ou encore les regrets qui semblent le ronger.

J'ai vu dans ses yeux une forme de remords lorsque j'ai parlé du viol qu'a subi Jake. D'ailleurs, c'est l'élément déclencheur qui a généré sa soif d'infliger de la souffrance. Selon moi, il n'arrive pas à se pardonner d'avoir été vaincu par son père. S'il avait été plus fort, d'après lui, rien d'aussi ignoble ne serait arrivé à son petit frère qu'il semble vouloir protéger contre vents et marées.

Cette étincelle a presque réussi à me toucher, mais je n'oublie pas que quelques secondes plus tard, il était prêt à me tuer.

Je distingue, pour la première fois depuis mon réveil, deux voix au rez-de-chaussée. J'identifie facilement Jake et Kurt qui se disputent, mais je ne parviens pas à comprendre le problème. Et puis soudain, la voix de Kurt résonne dans la cabane :

— Va la chercher putain.

Je me crispe en entendant les marches en bois craquer, puis les trois verrous sur la porte. Le battant s'ouvre sur Jake, titubant.

— J'ai un peu bu et mon frérot s'est pris une balle alors tu vas gentiment l'aider, on est d'accord ?

Un peu ? Il est complètement bourré oui !

J'acquiesce. Après avoir frôlé la mort de peu tout à l'heure, elle me semble tout de suite moins cool. Finalement, peut-être que vivre avec des images d'horreur dans la tête est bien mieux que de ne pas vivre du tout.

Jake me détache les jambes, puis les bras. Lorsque je m'assieds pour la troisième fois depuis presque trois jours, tout tourne brusquement et je me rappelle qu'hormis une bouteille d'eau, ils ne m'ont rien donné à manger et à boire. Jake me lance un regard noir comme si j'étais responsable de ma malnutrition.

Malgré tout, je me lève doucement afin de ne pas m'étaler sur le sol tandis que Jake semble s'impatienter devant la porte.

La violence dont Jake a fait preuve aujourd'hui ne m'aide pas à tenir debout, encore moins à marcher. C'était pourtant prévisible, je savais que tôt ou tard, il allait se montrer brutal ce n'était qu'une question de temps. Il m'a prouvé que j'avais raison, à bien des égards. Mon abdomen me fait atrocement mal, je soupçonne au moins deux côtes d'être cassées et peut-être mon nez également. J'ai encore le goût de son sang sur ma langue et mes lèvres. Il voulait que je lèche mon sang sur ses doigts… je ne sais pas si c'est une erreur de débutant ou une connerie monumentale. À l'instant où ma bouche s'est posée sur sa peau, je l'ai mordu avec le plus de hargne possible.

Alors que je suis Jake, m'aidant des murs pour avancer, je repense à ces flashs sans queue ni tête qui s'imposent dans ma mémoire depuis mon arrivée ici. J'ai beau essayer de réfléchir, de chercher d'où ils peuvent provenir, je ne trouve pas. Ça paraît si réel que c'en est encore plus inquiétant que ma séquestration ici ou mon décès imminent.

Je me revois, à peine âgée de quatre, cinq ans tout au plus, dans un hangar sombre et austère. Les rayons du soleil traversent quelques trous dans la tôle usée. Et cette main, qui serre encore et encore ma gorge, me privant de tout oxygène. Ça semble si vrai que j'en suffoque presque. Il y a ensuite cette déflagration stridente, un coup de feu, sans aucun doute, mais lorsque j'essaie de voir mon sauveur, tout devient noir.

Ça n'a aucun sens, pourtant ça tourne dans ma tête, sans que je ne parvienne à en trouver l'origine. Si bien que je n'arrive pas à penser à autre chose. Le fait que ça ait commencé lorsque Kurt m'a étranglée… je n'aime pas ça.

Il y a une part de moi, la psychiatre aguerrie, qui me souffle qu'un trigger[3] peut raviver une amnésie traumatique. En bref, le geste de Kurt aurait pu, d'un point de vue purement médical, me rappeler un événement que j'aurais vécu plus jeune, mais que mon cerveau aurait soigneusement rangé dans une petite boîte, tout au fond de ma mémoire. Psychologiquement parlant, une amnésie traumatique c'est une façon de se protéger de la terreur et du stress générés par l'instant violent. Le cerveau dissocie, comme s'il déconnectait le circuit émotionnel de la mémoire. Ainsi, en surface, on ne garde aucun souvenir de cette agression.

Toutefois, comme tout trigger qui se respecte, un son, une image, une odeur, un geste, un lieu… peut

---

3 Littéralement « déclencheur » en anglais, un trigger est, dans cette situation, ce qui déclenche la dissociation et les «flashs» qui ramènent Eliza dans le passé

raviver notre mémoire. L'exemple le plus probant de ce phénomène se trouve dans le stress post-traumatique, lorsque, par exemple, un bruit violent renvoie un ancien combattant sur le champ de bataille.

Si je suis mon raisonnement, lorsque Kurt a enroulé ses doigts autour de ma gorge, il a appuyé sur un bouton et boum ! il a débloqué une partie de ma mémoire.

Ou alors, la soif et la fin me font totalement délirer.

Dans le salon, je trouve Kurt assis sur un vieux canapé en cuir noir, se tenant fermement le bras. Je remarque qu'il a eu l'intelligence de se faire un garrot, ce qui évite l'hémorragie. Un psychiatre étant avant tout un médecin, j'ai fait dix ans d'études, six en médecine générale et quatre de spécialisation en psychiatrie. Mais l'hématophobie[4] me paralysait… le comble pour un médecin.

Mes deux années d'avance m'ont permis d'être diplômée à tout juste vingt-six ans, mais j'ai tout de même été sous la tutelle d'un psychologue agréé pendant un long moment avant de pouvoir exercer seule. Malgré tout, je sais que ce qu'on voit dans les films, c'est de la connerie.

Une balle dans le bras ou dans la jambe est tout aussi dangereuse qu'une dans le ventre. De grosses artères passent dans nos membres, il faudrait être un tireur d'exception pour les louper volontairement.

En me tenant l'abdomen, je me laisse tomber à côté de Kurt. Malgré le garrot, il semble avoir perdu beaucoup de sang. Des flashs me reviennent en tête. Je ferme les yeux, bloque ma respiration et vide mon esprit.

— Bouge ton cul, putain, grogne Jake derrière moi.

---

4 Peur du sang

Je me crispe. J'entends encore les deux coups de feu qui ont tué mes parents et tout ce vermeil qui ruisselait jusqu'à mes pieds nus lorsque le père de mes kidnappeurs a planté sa lame dans la gorge de mon frère. Désormais, il y a également ce souvenir incohérent qui s'invite dans la partie, accentuant mon début d'hyperventilation.

— Ferme-la, Jake. Eliza, regarde-moi.

Je garde mes paupières closes. Je revois ma mère supplier et mon père hurler. Je me souviens comme le visage de mon frère a pâli lorsqu'il a vu l'homme entrer dans la maison et puis comme il s'est éteint quand la lame lui a retiré la vie. Et je ressens encore l'hémoglobine de cet inconnu, bien des années plus tôt, éclabousser ma figure quand la balle s'est logée dans son crâne.

— Regarde-moi ! hurle Kurt.

Je sursaute avant d'ouvrir les yeux. Je plante mon regard dans celui de Kurt, évitant sa plaie. Je n'y arriverai pas. Même pour ma survie. Même pour venger ma famille. L'hématophobie me poursuit depuis le massacre, même le mien me terrifie. Enfin, pas exactement, disons qu'au-delà de la peur, c'est davantage à quoi ça me ramène qui me dérange. Plongée entre présent et passé, je me sens vulnérable, parfois incapable de distinguer le vrai du faux. Un stress post-traumatique que j'ai refusé de voir avant. Parce que je voulais une vie normale, oublier tout ça, alors je me suis enfermée dans le déni.

— Tu as peur du sang ? demande-t-il face à mon silence. C'est le mien. Le mien, pas celui de ta famille et si tu ne fais rien, on ne pourra jamais les venger.

— C'est pas le moment de papoter, s'énerve Jake.

— Casse-toi, Jake, gronde Kurt. Va dans la chambre

et fais pas chier.

Jake grogne, mais finit par quitter la pièce, non sans une dernière menace à mon égard. Les yeux toujours plantés dans les miens, Kurt attrape ma main, je tressaille, mais il ne relâche pas sa prise.

— Je sais, Eliza…

— Lizzie, pitié, Lizzie.

Seuls mes parents et mon frère m'appelaient par mon prénom complet. Depuis ce jour, l'entendre est devenu un véritable supplice. Je peux le supporter d'ordinaire, mais certainement pas maintenant, alors que je tente de m'ancrer au présent.

— OK, Lizzie, je sais que ce que je demande est complètement déplacé. Mais actuellement, j'ai besoin de toi. La balle n'est pas ressortie, si tu n'arrives pas à recoudre, pas de souci, ça attendra que mon abruti de frère sans cervelle ait dessaoulé. Mais ce serait bien que ça se fasse maintenant. Il faut l'extraire, tu comprends ?

Je hoche la tête. Ouais, faut que je lui retire cette merde. Si je veux venger mes parents, j'ai besoin qu'il soit apte à se défendre face à son père. Et me défendre accessoirement. Je ferme les yeux, prends une grande inspiration avant de me tourner vers la table basse où Jake m'a installé le nécessaire.

Bien évidemment, il n'y a pas de pince, cela aurait été trop facile. J'attrape la bouteille de vodka qui traîne au pied du canapé et m'en verse sur les mains avant de prendre un plaisir malsain à asperger la plaie béante de Kurt. Ce dernier grogne en serrant les poings.

— Ça va faire mal, soufflé-je.

— Vas-y, mon serdtse.

Ignorant ce surnom ridicule, j'enfonce mon auriculaire dans le trou laissé par la balle. Il lâche un cri de douleur tandis que je tente de crocheter la munition.

Je me mords fermement la lèvre pour rester dans la réalité. La douleur physique est devenue mon point d'ancrage, lorsque je me sens quitter le présent, je fais en sorte de me faire assez mal pour rester consciente de ce qui m'entoure. C'est une solution de merde, mais sans aucun doute la seule qui me permet d'avoir une vie normale sans consulter tous les quatre matins et perdre mon droit d'exercer.

Je jure alors que je loupe une nouvelle fois la balle. Pourquoi dans les films, ça se passe toujours en quelques millièmes de seconde ? Dans le monde réel, ça prend un temps monstrueux, même si je la sens, elle glisse sur mon doigt ensanglanté. C'est dégueulasse, sérieux !

Après de longues, très longues secondes à fouiller son bras, j'arrive enfin à la sortir avant de la jeter sur la table basse. J'attrape la bouteille et en bois une grosse gorgée. Je fixe un instant le kit de suture me demandant si je vais vraiment faire ça. Kurt s'empare de la bouteille et à son tour, il avale une bonne rasade.

Mes doigts tremblants et pleins de sang saisissent l'aiguille. Je galère à passer le fil dans le trou, mais la théorie qu'on nous apprend à l'école me revient vite. Cependant, à la vue de mes mains sanguinolentes, une nausée monte en moi, putain, c'est la chose la plus répugnante que j'aie jamais eue à faire.

Je prends une grande inspiration avant de transpercer la peau de Kurt qui semble être sur le point de tourner de l'œil.

— C'est bientôt fini, soufflé-je plus pour me rassurer davantage moi que lui.

— Ouais, c'est bientôt fini.

Je me dépêche de refermer la plaie tandis que Kurt boit au goulot. Lorsque je termine enfin, je suis à la limite de vomir. Mes mains sont tachées d'hémoglobine et je tremble jusqu'aux ongles. J'enroule la bande autour de son bras outrageusement musclé avant de me lever d'un bond, par peur de lui gerber dessus.

Sans demander mon reste, je me dirige vers la cuisine où je me lave les mains, plusieurs fois.

— Tu peux prendre une douche, si tu veux.

Je me tourne vers lui, les yeux pétillants d'espoir. J'ai l'impression qu'une tonne de crasse recouvre mon corps, sans parler du sang séché sur mon visage, qui appartient en majorité à Jake, que j'ai mordu.

— Sérieux ?

— Oui, Lizzie, sérieux. Je vais préparer à bouffer en attendant, tu dois avoir faim, non ?

Je hoche frénétiquement la tête tandis que Kurt, amusé par ma réaction, sourit en m'indiquant la salle de bains.

— Serviette, sous le lavabo.

Je le remercie avant de me diriger vers celle-ci. Une fois à l'intérieur, je me crispe en découvrant qu'il n'y a pas de verrou. Je soupire, mais au point où j'en suis… Je retire mes fringues activement et plonge sous la douche. L'eau brûle mes plaies, mais apaise mes ecchymoses. Je me lave rapidement par peur qu'un des deux frères n'entre, mais savoure l'eau chaude qui ruissèle sur mon corps meurtri.

J'entends la porte s'ouvrir et tous mes muscles se crispent. Le rideau de bain cache mon anatomie, mais savoir qu'un de mes ravisseurs est si proche de moi ne me rassure pas du tout.

— Kurt m'a demandé de te ramener des fringues, m'informe Jake. Mais maintenant que je te sais nue, un tas d'idées me traversent l'esprit.

Je regarde autour de moi, mais, hormis du savon,

rien ne permettrait de me défendre face à un gabarit comme celui de Jake. Lorsque le rideau se tire, je lâche un cri mêlant la surprise et l'horreur.

— Tu es vraiment très jolie, Eliza, dit Jake en me tirant par le bras alors que j'essaie avec l'autre de maintenir le plastique contre moi.

Ses doigts, enroulés autour de mon poignet, ravivent la douleur du cordage qui m'a, jusqu'ici, retenue captive. Je plonge dans les yeux sans fond de Jake tandis qu'il parvient à arracher le tissu de mes doigts humides. Il soutient mon regard quelques secondes avant de m'observer sans vergogne, faisant courir ses iris sur mon corps nu. Un sourire carnassier étire ses lèvres charnues, puis il y passe sa langue avec délectation.

— Je me demande, si je m'enfonce en toi, est-ce que Kurt aura encore envie de te garder vivante ? J'aurais souillé son nouveau jouet après tout…

Je déglutis en tirant sur mon bras pour qu'il relâche sa prise, en vain.

— Arrête de résister, tu vas adorer… ou pas, mais tu es prête à tout pour survivre, non ?

De sa main libre, il détache sa ceinture, je m'apprête à hurler lorsque la porte de la salle de bains s'ouvre de nouveau.

— Laisse-la, claque la voix de Kurt.

Jake grogne, me regarde méchamment et me dit silencieusement « tu ne perds rien pour attendre ». J'attrape la serviette que j'avais déjà sortie et l'enroule maladroitement autour de mon corps sous les regards de Jake et de Kurt qui ne loupent pas une miette du spectacle. Je me sens extrêmement mal à l'aise face à cette situation dégradante. Aucun des deux ne détourne les yeux tandis que je sors de la douche, les poings serrés par la colère.

Je me sens humiliée et je ne supporte pas ça. Si je me mets à poil devant un homme, c'est parce que je l'ai décidé et non parce qu'un malade s'amuse avec moi.

Kurt soupire avant d'attraper le coude de son frère et de le tirer vers la sortie. Je relâche mes épaules lorsque la porte se referme derrière eux. Dans le lavabo, je trouve un jogging ainsi qu'un tee-shirt des Rangers et une veste, le tout m'appartenant. Ce sont les fringues que je porte lorsque je traîne dans mon appartement sans intention de sortir. C'est ma tenue de la honte, personne ne la connait dans son ensemble. Je comprends que Kurt a passé pas mal de temps chez moi sans que je ne m'aperçoive de rien.

J'ai une furieuse envie de me mettre des gifles !

Comment ai-je pu ne pas me rendre compte qu'un intrus était venu visiter mon appartement ? À l'odeur si particulière de Kurt, j'aurais dû le sentir, je l'aurais senti… Et puis, je me souviens que j'ai passé mon douze janvier complètement saoule, du matin au soir. Il aurait pu s'installer sur le canapé à côté de moi, je lui aurais certainement tendu la bouteille de Jack pour qu'il se bourre la gueule avec moi.

Une fois habillée, je sors de la salle de bains et tombe nez à nez avec Kurt, torse nu et couvert de cicatrices. Mes yeux s'écarquillent aussi bien face au massacre gravé sur sa peau que pour son thorax divinement sculpté.

Son père le battait, je le sais très bien, Jake n'a pas lésiné sur les détails durant son internement. Parfois, il en donnait tellement que je pensais qu'il mentait, puis j'ai compris que non, il cherchait simplement mes limites.

Accroche-toi, mon pote, elles sont parties très loin depuis très longtemps.

Aujourd'hui, face à ces stigmates trop nombreux pour être comptés, allant des marques de brûlures aux mutilations, je comprends la rage qu'il ressent envers l'homme qui aurait dû l'aimer plus que de raison.

Kurt surprend mon inspection, je suis à la fois horrifiée et fascinée. Il baisse la tête comme un enfant honteux avant de laisser son regard remonter sur mon corps. Il avance d'un pas, m'obligeant à reculer. Je me retrouve rapidement bloquée entre lui et le mur. Ses doigts glissent dans mes cheveux, repoussant une mèche derrière mon oreille. Ses iris sont ancrés dans les miens et je me sens d'un coup fébrile. Mes jambes tremblent et ma voix s'étouffe entre mes lèvres closes.

— Tu comprends, maintenant ? murmure-t-il tel un secret.

J'acquiesce doucement tandis que son index passe sur la cicatrice ornant ma joue. Je tressaille à cette caresse, mais Kurt s'en accommode sans mal, il repasse même une seconde fois, dans le sens inverse, me provoquant des frissons le long de ma colonne vertébrale.

— Tu es la mieux placée pour comprendre. Les marques imposées par le diable sont indélébiles aussi bien à l'intérieur (son autre main se pose sur mon cœur qui bat à tout rompre) qu'à l'extérieur. Je sais, Lizzie, que je peux avoir confiance en toi, pas vrai ?

Comme hypnotisée, autant par son regard froid, mais intense que par son toucher délicat, je hoche la tête bien que je sois pleinement consciente de sa manipulation. Un fin sourire étire ses lèvres charnues avant qu'il n'approche sa bouche de mon oreille.

— Alors, nous trois, on va le faire payer pour les horreurs qu'il nous a fait subir. Tu es partante, mon serdtse ?

J'attends cet instant depuis quatorze ans. Seule ou à trois, ça n'a pas grande importance pour moi tant que je suis en mesure de porter le dernier coup à ce fils de pute.

— Oui, murmuré-je.

— Très bien. La partie va bientôt commencer et toi et moi, dit-il en nous désignant avec son index, on sera en première ligne. Je ne te laisserai pas mourir, tu sais pourquoi ?

— Non…

— Parce que si quelqu'un dans ce monde doit t'arracher la vie, mon serdtse, ce sera moi et moi seul.

Ses mots devraient me terrifier, mais étrangement, ils me rassurent. Tant que je marche dans son sens, rien ne m'arrivera. Rien hormis l'attirance inéluctable que je ressens de tout mon être à l'instant précis, les contractions de mon bas ventre peuvent en témoigner.

L'adrénaline, c'est seulement l'adrénaline.

Chapitre 5

LOST AND FASCINATED

KURT

Si Eliza pense qu'on se ressemble, que nous avons des points communs, elle sera forcément plus coopérative. Je l'ai vue regarder les marques laissées par mon père sur mon corps, elle semblait peinée… et excitée, mais ça, c'est une autre histoire. Je ne comprends pas pourquoi elle paraît triste pour moi, surtout qu'après tout, je l'ai privée de sa liberté, même si elle n'est plus attachée au lit. Les humains peuvent être tellement bêtes parfois…

Elle est là, devant moi, dégustant le repas que j'ai concocté, sans rechigner. Il pourrait y avoir du poison, ou n'importe quelle merde, mais sa faim parle pour elle. N'a-t-elle aucune notion du danger ? Son absence évidente de peur me fascine, il est certain qu'elle a énormément d'empathie, et ce, même si elle le cache relativement bien. L'hypothèse qu'elle soit atteinte d'un trouble de la personnalité antisociale s'est envolée au moment où elle a posé ses yeux sur mon torse. Il y a certaines émotions que même le meilleur manipulateur ne peut simuler, encore moins dans le regard.

L'essence même du manipulateur, c'est sa capacité à manier les mots. Il s'amuse avec les émotions des autres, il entre dans leur tête et fait tout pour obtenir ce qu'il désire. La plupart du temps, il joue de son charme, s'il en a, pour pénétrer plus facilement l'âme de sa proie. Bien sûr, je parle des vrais manipulateurs, pas ceux qui utilisent quelques techniques basiques de maniement pour arriver à leurs fins, comme les commerciaux.

Pour agir, il faut savoir mentir et surtout ne ressentir aucune pitié envers sa victime. Eliza est difficile à berner, elle travaille avec des menteurs quotidiennement. Alors il a fallu que j'use de mes dernières ressources pour m'assurer de sa bonne conduite : mon corps et mon âme meurtrie.

Son empathie et son désir évident pour moi font d'elle une captive facilement maîtrisable. Eliza est étrange. Je n'ai pas d'autres mots pour la décrire. Elle est à la fois si forte et si faible. À l'aube d'une crise de panique, elle a trouvé la force dont elle avait besoin pour ne pas sombrer face au regard de l'homme qui l'a enlevée. Un regard quasiment identique à celui qui a tué sa famille. Quelques mots de ma part et elle plongeait son doigt dans mon bras comme si elle avait fait ça toute sa vie, pour sauver la mienne.

Comment raisonne-t-elle ?

J'ai une furieuse envie de lui ouvrir le crâne afin de comprendre son point de vue sur la situation. Il est certain qu'elle n'est pas censée éprouver de la sympathie pour moi, celui qui l'a kidnappée, alors pourquoi a-t-elle réagi ainsi face à mes cicatrices ?

Il est normal que j'éprouve une certaine forme de respect face à cette femme accomplie qui, quatorze ans plus tôt, a vu sa famille se faire massacrer. Combien peuvent affirmer avoir traversé l'enfer et en être ressortis plus forts ? Eliza Lanson le peut. Aujourd'hui encore, elle me prouve sa force. Elle est parvenue à surmonter un traumatisme, des images qui hantent ses nuits, pour m'enlever une balle du bras. Son regard intense qui me fixait quand je tentais de la raisonner, puis ses yeux focalisés sur ma plaie, comme si elle s'apprêtait à sauver la personne à qui elle tenait le plus au monde, m'ont transcendé. J'en aurais presque oublié qu'une balle avait traversé ma peau.

D'une attraction physique quasiment obsessionnelle, mon désir pour cette femme s'étend désormais à son cerveau, ses pensées, ses joies et ses peines. Elle fait écho en moi, résonne dans chaque parcelle de mon être comme si elle avait été façonnée pour me plaire. Semblant tout droit sortir du purgatoire elle a kidnappé mon âme et depuis, resserre habilement sa prise sur celle-ci, y laissant sa marque.

Je secoue discrètement la tête, sortant de mes songes avant d'attraper ma bière de mon bras valide. Eliza, assise face à moi, reste le menton baissé, ce qui n'est pas dans ses habitudes. Je la connais depuis deux ans et je peux affirmer avec certitude que jamais, ô grand jamais, je ne l'ai vue baisser la tête, ni même les yeux devant qui que ce soit. Son obsession à éviter mon regard est même alarmante.

Va-t-elle essayer de fuir ? Ce serait le bon moment. Ma perte de sang m'a affaibli et Jake est totalement défoncé, avachi au bout de la table, somnolant à moitié. Il est certain qu'une opportunité comme celle-ci ne se reproduira pas. Si elle veut s'échapper, c'est maintenant ou jamais.

Comme pour la tenter un peu plus, je dépose les clefs de ma caisse sur la table. Elle n'a qu'à tendre le bras pour les attraper. Je ne suis pas stupide, la porte de la maison est fermée à double tour. Pour notre sécurité et pour que le plan tienne jusqu'au bout, nous avons décidé de toujours séparer les clefs de la voiture de celle de la maison, qui est en la possession de Jake, de ce fait, Eliza serait obligée de nous neutraliser tous les deux si elle souhaitait s'enfuir.

Mission impossible !

Je suis surpris de la voir sursauter. Ses yeux se posent sur moi, puis sur Jake. Son assiette est certes vide, mais elle ne paraît pas aller beaucoup mieux. Son teint est plus pâle qu'en temps normal, et ce depuis qu'elle m'a soigné, il y a déjà deux heures. Elle ne semble pas reprendre de couleurs.

Manquerait plus qu'elle fasse un malaise, tiens…

— Tu te sens bien, Lizzie ? Tu es aussi livide qu'un putain de cadavre.

Elle plante son regard vide dans le mien. Depuis que je la suis, j'ai eu tout le loisir de constater qu'elle a une facilité déconcertante pour cacher ses émotions, aussi bien positives que négatives. Elle arbore toujours cette mine neutre, comme si rien ne pouvait l'atteindre. Toutefois, là, elle est… absente. Comme si elle me regardait sans me voir.

— Me sentir bien ? Putain, j'ai foutu mon doigt dans ta chair !

Étonné, je la fixe, interrogateur. Depuis trois jours, elle est attachée, frappée par mon frère et affamée. Ce qui la choque, c'est d'avoir trifouillé dans mon bras ?

— Mon serdtse, ce n'est pas la première chose à laquelle tu devrais penser, ricané-je.

— J'me suis faite à l'idée du reste. Pour la balle, je n'ai pas encore digéré. T'as pas une clope ?

— Depuis quand fumes-tu ?

— Depuis quand me suis-tu pour savoir que je ne fume pas ?

— Deux ans, précisé-je franchement, sans prendre de pincettes.

Ses yeux s'écarquillent avant qu'elle ne rejette sa tête en arrière, lâchant un ricanement cynique au passage. Elle finit par rire à gorge déployée. Un rire sans joie, triste et désespéré.

C'est bon, elle craque.

Depuis son arrivée, elle garde un sang-froid à toute épreuve. Elle encaisse coup après coup comme une championne de boxe. Jamais elle n'a faibli. Mais cette fois, c'en est trop pour elle. Depuis deux longues années, je l'observe, tapi dans l'ombre, pour connaître la moindre de ses petites habitudes. Elle aurait pu me repérer des centaines de fois et pourtant, elle n'a rien vu. Elle aurait pu se défendre, contacter la police afin qu'on lui colle un flic au cul, mais elle n'a jamais réellement fait attention. Elle doit s'en vouloir. Beaucoup.

Une part de moi aimerait la rassurer, lui dire que j'ai pris mes dispositions pour qu'elle ne me remarque pas, ce serait un mensonge, parfois, pris d'une pulsion incontrôlable, je suis même allé jusqu'à la frôler.

Je tire un paquet de clopes de ma poche tandis qu'elle s'arrête enfin de rire. Elle l'attrape et en allume une à l'aide du briquet glissé dedans.

— Pour ta gouverne, j'ai arrêté de fumer il y a deux ans et demi. Tu vois, Kurt, tu ne sais pas tout de moi, finalement.

Je souris, bien sûr que si, je connais tout d'elle.

J'ai su qu'elle venait d'arrêter de fumer dès que j'ai commencé à la suivre puisqu'elle mâchouillait toujours des chewing-gums à la nicotine et qu'elle se collait des patchs carrés sur les épaules. Il est vrai que je ne l'ai jamais vue la clope au bec, toutefois, je le savais. Elle n'a pas besoin de l'apprendre, ça lui ferait plus de mal qu'autre chose.

Un filet de fumée quitte ses lèvres charnues tandis qu'elle rejette la tête en arrière, fixant le plafond.

— Tu ne devrais pas reprendre, soufflé-je.

— Tu ne devrais pas enlever des gens sans leur demander préalablement s'ils sont d'accord pour t'aider, crache-t-elle.

Mes mâchoires se serrent. Je ne supporte pas qu'elle me réponde.

— Je n'aime pas le ton que tu emploies, Lizzie.

— Et tu vas faire quoi, Kurt ? M'attacher ? Me frapper ? Hein, dis-moi, tu vas faire quoi ? Me tuer ? Mais putain fais-toi plaisir ! crie-t-elle en écartant les bras.

Elle hurle si fort que mon enfoiré de frère se réveille d'un bond, prêt à intervenir si la situation dégénérait davantage.

— Eliza, grogné-je en guise d'avertissement.

— Ne m'appelle pas comme ça, putain !

Ses poings frappent la table. L'instant d'après, elle écarquille les yeux avant de lâcher un cri de douleur pure. Rapidement, je remarque que son petit doigt n'est plus dans son axe. Bordel, il n'y a qu'elle pour se déboîter l'auriculaire en frappant sur une table. Elle balance des tonnes d'injures en se tenant la main.

Je me lève et, doucement, je m'approche d'elle. Ses prunelles me fusillent sur place, à tel point que j'hésite à continuer, par peur qu'elle me fracasse le crâne. Je lève les mains en l'air, lui montrant que je ne lui veux aucun mal avant de la rejoindre lentement. J'attrape son poignet et plante mon regard dans le sien.

— Ça va faire mal, mon serdtse.

— Je n'aime pas ce surnom, non… Aaaah ! putain d'enfoiré, je vais te buter !

Son doigt remis en place, je retourne m'asseoir tandis qu'elle persiste à m'insulter. Je ris sous cape face à ses mots. Je mentirais si je disais ne pas aimer son caractère, même si elle me sort des injures dans plusieurs langues, un sourire ravi étire mes lèvres, là, c'est la Eliza que je connais. Elle récupère sa cigarette au sol, tire deux ou trois taffes et l'écrase dans son assiette.

— Je vais me coucher, crache-t-elle finalement.

Sans attendre ma réponse, elle quitte le séjour et monte à l'étage. Je fais signe à Jake de la suivre et de l'enfermer. Hors de question qu'elle se fasse la malle lorsqu'on dormira.

Je veille à ce que mon frère ne mette pas plus de temps que nécessaire pour fermer la porte. Contrairement au reste de la population, Jake ne tire aucun plaisir dans le sexe traditionnel. Un film porno ne le fera jamais bander, une nana à poil devant lui non plus, hormis si elle ne veut pas être nue devant lui. Jake a de sérieuses déviances sexuelles et je sais que j'en suis en partie responsable.

Si quatorze ans plus tôt, j'avais su encaisser les coups de mon père, si j'avais trouvé la force de me relever, jamais ce bâtard ne l'aurait violé.

Quel genre de malade faut-il être pour prendre l'innocence de son gosse ? Ou de n'importe quel môme d'ailleurs. Même si mon géniteur a adopté Jake, techniquement, il n'est pas son fils biologique, il l'a «élevé», il l'a vu grandir…

Bien que je prenne mon pied dans la soumission de mes partenaires, jamais je ne les pousserais à faire quelque chose qu'elles ne souhaitent pas faire, même si je compte les buter après. Ça me donne la gerbe d'imaginer mon frère subir ce genre d'abus, jamais je ne pourrais le faire à mon tour.

Je ne veux pas être mon père.

Jake redescend, une main sur le crâne. Je souris légèrement, ravi de sa gueule de bois.

— J'crois que j'ai trop bu.

— Sans blague ? ricané-je.

— C'est ça, rigole, connard ! Elle ne t'a pas trop charcuté ?

Il désigne mon bras. Je secoue doucement la tête. Ses gestes étaient, certes, moins sûrs que ceux de Jake, mais elle a fait un bon boulot. Dans tous les cas, je n'avais pas vraiment d'autre option hormis me recoudre moi-même. Lorsque j'ai compris que mon père m'avait tendu un piège, j'ai dégainé mon flingue. Trop tard, je m'étais déjà bouffé une balle.

J'ai rapidement tué les quatre types, puis déchiré l'un de leurs tee-shirts pour me faire un garrot et je suis rentré, laissant tout en plan sur place. Il va falloir faire le ménage là-bas et vite avant que d'éventuels promeneurs tombent sur le massacre et donc, sur mon sang.

— Il faut enlever les corps et brûler la baraque, soufflé-je.

— Envoie les clefs du 4x4, j'ai décuvé, je vais y aller.

Je le remercie en poussant le trousseau toujours sur la table dans sa direction. Sans plus attendre, il attrape sa veste et quitte la cabane.

Une heure plus tard, je suis installé devant la cheminée, jouant sur mon téléphone lorsque j'entends un cri déchirant provenant de l'étage. Je me lève d'un bond et je grimpe rapidement pour rejoindre la chambre d'Eliza.

Je galère à ouvrir les trois verrous avant de m'engouffrer dans la pièce sombre. Un soupir de soulagement m'échappe lorsque je remarque qu'elle dort encore. En sueur, elle gigote dans le lit en gémissant de ce qui semble être de peur et de panique.

Je m'approche du lit doucement et glisse mes doigts dans ses cheveux. Avant que ma mère ne devienne une toxico, elle venait me réconforter ainsi lorsque je faisais des cauchemars. Ce sont les seuls bons souvenirs que je garde d'elle. Je me rappelle que ses doigts sur mon crâne étaient la seule chose capable de calmer les démons qui me poursuivaient dans mes rêves les plus sombres.

— Lizzie, c'est un cauchemar, soufflé-je.

Ses yeux s'ouvrent doucement tandis qu'elle passe une main sur son front, encore essoufflée. Une boule se forme dans mon ventre lorsque je remarque une larme rouler le long de sa joue. Je m'assois à ses côtés et continue mon massage crânien. Contre moi, son corps tremble comme une feuille au vent. Mon cœur semble compressé dans ma poitrine. Si seulement elle savait depuis combien de temps j'attends ça…

Cette fille me rend… *humain*.

Je ne sais pas si j'adore ça ou si, au contraire, je souhaite la tuer pour ne plus jamais me sentir si proche de mon moi originel, celui sans défense, sans armure. Celui qui tombe.

Chapitre 6

NIGHTMARE

KURT

Lorsque je me réveille, le soleil est déjà filtré par les rideaux. Un poids chaud repose sur mon torse, Eliza bien sûr. Contrairement aux cons qui prennent trois plombes pour se souvenir de ce qu'ils ont fait la veille, et ça, même s'ils n'ont pas bu une goutte d'alcool, je sais très bien ce que je fais ici.

Toutefois, j'ignore pourquoi j'ai agi ainsi. Eliza, bien qu'elle accepte de jouer le rôle de l'appât, n'en reste pas moins ma captive. Mon rôle est de la terroriser et non de la mettre dans une bulle rassurante. Il ne manquerait plus qu'elle ait confiance en moi. Pire qu'elle développe cette connerie de syndrome de Stockholm.

Le hic avec cette merde, c'est qu'il s'agit avant tout d'un instinct de survie. Et je le sais mieux que personne, même si on crève d'envie de mourir, la pulsion de vie est plus forte que tout. C'est d'ailleurs pour cette raison que j'éprouve un profond respect pour tous ceux qui ont réussi à se suicider. Ils sont parvenus à aller à l'encontre de l'instinct même de l'être humain.

Si par malheur Eliza venait à développer cette merde, ça pourrait être un avantage certain, tout comme un énorme problème. Il est probable qu'avec ce syndrome, elle ne me plantera pas un couteau dans le dos, néanmoins, combien de kidnappeurs ont développé le syndrome de Lima à cause de ça ?

Que je ressente une forme de respect pour elle n'est déjà pas un bon signe. Que je la désire l'est encore moins. Je me rassure en me disant que si je connais les symptômes de ce phénomène, je parviendrai à l'éviter. Toutefois, et si c'était déjà un peu trop tard ? Je suis dans *son* pieu, bordel !

Je soupire avant de pousser délicatement Eliza. Elle se tourne d'elle-même, me permettant de me casser d'ici. Mon bras me tire, ça fait un mal de chien. Mon cerveau, encore embué par le sommeil, tire des conclusions hâtives comme sur la provenance de mon attachement à Lizzie. Je tente malgré tout de rationaliser : c'est une belle fille, avec le genre de caractère qui me fait triquer. Je la piste depuis des années et son mode de vie est devenu le mien. Il me faut simplement du temps pour reprendre le cours de mon existence. Ce sera bien plus simple lorsqu'elle sera morte.

Je grimace en rejoignant le salon où Jake boit son café. Au regard noir qu'il me lance, je devine rapidement qu'il sait où j'ai passé la nuit. J'attrape des antidouleurs dans l'un des tiroirs, ignorant sa mine réprobatrice.

— Tu l'as baisée au moins ? crache-t-il.

— Je n'ai pas à me justifier auprès de toi, Jake. Mais non, je ne l'ai pas baisée. J'veux juste qu'elle ait assez confiance en nous pour ne pas nous la mettre à l'envers dès qu'elle en aura l'occasion.

La sauter serait un bonus certain, mais je ne suis pas stupide, je suis son geôlier, si elle venait à se foutre à poil devant moi, c'est qu'elle aurait réellement atteint les limites de sa santé mentale et à ce moment-là, elle ne m'intéressera sûrement plus.

Ce qui diffère Eliza des autres femmes, c'est sa capacité à encaisser sans broncher, cette détermination qui la pousse à toujours se relever, même à bout de forces. Hormis ça, elle est comme les autres. J'aime bien la cicatrice sur sa joue, elle raconte une histoire, *son* histoire. Celle de l'enfant qui a survécu.

— Alors on change nos plans ? On laisse couler ? Sa réaction face à ton père m'a détruit !

Jake n'a jamais qualifié mon géniteur comme étant son père. Lorsqu'il en parle, c'est soit «ton» père soit directement par son prénom.

— Jake, on ne peut pas la punir parce qu'elle a été forte, ce n'est pas logique, voyons.

— Mais il t'arrive quoi, bordel ? Il y a quatre jours, tu étais prêt à lui coller une balle entre les deux yeux si elle bougeait une oreille et aujourd'hui, on ne doit plus faire de mal à la princesse parce qu'elle a été forte ? Et nous ? Et *moi* ?

J'observe Jake, réfléchissant à ses propos. Il est vrai que mes objectifs ont changé, je voulais la faire souffrir, mais finalement, voir sa famille mourir sous ses yeux et en cauchemarder chaque nuit, n'est-ce pas la pire des punitions ? Ne souffre-t-elle pas déjà assez ?

Bordel ! Tu t'entends penser, Kurt ? C'est n'importe quoi, bientôt tu diras qu'il faudrait mieux la relâcher après un doux massage !

Je soupire. Que me fait-elle ? Je n'ai jamais éprouvé de compassion envers qui que ce soit, pourquoi elle me retourne le crâne si facilement ? J'ai l'impression qu'elle est entrée dans ma tête et qu'elle me susurre comment agir, comment réfléchir. Je n'aime pas ça.

Si je veux être tout à fait franc, je n'ai pas envie que Jake soit l'auteur de sa souffrance. Si elle doit prendre des coups, je veux le faire moi-même pour être capable de m'arrêter à temps…

Putain !

Bien sûr, je veux venger mon frère, mais Eliza n'était pas dans cette piaule. Elle était sûrement encore chez elle, face aux corps sans vie de sa seule famille, avant d'être traînée de foyer en foyer. Ce soir-là, elle a survécu parce qu'elle est restée stoïque. Si elle ne l'avait pas fait, elle serait certainement morte elle aussi et rien ne m'assure que mon père n'aurait pas brisé mon frère si tel avait été le cas.

Il faut que je gagne du temps avec Jake. Il ne lâchera jamais. Il veut voir Eliza souffrir autant qu'il souhaite voir notre père mort.

— Rien ne change, seulement on tue d'abord mon père avec son aide et après, elle est à toi.

— C'est clair que j'ai grave envie de vous aider maintenant, claque la voix d'Eliza en haut des escaliers.

Jake et moi, nous nous tournons vers elle. Comme souvent, aucune émotion ne traverse le visage fermé d'Eliza. Elle nous regarde tour à tour, avant de combler l'espace qui nous sépare. Elle se plante à quelques pouces de Jake et attrape le couteau dont il s'est servi pour tartiner sa bouffe ce matin. Contre toute attente, elle ne tente même pas de l'agresser. Elle lui tend, simplement.

— Tu veux te venger, Jake ? Tiens, vas-y, prends ce couteau et tue-moi. Après tout, c'est ma faute si ton père est barge, c'est moi qui lui ai soufflé l'idée de te violer, non ? Parce que si je vous écoute, le fait d'avoir survécu à votre malade de père vous a brisés.

Elle soupire et voyant que Jake ne prend pas le couteau, elle le repose. Parfois, c'est con, mais c'est se condamner qui soulage nos peurs. Elle demande ouvertement à Jake de la tuer, afin de ne plus jamais flipper. Parce que même si elle le cache, je suis persuadé qu'elle est effrayée.

Lorsqu'on voit sa vie comme un taulard qui doit purger sa peine à perpétuité, on se demande obligatoirement si elle mérite d'être vécue. Et je pense qu'Eliza en est arrivée là. Elle ne conçoit plus son futur depuis quatorze ans. Finalement, elle est peut-être déjà morte ce soir-là.

— Si j'ai bien compris, reprend-elle, il vous frappait avant que je débarque dans sa vie, non ? Alors, dis-moi, Jake, tu penses vraiment qu'il n'aurait pas franchi cette limite s'il m'avait tuée ? demande-t-elle. Réponds-moi, putain ! Est-ce que ton père serait rentré dans ta chambre si je n'avais pas existé ? Est-ce qu'il aurait baissé ton pantalon ? Est-ce qu'il aurait baissé le sien ?

Jake explose, il attrape le couteau et pousse Eliza contre le mur, la lame sous sa gorge, tandis qu'elle plante son regard dans le sien. Elle ne tremble pas, sa respiration ne s'accélère pas. Elle est calme. Trop calme. Je vais pour intervenir, mais d'un geste, Eliza m'intime de ne pas m'en mêler. Je serre les poings. Putain, si elle crève, on peut oublier notre vengeance. Je soupire, avant de passer une main tremblante dans mes cheveux. Je n'aime pas cette situation. Jake la tuera sans la moindre hésitation, je le sais et elle doit le savoir également. Pourquoi fait-elle ça, putain ?

C'est elle la psy après tout, elle doit savoir ce qu'elle fabrique, non ?

— Tu n'es pas le seul à avoir passé une sale nuit ce jour-là, tu sais ? Ton frère s'est fait passer à tabac et moi, j'ai vu ma famille, les gens que j'aimais le plus au monde, mourir, un par un, sans réagir. Tu te rends compte, Jake, quel genre de monstre il faut être pour ne pas ciller devant la mort de ses parents ? Et de son frère ?

Je suis surpris de voir une larme rouler sur la joue d'Eliza. La main de mon frère tremble, il semble indécis. Et moi… Moi, je panique.

— Quel genre d'erreur de la nature faut-il être pour réagir seulement lorsqu'on est soi-même en danger ? Si j'avais osé le frapper avant, peut-être qu'ils seraient encore vivants. Peut-être que si j'avais osé courir, j'aurais réussi à atteindre la cuisine et cette nuit-là, aucune âme n'aurait été souillée.

Un sanglot quitte ses lèvres tandis que je déglutis difficilement. Putain, je ne sais pas à quoi elle joue, mais chez moi, ça fonctionne, j'aurais lâché le couteau avant de la prendre dans mes bras, pour la consoler.

— Mais tu sais quoi, Jake ? Le « peut-être », on peut refaire le monde avec lui. Je trimballerai ces images toute ma chienne de vie. Celle de ma mère, la femme qui m'a mise au monde, inerte les yeux ouverts, baignant dans son sang. Celle de mon père, pleurant et implorant. Celle de mon frère, mon héros, criant. Et moi, stoïque. Je les ai regardés s'éteindre. J'en fais des cauchemars toutes les nuits, mais cette nuit, ce n'étaient pas mes parents, c'était toi putain. Tu m'as kidnappée, frappée, insultée, menacée et pourtant, j'ai cette boule au fond du bide. Celle qui me rappelle que, oui, je suis peut-être responsable de ce qu'il t'a fait. Et ce sentiment de culpabilité me consume.

Jake lâche le couteau et recule d'un pas, tout aussi

choqué que moi. Eliza passe un doigt sur sa gorge, où quelques perles de sang coulent. Lorsqu'elle voit le bout de ses doigts tâché du liquide rouge, elle se redresse vite, ferme les paupières et respire calmement comme pour se concentrer sur autre chose. Mais cette blessure n'est rien de bien grave, heureusement.

Doucement, elle glisse le long du mur, les jambes repliées contre son ventre. Elle tremble, comme moi, comme Jake. Je fixe Eliza, qui à cet instant semble si faible. Puis elle éclate en sanglots, son corps est secoué par de violents soubresauts qu'elle tente de retenir.

Sans un mot, mon frère attrape sa veste et quitte la cabane, claquant la porte derrière lui. Je m'approche avant de me laisser tomber près d'elle. Elle ne réagit pas et d'un coup, l'évidence me frappe : elle n'est plus notre captive, elle est notre complice. Elle a tout autant besoin de vengeance que Jake et moi, si ce n'est plus.

D'un geste quasiment inconscient, mon bras valide enveloppe son corps et ma main se pose sur son épaule, pour la réconforter. Elle ne réagit toujours pas, alors je l'attire vers moi et rapidement, elle se laisse aller. Elle ouvre les vannes en tremblant.

— Chut, soufflé-je.

Mes doigts glissent dans ses cheveux comme cette nuit, lorsque je l'ai consolée, sans savoir qu'elle s'imaginait le viol de mon frère. Étrangement, sa faiblesse ne me fout pas en rogne, au contraire. La culpabilité qu'elle ressent, ça me fait quelque chose, là dans la poitrine. Je ne saurais dire ce que c'est exactement, mais mon cœur bat plus fort.

Mon téléphone sonne, m'indiquant un message de Jake :

> On change les plans.
> Si quelqu'un la touche, j'le bute.

Avec Jake, c'est tout ou rien. Parfois, je me demande si les psys ont vraiment raison. Il y a des choses qu'on ne peut pas simuler. C'est la seule personne à qui je pourrais confier ma vie, les yeux fermés. Les sociopathes sont censés faire passer leurs intérêts avant ceux des autres. Pourtant, je sais que Jake pourrait crever pour moi, sans la moindre hésitation. Bien sûr, ça va dans les deux sens, je pourrais me prendre un chargeur dans le corps si ça lui permettait de vivre plus longtemps. Parce que c'est mon p'tit frère. C'est ma seule famille. Je n'ai pas besoin d'avoir le même sang que lui pour ressentir ce lien fraternel.

— Tu es en sécurité avec nous, murmuré-je.

Je le sais, puisque Jake ne dit jamais aucune parole en l'air, si elle est sous la protection des frères Aspen, rien ne pourra lui arriver.

— Et si, chuchote-t-elle, c'était moi le danger ?

Je soupire doucement, il est certain qu'Eliza représente une menace pour nous, parce qu'elle nous rend barges. Elle nous déstabilise. Tout ça, en quatre jours. Dans une semaine, dans quel état serons-nous ?

— Alors, on te protégera de toi-même.

J'enroule une de ses mèches autour de mon doigt. Elle est, de toute évidence, aussi dangereuse pour nous que pour elle. C'est ce qui fait d'Eliza le danger ultime, bien plus que mon père.

Chapitre 7

THE WOLF AND THE SHEEP

JAKE

Un soupir quitte mes lèvres, laissant une fine buée s'échapper de ma bouche. Mes bottes s'enfoncent dans la neige tandis que le vent frappe mes joues. Mes mains gelées tentent de trouver de la chaleur au fond de mes poches alors que je fixe l'horizon, toujours en proie à une sourde colère.

La nature, au même titre que la vie humaine, m'a longtemps fasciné à l'inverse de mon frère. Lorsqu'on observe une forêt comme celle-ci, on peut y voir le même schéma hiérarchique que chez les hommes. Les plus forts terrassent les faibles, jusqu'à les étouffer.

Autrefois, j'ai été faible, terriblement faible. J'étais trop chétif. Lorsque j'entendais Kurt hurler sous les coups de son père, je me planquais sous le lit, avec mon vieil ourson. Lorsque je croisais Jasper, je baissais la tête et fonçais dans ma chambre afin de ne pas voir le monde tel qu'il était. J'avais peur, de tout, mais je n'étais pas naïf.

Je ne saurais compter le nombre de coups que Kurt a encaissés à ma place et c'est pour cette raison que je ne lui en ai jamais voulu de ne pas être venu à mon secours cette nuit-là.

Toute son enfance, mon frère a essuyé la violence de son père afin de le distraire de moi. J'étais incapable de regarder Kurt dans les yeux lorsque Jasper quittait sa chambre. Son sang me donnait la gerbe parce que je savais, oui, je savais, que tout était ma faute.

Kurt supportait les dérouillées de son paternel depuis ses quatre ans, moi, je n'ai pas subi de corrections avant huit ans, avant cette nuit-là. J'avais besoin de rejeter la faute sur quelqu'un, savoir que la responsabilité de cet acte odieux reposait sur une tierce personne. Pas sur Jasper, pas entièrement du moins.

En quelque sorte, je ne voulais pas croire que mon père adoptif, l'homme qui m'avait sorti du système, donné une chance de ne pas passer ma vie dans des familles d'accueil plus merdiques les unes que les autres, puisse être assez fou pour me faire…ça. Eliza était parfaite dans ce rôle, la victime parfaite de ma haine.

Si elle n'avait pas tenu tête à Jasper, il ne serait pas rentré plus qu'énervé que ses deux garçons soient incapables de monter au créneau alors qu'une fillette de quatorze piges lui avait collé son genou dans les couilles.

J'avais besoin de la détester pour ne pas me détester.

C'est bête à dire, mais tant qu'elle n'était qu'un monstre dans mon esprit, je pouvais me convaincre que je ne pouvais rien faire face à Jasper. Si elle avait réussi, c'est parce que c'était un monstre, un point c'est tout.

Et puis, je l'ai vue. Un mètre soixante-dix tout au plus, absolument pas bodybuildée comme dans mes cauchemars. Non, une jeune femme brune, taille mannequin, ne pratiquant aucun art martial qui aurait pu mettre mon père adoptif K.O. Pourtant, pendant toute mon hospitalisation au service psychiatrique, j'ai alimenté ma haine envers cette femme. Elle était là, à quelques pouces de moi, derrière son bureau. Elle était tellement différente des autres psys que j'ai pu rencontrer durant mon adolescence.

Eliza est intelligente, assez pour ne pas se laisser berner par tous ses patients un tant soit peu manipulateurs. Elle semblait rentrer dans mon jeu, jusqu'à ce que la séance se termine et qu'elle me balance toutes les erreurs que j'avais commises lorsque j'avais menti : mon petit sourire satisfait, mon regard enjoué, mes mains trop mobiles…

Elle prenait le temps de m'analyser dans les moindres détails, aussi bien mes paroles que mes gestes. Cela ne m'étonne pas qu'elle ait compris pour les agissements de Jasper.

Elle a dû tirer cette conclusion dès la première semaine, pourtant, elle ne m'a jamais poussé à lui en parler, je ne sais pas pourquoi, peut-être espérait-elle que je l'évoque moi-même ?

L'intelligence d'Eliza me fascine autant qu'elle me trouble. Je suis conscient que cette aptitude à tout deviner avant même qu'on y pense peut nous être bénéfique, mais je ne sais pas, je ne la sentais pas.

J'ai toujours quelques a priori à son sujet, mais, pour une raison qui m'échappe, Kurt semble déterminé à la protéger et si j'ai appris quelque chose à propos de mon frère, c'est qu'il vaut mieux l'avoir comme ami plutôt que comme ennemi.

Et puis, dans un sens, le raisonnement d'Eliza n'est pas mauvais. Jasper sera hors de lui lorsqu'il apprendra qu'elle est avec nous de son plein gré et il risque de faire une erreur. Une erreur qui lui sera fatale.

Je suis prêt à épargner Eliza, non pas parce qu'elle culpabilise, mais pour faire plonger mon père plus rapidement. Lorsque son corps sans vie sera étendu sur un sol maculé de son sang, je reviendrai peut-être sur ma décision. En attendant, Eliza est l'une des nôtres et quiconque s'en prendra à elle le paiera de sa vie.

Si Kurt n'est plus le loup Alpha que je connais, Eliza Lanson est et restera le mouton et sous mes crocs, un jour, elle mourra.

Chapitre 8

AKA NINA ANDERSON

KURT

Anton, la seule personne en qui j'ai encore confiance en dehors de mon frère, m'a contacté afin de me filer un contrat. L'Organisation est une agence de tueurs à gages basée en Ukraine, mais qui opère dans le monde entier. Mon père travaille régulièrement avec eux et j'ai pris l'habitude de le faire aussi. C'est plus simple que de chercher des particuliers moi-même et également, beaucoup moins risqué.

On m'envoie un nom et de temps à autre, une adresse si le client la connaît. Je passe des heures à chercher quand et comment atteindre mon objectif. Parfois, les clients imposent la façon dont on tuera notre cible, bien sûr, ils payent davantage pour cette option.

Ma victime du jour se nomme Pedro Costa. Sa tête est mise à prix pour un demi-million de dollars américains, payé cash. Ce n'est pas rien et même si j'ai pas mal d'argent de côté, je ne cracherai jamais sur ce pognon. L'argent appelle l'argent.

Après des heures de recherche, j'apprends que ma cible est un homme influent du Mexique, qui, par chance, donne une réception chez lui ce soir. Toutefois, il est hors de question que je laisse Eliza et Jake seuls, si mon père attaque, ils sont morts, tous les deux.

Jake est trop confiant pour affronter un homme comme Jasper. Mon frère est tellement obnubilé par la vengeance qu'il fera une erreur qui lui sera fatale, je le sais. Mon père est trop organisé pour se faire avoir par l'impulsivité de Jake.

Aussi, je pense que j'aurai besoin de Jake afin de contourner la sécurité et Eliza pourrait aussi jouer un rôle important, si elle accepte de nous aider. J'ai mes arguments pour la faire craquer, mais je ne suis pas sûr de le vouloir. Tuer un homme n'est pas sans conséquence et y contribuer également.

C'est pour cette raison que j'ai demandé à Eliza et Jake de me rejoindre dans le salon. J'aimerais amener la chose en douceur afin de ne pas la brusquer, mais je ne vois pas comment lui demander d'être complice d'un meurtre délicatement.

— J'ai reçu un nouveau contrat, soufflé-je. Au Mexique. Et je pars cet après-midi.

Mon frère me fixe, attendant la suite tandis qu'Eliza ne semble pas comprendre ce qu'elle fout là. Je prends une grande inspiration et balance tout ce que j'ai appris au fil de mes recherches. La réputation de Costa n'est plus à faire et, bien qu'il ait soudoyé bon nombre de policiers, en fouinant là où il faut, j'ai trouvé des plaintes d'anciennes victimes, toutes classées sans suite pour faux témoignages.

Je n'oublie aucun détail. Pedro Costa est un pédophile

qui a, à ce jour, violé treize petites filles. J'enfonce le clou en disant que l'une d'entre elles s'est suicidée et ce sont d'ailleurs ses parents qui m'ont engagé. Elle n'avait que onze ans lorsqu'elle s'est défenestrée du huitième étage de son immeuble à Mérida après avoir été abusée et torturée par ce pervers sadique.

Je constate qu'Eliza tremble comme une feuille. Son regard, noirci par la haine, me fait presque frissonner.

— Pedro Costa organise une soirée dans sa demeure en bordure de Mexico. Mon contact sur place m'a obtenu trois invitations. J'ai besoin de vous deux, déclaré-je de but en blanc.

Contre toute attente, Eliza ne cille pas. Au contraire, elle penche légèrement le visage sur le côté, semblant de plus en plus intéressée par mes dires.

— Jake, tu devras surveiller la salle de réception tandis que toi, Lizzie, tu l'attireras à l'étage, dans sa piaule, où je t'attendrai.

Je vois une légère crispation de sa mâchoire, mais elle reste muette, ses yeux emplis de fureur, plantés dans les miens.

— Ce *govnyuk*[5], en plus d'être un pédophile, aime les femmes…soumises. Donc si tu acceptes de nous suivre, il faudra impérativement que tu rentres dans ce personnage afin de capter son attention.

— Donc, j'ai le choix ?

Je me crispe, mais je hoche tout de même la tête. Si j'ai bien compris quelque chose avec Eliza, c'est qu'il ne faut surtout pas la forcer. Même si elle n'a pas d'autre choix que de me suivre jusqu'au Mexique, je ne peux pas l'obliger à être complice d'un meurtre.

— Ton père sera-t-il au courant de ma présence ? Sinon, tu peux faire en sorte que ce soit le cas ?

---

5 Connard en russe

Je l'observe sans comprendre où elle veut en venir, rapidement, elle reprend le fil de sa pensée :

— J'accepte d'aider seulement si ton enfoiré de père l'apprend. Il sera donc bel et bien convaincu que je suis avec vous, de mon plein gré. Ce n'est pas anodin de participer à un assassinat.

— En effet, ce n'est pas anodin, rétorque Jake en me fixant. Tu ne vas pas faire d'elle un monstre, si ? me demande-t-il.

Son ton est désapprobateur. Il est vrai que demander ça à Eliza est la pire chose que je pouvais faire, mais je n'ai aucune autre solution dans l'instant présent. Je pourrais payer quelqu'un pour attirer Costa dans sa piaule, mais ça m'obligerait à tuer une personne supplémentaire. Aucun témoin, c'est plus qu'une règle, c'est de la survie. Aussi, il est absolument hors de question que je la laisse sans surveillance. Ma confiance a des limites.

— Il y a bien longtemps que l'on peut me considérer comme un monstre, ricane Eliza. De plus, disons que je rends service à l'humanité, ou une connerie dans le genre. Je hais ceux qui s'en prennent aux plus faibles, donc aux enfants. J'en suis.

Surpris, j'observe Eliza. Je me doutais qu'elle accepterait. Mais je pensais devoir négocier pendant de longues heures. J'avais prévu tout un tas d'arguments pour la faire flancher, je ne pensais vraiment pas qu'elle prendrait cette mission comme un *service rendu à l'humanité*.

Dans un sens, elle n'a pas tort. Une fois que Costa sera hors d'état de nuire, plusieurs jeunes filles auront la chance de jouir d'une existence sans crainte. Contrairement à beaucoup de mes précédents contrats, Costa est un réel danger pour la population.

On ne parle pas d'argent, ni de pouvoir, mais de petites filles à qui il vole volontairement l'innocence, puis il les prostitue en les mettant à disposition de ses amis, les foutant plus bas que terre.

Comme mon père.

— Jasper sera au courant. Mon père connaît le moindre de mes faits et gestes, je ne sais pas comment il s'y prend, mais il sait tout, avoué-je.

Il m'a, à plusieurs reprises, menacé de me livrer aux autorités. Bien sûr, ce n'était que des menaces en l'air, il ne prendra jamais le risque que je le balance à mon tour, mais il a des preuves de tous les crimes que j'ai commis jusqu'à présent et la liste est plutôt longue.

— Bien, souffle-t-elle, on part à quelle heure ?

— Quinze heures.

Elle acquiesce avant de rejoindre sa chambre. Jake me fusille du regard tandis que je range avec précaution le dossier comprenant toutes les informations.

— Tu te rends compte du danger que tu lui fais courir ? crache-t-il, haineux.

Je hoche la tête. Dans cette piaule, si je merde, Eliza est morte ou pire, elle se fera violer, puis deviendra la pute de Costa. Si par malheur, la soirée est plus sécurisée que ce qui est prévu et que je ne parviens pas à rejoindre l'étage avant elle, tout s'effondre et la psy se retrouvera seule entre les mains d'un dominant aux tendances sadiques. Seule et sans défense. Je pourrais très bien lui confier une arme, mais les risques auxquels elle s'exposerait seraient décuplés.

Sans parler du risque qu'elle panique et le tue avant que je n'intervienne. Être complice est une chose relativement dure à encaisser, j'en conviens, mais être le tueur, c'est une tout autre histoire.

Dernier point et non des moindres : ce connard va

obligatoirement foutre ses mains sur son corps. Cette simple idée me donne davantage envie de le buter. Je considère Eliza comme mienne depuis que j'ai posé les yeux sur elle.

— Je sais, Jake, mais si tu ne souhaites pas te faire passer pour une nana, on n'a pas le choix.

— Tu la joues exactement comme Jasper, chuchote-t-il en secouant la tête.

Je le fixe, incrédule. Il y a près de deux semaines, il avait un couteau sous la gorge d'Eliza et aujourd'hui, il veut me faire croire qu'il s'inquiète pour elle, je crois rêver.

— Ne t'en fais pas, je couvre ses arrières et toi aussi. Si je ne parviens pas à monter, on ouvre le feu dans la salle de réception, on crée une vague de panique et on va la chercher.

— J'espère que tu as raison, Kurt. J'espère vraiment.

J'acquiesce.

Ouais, moi aussi, frérot, moi aussi.

Un peu plus tard, nous arrivons dans un aérodrome privé à une heure de la cabane. Eliza s'est maquillée pour l'occasion afin de cacher sa cicatrice. Mais aussi parce qu'elle est portée disparue depuis neuf jours et la police locale est plus que déterminée à retrouver l'enfant qui a survécu.

Ainsi maquillée, elle n'est pas moche, mais ce n'est plus elle. Avec ses lunettes de soleil, elle est méconnaissable, hormis si on s'attarde vraiment sur les détails de son visage, chose que personne ne fera puisque c'est Anton lui-même qui conduira le jet jusqu'au Mexique.

Je connais ce type depuis gamin, il est mon meilleur et mon seul ami. Je suis né aux États-Unis, mais mes parents ont déménagé trois mois après ma naissance, contrairement à Jake qui lui est né près de Kiev. J'ai passé les huit premières années de ma vie en Ukraine avant que l'Organisation n'envoie mon père à Helena pour un contrat et qu'on y reste. Plusieurs années plus tard, ayant gravement merdé en laissant Lizzie en vie, il n'a pas eu le courage d'affronter Alexeï Ivanov, le chef de l'Organisation et accessoirement le père d'Anton alors nous ne sommes jamais retournés en Ukraine.

Pour une raison que j'ignore, Alexeï a continué à travailler avec mon géniteur, et ce, bien qu'il soit au courant de son dérapage plus qu'embêtant. Néanmoins, leur relation quasiment amicale auparavant, n'a plus jamais été la même après cet épisode et je pense sincèrement qu'Ivanov n'a plus jamais eu confiance en mon père, ce qui est tout à fait justifié.

Anton m'offre une accolade chaleureuse que je lui rends avec joie. Je ne l'ai pas vu depuis presque sept ans. Il est rare qu'il vienne sur le territoire américain et pour cause, mon ami est recherché par Interpol. Je sais qu'il reste planqué au Q.G. de l'Organisation le plus clair de son temps. Je suis heureux de le revoir, et ce, même si nous n'avons jamais perdu contact.

Il n'a pas changé d'un poil. Ses cheveux châtain foncé, plaqués en arrière et ses yeux d'un bleu hypnotisant qui ont le pouvoir de faire mouiller toutes les petites culottes dans un rayon d'un mile. Il porte son costume Armani fétiche et sa montre Rolex, comme auparavant. Anton a toujours eu beaucoup d'élégance et c'est sûrement grâce à ça qu'il a autant de succès auprès des femmes. Même Eliza semble, un instant, déstabilisée face au physique de l'Ukrainien. Lorsqu'elle lui serre la main, la sienne disparaît dans celle gigantesque d'Anton. Eliza paraît ridicule au côté d'Anton qui frôle de près les deux mètres.

— Ravi de te rencontrer, moysladkiy [6] Eliza, déclare mon ami en anglais avec son accent ukrainien prononcé.

Anton et sa famille viennent d'une région d'Ukraine où tout le monde parle russe, le Donbass pour être précis. De ce fait, dans l'Organisation, personne ne s'exprime en ukrainien, la langue la plus utilisée reste le russe, bien que tout le monde connaisse également l'anglais.

— Plaisir partagé, Anton, c'est ça ? répond Eliza en russe.

Son accent américain est léger et sa prononciation parfaite. Tout comme Jake, je suis surpris de la voir parler si bien russe, langue qui, je le sais, est d'une difficulté extrême.

— C'est ça, rétorque Anton, souriant. Tu maitrises bien ma langue, Eliza.

Il ne se prive pas et poursuit en russe. Même si Anton est totalement bilingue, il est et sera toujours plus à l'aise dans sa langue natale, ce qui est totalement normal après tout.

— Ma mère était russe, et son père, un enfoiré de première. Si je ne parlais pas russe avec lui, il m'enfermait dehors ou dans le placard de la chambre, au choix, et mes vacances étaient une torture, soupire-t-elle.

Anton ricane en l'invitant à monter dans l'avion. Nous les suivons, les yeux écarquillés tandis qu'ils poursuivent tranquillement leur conversation. J'apprends au détour d'une phrase qu'elle passait toutes ses vacances à Moscou et qu'elle a appris le russe dès le plus jeune âge alors qu'elle communiquait à peine en anglais.

---

6 Ma jolie en russe

Anton est admiratif, tandis que je me rends compte qu'elle avait raison : je ne la connais pas si bien que je le pensais. Je n'avais aucune idée des origines de sa mère et de son enfance en Russie. Il est vrai que cela n'apportait rien à l'enlèvement, mais ça me fait chier. Je croyais la connaître, mais finalement, il me manque quelques pans de sa vie.

Assis dans le compartiment passager, Anton nous abandonne afin de décoller, quant à moi, je sors les papiers qu'il vient de me transmettre. Dedans figurent nos identités pour la mission.

— Eliza, à partir de maintenant et jusqu'à nouvel ordre tu es Nina Anderson. Tu es riche, mais garde le mystère sur la provenance de cet argent. Tu es soumise, mais tu sais t'imposer. Lorsqu'un homme, en particulier Costa, s'adressera à toi, tu baisseras les yeux et tu l'appelleras tout le temps Monsieur ou Senior, comme tu le sens. Compris ?

Elle hoche la tête et dans ses prunelles je la vois enregistrer mes paroles et surtout les digérer. Eliza n'est pas docile, elle ne le sera jamais. Jouer la femme obéissante n'est pas facile pour elle, je le sais, je le vois. Elle n'est pas à l'aise avec le personnage de Nina Anderson, mais je sais également qu'elle est capable de s'adapter, elle mieux que quiconque en ce bas monde.

— J'ai besoin d'entendre que tu as compris, mon serdtse.

— J'ai compris, Kurt, je ne suis pas une abrutie.

— Bien. Jake, maintenant et jusqu'à nouvel ordre, tu t'appelles Tony Carter, riche à en crever ; tu as fait fortune dans des affaires criminelles, je te laisse choisir laquelle. Tu es arrogant et si les choses tournent mal et que je me retrouve hors service, tu es fou amoureux de Nina Anderson.

Jake ne cille pas. Il a l'habitude d'endosser le rôle d'un autre. Très bon menteur, il change de personnalité facilement. En outre, aujourd'hui il est mon plan de secours. Si je me fais liquider ou attraper, il a pour mission de sortir Eliza de cette baraque et il le sait. S'il venait à me sauver avant elle, je le tuerais, il ne prendra jamais ce risque.

— Quant à moi, je suis maintenant et jusqu'à nouvel ordre, Ben Lewis, PDG d'une entreprise australienne. Caractériel et dominant de nature, riche et imbu de moi-même. Jake, je sais que tu as l'habitude, mais pour toi mon serdtse, tu ne dois en aucun cas utiliser nos vrais prénoms, c'est clair ?

— Je m'appelle Nina Anderson, répète-t-elle à voix haute. Je suis riche, mais personne ne doit savoir comment. Je suis soumise, mais j'ai du répondant. Quand je vois un homme, je baisse les yeux et je ne le frappe pas dans les couilles s'il m'ordonne quoi que ce soit. Jake, c'est Tony Carter, un connard fou amoureux de moi et Kurt, c'est Ben Lewis, un enfoiré de PDG. C'est bon, facile.

Jake ricane en passant son bras autour de mes épaules.

— Elle est douée, la gamine.

J'acquiesce avant de répéter le plan une dernière fois dans les moindres détails. Une erreur de l'un de nous, et nous sommes tous morts. Carter a des gardes du corps à foison, si l'un d'eux nous soupçonne, ils n'hésiteront pas une demi-seconde avant d'ouvrir le feu, civils ou pas.

À l'approche du Mexique, j'envoie Eliza se changer dans une cabine privée avec des fringues qu'Anton lui a ramenées tandis que Jake et moi, nous nous habillons dans le compartiment central. Nos costumes trois-pièces enfilés, j'aide mon frère à nouer sa cravate. Après toutes ces années, Jake ne parvient toujours pas à le faire correctement. Un vrai gosse…

Eliza nous rejoint, vêtue d'une robe rouge élégante, mais diablement sexy. Elle moule parfaitement ses courbes voluptueuses, tombant à mi-cuisses. Ses cheveux presque noirs sont relevés en un chignon sophistiqué. Elle a coloré ses lèvres d'un rouge éclatant, rappelant la couleur de sa robe, ses yeux aussi sont maquillés, légèrement, tout en finesse.

Je la déshabille du regard, sans la moindre gêne. Elle est belle, tellement belle que l'envie de la séquestrer dans l'avion me tente de plus en plus. Il est certain que Costa succombera au charme de Lizzie, toutefois, savoir que cet enculé va poser ses mains sur elle me donne la gerbe.

Bien sûr, je ne lui laisserai pas franchir une certaine limite, mais il faut qu'il soit assez en confiance pour baisser sa garde. C'est aussi pour cette raison que je n'envoie pas Eliza armée.

L'atterrissage se fait à Mexico. J'ai chargé Anton d'accompagner Eliza à la réception. Il ne faut pas qu'on nous voie arriver ensemble et je préfère la savoir dans le véhicule d'Anton plutôt qu'avec l'un de ses contacts douteux. Jake et moi sommes également séparés, mais je fais en sorte d'y être avant tout le monde histoire de les avoir en visuel dès leur arrivée.

Jake est le premier à pénétrer dans la salle de réception, tête haute, regard mauvais, il avance, déterminé, sans se soucier des autres qui l'entourent. Il est doué, si bien qu'il passe la sécurité, armé jusqu'aux dents, sans la moindre difficulté. Il blablate sans cesse avec les gardes, armé de son sourire charmant, si bien qu'ils arrêtent la palpation sans même avoir vérifié sa taille, où sont planqués deux flingues, et ses chevilles, pour écouter la fin de l'anecdote.

Quant à moi, c'est également Jake qui me fait entrer. Il bouscule un serveur qui fait tomber son plateau rempli de coupes de champagne sur le commissaire le plus véreux de ce bas monde, alors que mon tour arrive. Bien évidemment, le flic hurle au scandale et rapidement tout le service d'ordre – même les gardes en charge de ma fouille – se précipite pour sortir le serveur avant que les choses ne dérapent davantage. Je me faufile donc dans la salle de réception sans mal.

Jake m'offre un clin d'œil avant de se placer dans un coin où il a une vue dégagée sur toute la salle.

Quelques minutes après, c'est Eliza qui fait son entrée. Que dis-je, c'est Nina Anderson. Elle attire l'attention des nombreux hommes à proximité, et pour cause, elle est magnifique. Les gardes l'interrogent pour son invitation et pendant la fouille obligatoire, elle baisse la tête, fuyant leurs regards. Elle est parfaite dans son rôle de soumise.

Elle passe la sécurité sans encombre et sans éveiller le moindre soupçon, elle scrute la salle à la recherche de Costa. Eliza ne l'a pas encore remarqué, pourtant lui, il l'a bien vue. Il attrape deux coupes de champagne et s'avance droit vers elle. Lizzie plante un instant ses prunelles déterminées dans les miennes avant que Costa ne l'atteigne, un sourire carnassier plaqué sur les lèvres.

Eliza lui offre un sourire timide et semble le remercier avant de fixer le sol. Elle est parfaite.

Que la mission commence…

Chapitre 9

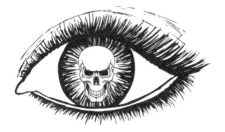

EVERYTHING GOES WRONG

LILIZA

Je suis Nina Anderson. Riche et soumise.
Je suis Nina Anderson. Riche et soumise.
Je suis Nina Anderson et si ce gros porc touche encore une fois ma taille, je le bute.

Non. Non et non. Je suis plus forte que ça. J'ai vécu bien pire que ça et ce ne sont pas les mains baladeuses de ce vieux porc au crâne dégarni et son haleine mélangeant l'alcool et le cigare qui vont me faire plier.

— Rappelle-moi ton nom, ma douce ?

Putain, c'est la troisième fois. Je vais devenir folle.

— Nina Anderson, Monsieur, dis-je les yeux rivés vers mes escarpins qui me broient les pieds.

Discrètement, sa main qui reposait auparavant sur ma taille tombe sur mes fesses, qu'il caresse, puis presse. Je sursaute légèrement, prise d'une subite envie de vomir, mais aussi de lui coller mon poing dans la mâchoire. Je bois une gorgée de champagne espérant que ça me donne le courage d'aller au bout de ma mission.

Doucement, je relève les yeux, cherchant Kurt derrière lui, mais ce dernier a disparu. Souhaitant qu'il soit déjà à l'étage, je prends mon courage à deux mains et tête basse, je murmure :

— Il y a beaucoup de monde ici, Monsieur…

J'espère qu'il comprend l'allusion parce que, même si je venais à boire quinze bouteilles de ces délicieuses petites bulles pour oublier cet immonde pelotage, je serais incapable de demander ouvertement à cet… énergumène de me mener à sa chambre. Il ricane.

— C'est vrai, ma chère. Accepterais-tu de rejoindre mes appartements ? Je te promets de prendre soin de toi.

Je ferme brièvement les paupières. Bordel, j'ai envie d'expulser l'alcool que j'ai ingurgité. Ses doigts raffermissent leur prise sur mes fesses tandis que j'acquiesce doucement. Avec un rictus satisfait, il me pousse vers les marches en marbre.

Je jette un coup d'œil par-dessus mon épaule et tombe sur Jake qui m'offre un sourire encourageant. Étrangement, ça ne m'aide pas du tout, au contraire. Jake ne me sourit jamais et la grimace qu'il fait lorsqu'il pense que je ne le regarde plus ne fait que confirmer mon mauvais pressentiment.

Une fois à l'étage, il ouvre une porte et ordonne aux deux gardes postés devant cette dernière de disposer. Il la claque derrière lui et s'avance vers moi, un regard froid et méprisant.

— Sur le lit, décrète-t-il.

Le ton est tout autre, j'ai devant moi le dominant dans toute sa splendeur. J'hésite un instant avant de m'exécuter. Si tout se passe comme prévu, Kurt est déjà ici et je sais qu'il ne laissera rien de mal m'arriver. Du moins, je l'espère sincèrement.

Allongée sur le lit, tendue comme un arc prêt à décocher sa flèche, je prie intérieurement pour que Kurt ne me lâche pas ou qu'il ne lui soit rien arrivé. La présence des deux gardes ne fait qu'amplifier mes craintes. Je ne vois pas comment il aurait pu rentrer dans la chambre sans que ces deux armoires à glace ne s'en aperçoivent.

Costa monte sur le matelas et s'avance vers moi tel un félin affamé qui n'a pas réussi à chasser depuis des semaines. Je ferme les yeux lorsque je sens ses doigts sur mon genou. C'est répugnant. Mes mains tremblent tandis que Costa crache des insanités. Malgré mes paupières closes je ressens son regard pervers sur mon corps, tout cela est vraiment rabaissant et humiliant. Mais je me répète mon mantra : *je suis Nina Anderson. Riche et soumise.*

Mon cœur tambourine dans ma poitrine. Ses doigts glissent le long de ma cuisse, faisant remonter le bas de ma robe, s'arrêtant à la bordure de mon string. Prise de vertige, je ferme plus fermement les paupières, m'imaginant sur une île paradisiaque, à des années-lumière de cette piaule.

— Je vais te dire comment ça va se passer. Je vais d'abord te baiser doucement, et après je recommencerai, encore et encore, de plus en plus fort, comme j'aime fourrer les salopes dans ton genre, murmure-t-il.

Île paradisiaque, sable fin, chaleur étouffante, bruit de l'océan et caresse du soleil. Je me concentre, imagine, rêve… Je voyage afin de m'évader de cette chambre de l'horreur et contre toute attente, ça fonctionne, je sens à peine ses doigts passer sous mon string et ses mots ne parviennent plus à mes oreilles.

Rapidement mon sous-vêtement quitte mon corps, mais j'en fais abstraction. Kurt va bientôt intervenir. Et si ce n'est pas lui, ce sera Jake, ou n'importe qui, dans tous les cas, ce porc ne me pénétrera pas, c'est une *promesse*.

Pourtant, j'entends qu'il se dévêt. J'entends l'emballage d'un préservatif qu'on déchire. Ma respiration s'accélère, mon cœur bat si fort que j'en ai mal à la poitrine. J'ouvre les yeux et regarde autour de moi.

Un coupe-papier repose sur la table de nuit, à quelques pouces. Tandis que ce connard est concentré à enfiler sa capote, je tends le bras et l'attrape avant de glisser ma main sous l'oreiller.

Quoi qu'il arrive, je ne le laisserai pas me violer.

J'attends. J'attends le plus longtemps possible. Ce connard m'embrasse l'intérieur des jambes en partant de mes chevilles, sa langue trace des volutes jusqu'à atteindre mon sexe. Lorsqu'il souffle sur mon entrejambe en écartant de ses mains mes cuisses, je réfléchis vite à ce qui pourrait me faire gagner du temps, je ne veux pas qu'il puisse aller jusqu'au bout de ce qu'il a dans la tête.

Sa langue n'a pas encore touché mon intimité que je le supplie de me laisser le chevaucher, lui expliquant que je fantasme de vivre une expérience de domination simulée, mais surtout que je veux réaliser celle-ci seulement avec lui. Sa fierté flattée, il sourit et s'allonge docilement sur le dos retirant ses doigts ancrés dans ma chair. Sa queue est tendue, il se caresse en m'intimant de l'enjamber. Je me dégoûte lorsque je m'exécute, il relève ma robe courte jusqu'à la taille, exposant ma nudité.

Restant en équilibre sur mes genoux, bloquée par

ses yeux dégoûtants qui me scrutent sans vergogne, je ne me laisse pas retomber, demeurant suspendue au-dessus de sa verge. Il attrape ma taille, semblant de plus en plus impatient, me forçant à descendre m'empaler sur son sexe. Je jette un dernier coup d'œil dans la chambre avant de fermer les paupières et de soupirer.

Personne ne va venir me chercher…

Lorsque son gland s'enfonce légèrement en moi, je me penche en avant comme si j'allais l'embrasser, je passe ma main sous l'oreiller, et avant que mes lèvres n'atteignent les siennes, j'enfonce le coupe-papier dans sa gorge. Je suis figée, je ne bouge plus. J'entends qu'il cherche son souffle, mais pose ma paume libre sur sa bouche pour éviter qu'il ne fasse du bruit. Ses mains n'enserrent plus mes hanches. Sans ouvrir les yeux, je remue l'outil tranchant, puis je coupe rageusement la peau de son cou. Il tremble entre mes cuisses qui frémissent elles aussi.

Les yeux de Costa sont grands ouverts, mais ils sont vides. Tellement vides. Tellement… *morts*. Prenant brusquement conscience de mon geste, je recule, et me propulse sur le sol, loin du lit. Le dos plaqué contre le coin du mur, je baisse ma robe comme pour ne plus tenter l'horrible personnage présent dans la pièce, puis replie mes jambes contre ma poitrine, je sens une larme rouler jusqu'à mon menton en entendant la voix de Jake, juste derrière la porte. Fou amoureux, il scande mon nom, mais c'est trop tard, le mal est fait.

Je suis une tueuse. J'ai tué de sang-froid un humain.

— Nina, mon amour, tu es là ?

La porte de la chambre s'ouvre et se referme pratiquement dans la seconde. Jake apparaît, un franc sourire aux lèvres avant que son regard ne s'échoue sur le corps, puis sur moi. Un instant, il me fixe, puis se laisser tomber à genoux devant moi.

Contre toute attente, il me prend dans ses bras et me berce gentiment afin de me rassurer. Je tremble comme une feuille, tandis que les larmes noient mes joues. Une brusque nausée me prend, mais je la réfrène.

— C'est fini, souffle Jake en glissant ses doigts dans mes cheveux.

Non, ce n'est pas fini. Le regard vide de Costa flotte derrière mes paupières closes et je sais qu'il ne partira jamais.

Doucement, comme s'il avait vidé son stock de fausse compassion pour la décennie à venir, il me repousse par les épaules. Ses pouces passent sous mes cils, essuyant mon mascara qui a coulé. Un petit sourire qu'il tente de contenir s'impose sur ses lèvres.

— Il faut qu'on fasse sortir Kurt d'ici, il est dans la merde.

Jake m'explique qu'il s'est fait choper en montant à l'étage et qu'il est actuellement dans la cuisine, en compagnie de cinq gardes du corps.

Ma panique s'évapore. Pour une raison étrange, je ne peux me résoudre à laisser Kurt mourir. Je me répète intérieurement que je suis assez forte pour encaisser. Je plante mes iris dans ceux de Jake et sans les détourner une seule fois, j'enfile mon string qui gisait non loin sur le sol.

Jake semble comprendre que j'ai besoin de ce contact afin de ne pas observer le corps sans vie sur le lit. Il me fixe, d'un regard froid et calculateur, mais je m'en accommode, c'est mieux que le cadavre de Costa. Je suis surprise qu'il n'ait pas tenté de jeter un coup d'œil entre mes jambes, mais je lui en suis d'autant plus reconnaissante. Je me sens déjà si sale…

Je le vois récupérer le coupe-papier puis il m'incite

à le suivre. Avant de franchir le seuil de la porte, Jake retire sa veste et passe le tissu sur mon visage et le haut de ma poitrine. Il frotte si fort que c'en est presque douloureux. Je retiens une nausée lorsque je perçute l'attention derrière son geste. Du sang. J'ai du sang sur moi.

Lorsqu'il a fini, une main dans le bas de mon dos, il avance, tête haute, avec son air arrogant. Je ferme un instant les paupières.

Je suis Nina Anderson. Soumise. Baisse les yeux.

J'avance en compagnie de Jake. Dans la salle de réception, plusieurs couples dansent sur une musique douce, n'imaginant pas un seul instant que leur hôte vient tout juste de rendre son dernier souffle. À cause de moi…

Non !

Je secoue doucement la tête. C'était un pédophile et un violeur. J'ai fait ce qu'il fallait. Tout ce qu'il fallait. De toute façon, c'était lui ou moi, et à choisir, je préfère vivre que de mourir de ses mains.

— Reste ici et donne trois petits coups à la porte si quelqu'un approche, m'ordonne Jake.

J'acquiesce tandis qu'il pénètre dans les cuisines. D'ici, je vois toute la salle. Je cache mes mains tremblantes dans mon dos. J'ai tué un homme comme on a tué mon frère. Exactement de la même manière. J'ai reproduit le geste par mimétisme et cela m'affole davantage. Je pensais avoir oublié les détails les plus morbides, mais mon inconscient, lui, s'en souvient.

Mes jambes flageolent en revoyant le regard affolé de mon frère à quelques pouces de moi. Je me souviens de ses yeux, de la lueur de vie qui brillait au fond de ses prunelles. Je l'ai vue s'éteindre, cette lueur. J'ai vu cette étincelle disparaître, aussi vite que celle de Costa.

Je sursaute en entendant du bruit dans la cuisine. Une dispute éclate, mais je ne comprends rien. Dedans, tout le monde parle espagnol, malheureusement, je ne connais pas un traître mot de cette langue. Lorsque je reconnais le son caractéristique d'un coup de feu étouffé, je lâche un léger cri.

Ne supportant pas de laisser les frères Aspen se faire massacrer et voir ma vengeance s'envoler, je pousse la porte.

Chapitre 10

GRENADE

KURT

Jake, agenouillé à mes côtés, ne cille pas lorsque le dernier garde encore en vie pointe son arme vers lui. Nos mains liées, nous ne pouvons plus rien faire. C'est trop tard et je m'en veux terriblement. Ce soir, je ne serai pas le seul à mourir.

L'homme change finalement d'avis et me vise plutôt que mon frère et j'en suis heureux. Peut-être trouvera-t-il une solution pour s'en sortir.

Les paupières closes, j'espère au fond de moi qu'Eliza a eu le temps de s'enfuir. Je me crispe en me rendant compte que mes dernières pensées s'envolent vers cette femme. Pourtant, elle le mérite. Si Jake est ici, cela signifie qu'elle a réussi à se débrouiller sans moi, qu'elle a dû gagner du temps en attendant Jake. Elle a dû se montrer forte, terriblement forte pour avoir survécu.

J'espère, du plus profond de mon être, que ce vieux

porc de Costa n'a pas eu le temps d'aller trop loin avec elle.

Je savais que ce jour viendrait. Je savais qu'un jour, je mourrais bêtement, comme ça. Néanmoins, je pensais n'emmener personne à qui je tiens avec moi. Pourtant, c'est le cas. Jake va trépasser ce soir, lui aussi, parce qu'une fois de plus je suis incapable de le protéger. Eliza sera exécutée aussi si elle n'est pas déjà loin d'ici.

Je n'ai jamais eu peur de la mort. Dans mon monde, il est parfois préférable de mourir. J'aime à croire que la mort est constante contrairement à la vie, cette philosophie m'a toujours rassuré. Ce que je ne supporte pas, ce qui me fait peur, c'est de voir mon petit frère périr. Ce que je ne supporte pas, c'est d'être conscient d'avoir échoué. Je n'ai pas su le préserver de la folie de ce monde et aujourd'hui, agenouillé à mes côtés, il en paye le prix fort.

Un coup de feu fend l'air. Je me crispe, attendant la douleur. Je suis prêt. Mais rien ne vient. J'entends un bruit sourd, celui d'un cri étouffé et j'ouvre rapidement les yeux, persuadé que Jake a trouvé une solution.

La scène face à moi me brise l'âme en deux. Le garde, face contre sol, un trou à l'arrière du crâne et Eliza, debout derrière, une arme fumante dans ses mains ensanglantées. Son regard est absent, elle ne tremble pas, je ne suis même pas sûr qu'elle respire encore. Ce tableau me détruit, m'achève plus rapidement qu'une balle entre les deux yeux.

Je me souviens de mon père, m'obligeant à massacrer cette pute. Et celle d'après. Et la suivante. Je savais que si je ne le faisais pas, il s'en prendrait à Jake, mais une part de moi était consciente que si je ne me transformais pas en l'homme que mon père voulait que je sois, il me tuerait. Alors, je suis devenu ce qu'il attendait dans l'espoir qu'un jour, je sois assez puissant pour le buter. Sans jamais avoir le temps de devenir comme lui. Et pourtant…

J'ai fait d'Eliza une tueuse…

Elle semble se reconnecter à la réalité en plongeant ses yeux dans les miens et pose délicatement le flingue sur un plan de travail avant d'accourir vers nous. Elle détache d'abord Jake avant de faire céder la corde qui maintenait mes mains dans mon dos.

Debout face à elle, je ne sais quoi dire. Je l'observe tandis qu'elle récupère l'arme et jette les cordes dans le broyeur de l'évier. Son sang-froid me cloue sur place. Jake est le premier à réagir, il l'aide avec le broyeur qui sert normalement à éliminer les déchets alimentaires.

C'est seulement lorsque Jake me demande si je suis prêt à partir que je sors de ma torpeur. J'attrape Eliza et la plaque contre mon torse. Sans son intervention, je serais mort, pire encore, Jake serait mort. Elle est allée à l'encontre d'elle-même pour sauver la vie de ses kidnappeurs. Elle hésite avant de me rendre mon étreinte. Son visage blotti dans mon cou, j'entends sa respiration alourdie.

Même si elle semble avoir gardé son sang-froid, son souffle, son corps tremblant et les sanglots qu'elle tente d'étouffer au creux de mon oreille m'apprennent que ce n'est pas du tout le cas. La sentant à l'aube d'une crise de panique, je l'attire à ma suite vers la sortie de secours au fond de la cuisine, Jake sur nos talons. Comme prévu, Anton nous attend dans la ruelle derrière l'édifice.

Tandis que mon frère s'installe à l'avant aux côtés d'Anton, je me place à l'arrière en compagnie d'Eliza. Je me déteste pour ce que je m'apprête à faire, pourtant, je sais que je n'ai pas le choix.

— Mon serdtse, il faut que tu me racontes ce qu'il s'est passé, s'il te plaît.

Elle se crispe avant de fermer ses paupières, ses épaules s'affaissent. Elle prend une grande inspiration et me fait le récit de la soirée. Elle ne m'épargne aucun détail. Chacun de ses mots est plus douloureux à entendre que le précédent et pourtant, je m'oblige à l'écouter. Même lorsqu'elle me parle des doigts de cet enfoiré entre ses jambes, même quand elle m'explique comment elle a tenté de gagner du temps espérant me voir franchir la porte ou sortir de derrière les lourds rideaux en velours. J'écoute sa voix se briser quand elle décrit comment elle a tué Costa et le soulagement qu'elle a ressenti lorsque Jake est entré dans la chambre.

Mon sang semble brûler mes veines tandis qu'un nouveau sentiment frappe ma poitrine. De la culpabilité envers une autre personne que mon frère. C'est nouveau pour moi, mais je ne peux pas y échapper. C'est moi qui l'ai traînée ici. C'est moi qui n'ai pas écouté les avertissements de Jake. Elle n'est plus complice, par ma faute, elle est coupable non pas d'un, mais de deux homicides.

— Quand j'ai entendu le coup de feu dans la cuisine, reprend-elle, je n'ai pas réfléchi. Mes jambes m'ont ordonné de me retourner, et je suis entrée. J'ai pris l'arme de l'un des gardes qui était déjà sans vie sur le sol. Je me suis avancée et lorsque je vous ai vus… ce type te tenant en joue… Je n'ai pas hésité, Kurt. Tu te rends compte ? Je n'ai pas hésité une seule seconde avant de tirer.

Sa voix se brise tandis qu'elle étouffe un sanglot de ses paumes sur sa bouche. Lorsqu'on tue un être humain, c'est irréversible. À jamais, le sang reste gravé sur nos mains et si le premier meurtre qu'elle a commis peut être considéré comme de la légitime défense, le deuxième en revanche, absolument pas. Elle aurait pu partir, appeler la police ou une connerie dans le genre, mais elle a décidé d'abattre le garde de sang-froid pour… *moi*.

L'homme qui a dit que le premier meurtre était le plus dur à digérer, est fou. En vérité, c'est le second. Pour le premier, on ne sait pas ce qui nous attend après, hormis la prison si on se fait choper. On ne se rend pas compte du dégoût et des nausées que notre reflet nous infligera. Pour le second, en revanche, on sait déjà tout ça. Pourtant, on passe tout de même à l'acte.

Ma deuxième victime est gravée à jamais dans mes souvenirs. Dans mes nuits les plus sombres, je revois son visage, j'entends encore ses cris, ses supplications. Je me souviens de ses yeux marron sans la moindre beauté et de ses larmes qui semblaient brûler sa peau. Je me souviens de la balle qui a fendu l'air pour se loger dans sa poitrine, en plein dans son palpitant. Parfois, j'en vomis.

Eliza paraît plus forte que moi à cet instant. Pourtant, je pense savoir d'où provient sa réelle détresse et lorsqu'elle le comprendra, elle tombera dans le vide sans que personne ne puisse la rattraper. Elle n'a pas réussi à aider sa famille, toutefois, elle n'a pas hésité à défendre ses kidnappeurs. Ceux qui lui voulaient du mal.

— C'est fini, soufflé-je.

Elle secoue doucement la tête avant de détourner le regard, observant le paysage qui défile à travers la vitre. Sur ses lèvres ainsi que sur ses joues on peut voir quelques résidus de sang. Sur sa poitrine, les éclaboussures sont moins vives mais colorent tout de même sa peau porcelaine.

Je détache ma cravate et, délicatement, je frotte sa joue et sa bouche avec le tissu.

Je déglutis, essayant de ne pas bander lorsque je glisse le long de son cou pour venir retirer le sang au sommet de son sein. En bougeant un peu sa robe pour enlever le maximum de liquide poisseux, mes yeux tombent sur son téton. Elle ne porte pas de soutien-gorge, j'ai donc tout le loisir de constater qu'elle pointe légèrement. Pourtant, il fait carrément chaud. Cette fois, je suis complètement à l'étroit dans mon caleçon.

— Non. Jake m'a dit pareil, mais ce n'est que le début, Kurt, et je suis sûre que tu le sais. Je suis psy, je te rappelle, les traumatismes, les émotions, c'est mon rayon. Tuer n'est pas anodin, qu'importe la raison.

Je me crispe à ses paroles, mais j'acquiesce. Eliza tremble tandis que je l'attire dans mes bras. Je m'en veux terriblement de l'avoir poussée à agir ainsi. Je me suis comporté comme mon père lorsque j'étais gosse, en gros, je ne lui ai pas laissé le choix.

Si elle n'avait pas eu le réflexe de chercher une arme, elle se serait fait violer, et peut-être même assassiner si elle avait tenté de se défendre ou de crier. En butant ce type, elle a sauvé sa vie, sauf que ce n'était pas à elle de le faire, c'était à moi.

Dans l'avion qui nous ramène à notre point de départ, Eliza s'endort, contre toute attente. Une fois de plus, cela démontre sa force de caractère.

Jake, assis en face de moi, n'a pas décroché un mot depuis le décollage, mais cela ne l'empêche pas de poser un regard lourd de sens sur moi.

— Tu sais, Kurt, j'ai toujours cru que le sang appelait le sang, déclare-t-il enfin. Eliza est une grenade et jusqu'aujourd'hui, la goupille tenait, j'ignore comment d'ailleurs, mais elle tenait. Maintenant, tu tiens dans une de tes mains une grenade, et dans l'autre, la goupille. Quand elle va exploser, elle aura une force tellement puissante qu'une bombe nucléaire te paraîtra être un doux supplice.

Je me crispe. Je sais qu'il a raison. Le compte à rebours est lancé et lorsque ça pètera, ça va faire mal, je veux dire, *vraiment* mal. Comme le dit si bien mon frère, le sang appelle le sang et Eliza a toutes les raisons du monde de le faire couler, à flots.

La première fois que j'ai vu cette étincelle dans ses yeux, c'était au début de ma filature, elle a hérissé chacun de mes poils. Elle sortait d'un bar avec sa collègue quand un homme, alcoolisé, les a abordées. Il était plus qu'insistant, Eliza a fini par lui dire d'aller se faire foutre. L'homme, vexé, est parti sans poser de question. Ce n'est que lorsqu'elle et sa copine se sont séparées qu'il a attrapé Eliza, la bloquant dans une ruelle sombre à l'abri des regards. J'ai hésité à intervenir, mais la psy lui a collé son poing dans la figure avant d'enfoncer son genou entre ses jambes. Trop bourré pour se retenir, il est tombé à la renverse.

Lorsque j'ai vu le feu qui brûlait dans ses prunelles, j'ai senti une chair de poule m'envahir. Il y avait tant de haine dans ses iris, quelque chose d'effroyable qui m'a pétrifié. Ce jour-là, j'ai compris que voir sa famille mourir l'avait brisée bien plus profondément que je ne le pensais.

Elle n'est pas innocente. Eliza Lanson est dangereuse parce qu'elle a su encaisser le pire. Tout ce qui ne nous tue pas nous rend plus forts non ?

— Que veux-tu que je te dise, Jake ? J'ai merdé, je le sais, mais je ne peux pas remonter le temps.

Il abandonne en secouant la tête lorsqu'un mail fait sonner mon ordinateur. Quand je l'ouvre, mon cœur s'arrête net.

> Félicite ma pouliche de ma part. Deux meurtres en quinze minutes, elle est bien plus performante que mes abrutis de fils.
> À bientôt, Kurt.

En pièce jointe, une vidéo de la cabane en feu, mon père en sortant, un immense sourire aux lèvres. Je tourne l'écran vers mon frère avant de me lever. Je rejoins Anton dans la cabine. Mon ami m'offre un sourire chaleureux tandis que je m'installe à ses côtés. J'attrape un casque et lui explique la situation. Il grimace et semble réfléchir.

— J'ai une baraque près d'Odessa, à moins d'une heure du Q.G. Si ça ne te dérange pas de supporter ma présence et le froid polaire, je fais cap vers l'Ukraine.

L'Ukraine, à des années-lumière de mon père et donc de notre vengeance… Néanmoins, je n'ai pas d'autre choix. C'est soit l'Ukraine, soit chez Eliza, où nous serons plus qu'exposés. Mon père est prêt à tout, hors de question que je nous mette tous en danger en nous rendant chez Eliza. Nous ne sommes pas encore prêts et Jasper n'est pas encore fou de rage. Ce n'est pas le moment.

— Va pour l'Ukraine.

Il hoche la tête et change de cap tandis que je retourne dans l'habitacle. Eliza est à présent pleinement réveillée et d'après ses traits tirés, elle est au courant de la situation dans laquelle nous nous trouvons.

— On va en Ukraine, soufflé-je en me rasseyant, Anton a une baraque près d'Odessa.

Eliza se raidit, mais n'oppose aucun refus, tout

comme Jake. Mon frère et moi avons l'habitude de voyager, de changer de planque régulièrement lorsque les flics se rapprochent de trop près. En deux ans, Eliza n'a pas quitté Helena une seule fois. Jamais. Pas même pour se rendre dans la banlieue. J'ignore la raison, mais une chose est sûre, ce n'est pas une fan des expéditions. Espérons seulement qu'elle adhère à notre petite escapade sans tuer personne en cours de route…

Chapitre 11

TRUST

JAKE

Étrangement, l'Ukraine me ramène à de doux souvenirs. À cette époque, ma mère adoptive n'était pas encore une pute et Jasper ne frappait pas quotidiennement mon frère. Il le faisait, certes, mais plus rarement qu'à notre arrivée aux États-Unis. Durant mes années en Ukraine, j'avais encore un semblant d'humanité. Je sentais mon cœur palpiter pour tout et n'importe quoi.

Je me sentais vivant.

La neige était ce qui ressemblait le plus à l'image du paradis pour moi. Aujourd'hui, je me demande si elle ne serait pas plus jolie teintée de rouge, *rouge sang*. Plus j'avance vers la luxueuse maison d'Anton, plus cette idée prend forme dans ma tête.

Cela doit-être magnifique. Voir le sang couler sur le parterre enneigé. Voir le blanc se teinter de rouge, la beauté de la nature souillée par la cruauté humaine. Finalement, c'est un peu ce qu'a fait mon frère avec l'âme d'Eliza…

Il a pris son âme, réduite au quasi-néant par les soins de Jasper avant de s'en débarrasser définitivement. C'est triste, elle avait pourtant réussi à garder son intégrité jusque-là, je ne pensais pas que nous parviendrions à la détruire aussi radicalement en si peu de temps. Finalement, on a fait bien pire que mettre fin à ses jours, on l'a explosée de l'intérieur. Je ne sais pas si je suis fasciné par cette œuvre ou simplement dégoûté d'avoir agi comme Jasper.

J'en veux à Kurt parce qu'elle aurait pu y rester, non pas une, mais deux fois et sans elle, Jasper ne sortira jamais de sa planque, il a bien trop peur de mon frère. Cet homme est tellement lâche qu'il a attendu que nous soyons à plusieurs milliers de miles pour quitter sa cachette. Je ne m'attendais pas à mieux de sa part, sa lâcheté est indéniable, et ce depuis longtemps. Frapper des gosses le démontre amplement.

J'abandonne mes songes lorsqu'Eliza me dépasse, elle n'a pas sorti un mot depuis que nous avons décollé. Je ne suis pas expert en psychologie comme elle, mais je suppose que ce qu'elle a vécu ce soir, c'était un sacré traumatisme.

La nuit est tombée depuis longtemps et seuls les rares rayons de la Lune éclairent notre avancée. Pour Anton, c'est facile, il vit ici et Kurt lui colle au train, mais pour Eliza et moi, il s'agit d'une mission à risques. La neige est si haute qu'elle trempe mon pantalon et s'infiltre sans peine dans mes bottes. Notre progression est vivement ralentie par le vent polaire qui frappe nos visages de plein fouet. J'ai l'impression que nous marchons des heures avant d'enfin pénétrer dans le hall de la demeure.

Comme tout ce que fait Anton, sa baraque est immense. Ce mec a toujours vu les choses en grand, beaucoup trop grand. Nous sommes loin d'être amis, disons qu'on se tolère par respect pour mon frère. Il est doué dans son boulot, mais son ego me les brise. Il est certain qu'il pense la même chose de moi, mais ça m'importe peu, contrairement à lui qui se soucie tant de l'image qu'il renvoie.

Il faut se méfier des apparences, surtout dans mon monde, elles sont toujours trompeuses et Anton ne fait pas exception. Ce type est un manipulateur et un menteur de haut vol, si bien qu'il parviendrait à me tromper s'il en décidait ainsi. Il a des épisodes violents, très violents. À tel point que dans l'Organisation, il est surnommé «le boucher» : il est incapable de se contrôler, un vrai danger public.

Pour couronner le tout, Anton est un excellent dragueur. Néanmoins, aucune de ses conquêtes de plus d'une nuit n'est ressortie vivante de leur relation. Un homme lambda, lorsqu'il se lasse d'une femme, il la largue. Anton, lui, il la tue. C'est un mec obsessionnel qui ne partage pas ses jouets, et quand il passe à autre chose, il est incapable de laisser la précédente vivre. C'est dans sa nature. Aussi flippant soit-il, il ne pourra jamais être autrement.

Vivre chez lui, même l'histoire de quelques jours, ne me rassure pas et les regards incessants qu'il porte à Eliza n'augurent rien de bon… Anton peut vouer un culte à une femme sans même connaître son prénom, c'est aussi impressionnant que terriblement troublant. Je l'ai vu tomber sous le charme d'une nana au point de devenir hystérique et parano, et cela le temps d'une seule soirée en boîte.

Après ça, il a fait de cette femme sa priorité, il la vénérait de façon malsaine : il recherchait tout sur cette personne, de sa naissance à aujourd'hui, ses habitudes, son mode de vie, ses fréquentations… Il a arrêté les missions, ne sortait plus, il était devenu fou… Jusqu'à ce qu'une autre fille lui tape dans l'œil, et l'histoire se répétait.

S'il venait à perdre les pédales avec Eliza, être obsédé par elle, nous sommes tous, sans la moindre exception, morts. Amis d'enfance ou pas, si on tente de se mettre en travers de son chemin, il nous tuera.

Kurt est aveuglé par son amitié et, tôt ou tard, il en payera les pots cassés. Parce que c'est ça l'amour. Que ce soit en couple, en amitié ou en famille, un jour ou l'autre on se fait baiser. Dès qu'on accorde trop de confiance à quelqu'un, on lui donne la possibilité de nous faire du mal. Ressentir quelque chose pour quelqu'un nous rend vulnérable.

J'ai confiance en mon frère, parce qu'il m'a prouvé à plusieurs reprises sa loyauté fraternelle. Mais je sais que tôt ou tard, il devra me planter un couteau dans le dos, pour sa sécurité ou même peut-être pour la mienne.

On ne trahit jamais une personne qu'on aime par choix, on le fait par obligation. Si demain, mon frère avait la possibilité de me dénoncer aux flics et qu'en contrepartie, il pouvait tuer mon père, je serais presque heureux qu'il le fasse. La trahison n'est pas foncièrement mauvaise, il est rare qu'on dupe quelqu'un de bonté de cœur.

Durant la nuit, j'entends un cri perçant déchirer mes tympans. Je n'ai pas besoin de réfléchir bien longtemps avant de comprendre qu'il s'agit d'Eliza. Doucement, je m'approche de sa chambre. Je ne suis pas stupide, je sais que personne ne l'agresse, elle a seulement dû faire un cauchemar.

Lorsque j'arrive, la lumière est déjà allumée et Kurt est assis auprès d'elle dans le lit. Quand j'entends la voix de mon frère, brisée, je me laisse glisser contre le mur dans la pénombre, près de la porte ouverte.

— La première fois que j'ai tué une nana, j'étais qu'un gosse, murmure-t-il. Mon père ne m'a pas laissé le choix, soit je tuais cette femme, soit il frappait Jake. Je n'ai pas hésité une seule seconde, Lizzie, pas une. Dès qu'il a prononcé le prénom de mon frère, j'ai planté le couteau dans sa gorge.

Je me raidis d'entendre ses confidences. Kurt ne m'a jamais parlé de son premier meurtre ni du second d'ailleurs. Encore une fois, mon frère s'est sacrifié pour moi et ça me fout la rage. Une rage si dévastatrice que mes mains en tremblent. Jasper a toujours joué sur l'amour que Kurt éprouve pour moi pour le briser. Il l'a manipulé jusqu'à la moelle.

— Tu n'as pas à culpabiliser, mon serdtse, tu as fait ce qu'il fallait pour survivre. Personne ne peut te jeter la pierre. Le seul responsable, c'est moi. Je n'aurais jamais dû t'emmener là-bas.

Sur ce coup, il n'a pas tort, Eliza n'aurait jamais dû

mettre un orteil dans ce genre de soirée et surtout être actrice de cette mission à haut risque.

— Sans moi, vous seriez morts, alors disons que c'est un mal pour un bien. Je ris sous cape. Je ne sais pas si c'est son culot ou encore sa capacité à ironiser dans une situation pareille, mais elle arrive à me faire rire, un point pour elle. J'entends Kurt ricaner, il sait qu'elle a raison. Si cette nana, à peine plus haute que trois pommes, n'avait pas eu le courage d'appuyer sur la détente, on se serait fait sauter la cervelle, c'est certain.

— C'est vrai. Mais je ne comprends pas pourquoi tu as agi ainsi, Lizzie, tu aurais pu fuir.

Je suis, quant à moi, certain de la motivation de son geste. Eliza a toutes les raisons du monde de se venger de Jasper et sans nous, elle n'y parviendra pas, c'est sûr. Aussi, sans l'intervention de Kurt, il y a plusieurs années qu'elle aurait rendu l'âme. Cela fait deux ans que Jasper envoie des tueurs émérites sur les traces d'Eliza. Kurt en a liquidé pas moins de trente-sept. Même si, avec énormément de chance, elle avait réussi à se défendre face aux cinq premiers, elle serait forcément tombée un jour ou l'autre.

Je me suis souvent demandé pourquoi Jasper avait attendu si longtemps avant de se lancer à sa poursuite. Douze ans… c'est toute une vie dans notre monde. Et puis, lors de notre dernière entrevue, j'ai fini par lui demander. Et la raison est simple.

Lorsqu'elle a été placée dans son premier foyer, c'était sous le nom de jeune fille de sa mère, les autorités ne lui ont pas laissé le choix. Elle a repris son nom de naissance, Lanson, il y a seulement deux ans, quand elle a commencé à exercer en tant qu'interne à l'hôpital psychiatrique d'Helena.

À l'époque, Jasper ne connaissait pas le nom

d'emprunt de Lizzie - Simms. Elle a juste disparu des radars et une mission en entrainant une autre, il n'a pas eu le temps de la chercher. C'est sans doute en la voyant à la télé il y a trois ans, pour l'hommage de la mort de ses parents, alors qu'elle envoyait les journalistes se faire foutre, qu'il a renoué avec cette vieille affaire, mais il était à Moscou. En rentrant de son voyage, il a envoyé le premier homme pour la kidnapper.

— J'ai besoin de vous autant que vous avez besoin de moi, souffle-t-elle.

Cette femme est et restera, d'une certaine manière, relativement égoïste. Ses choix ainsi que ses décisions sont avant tout guidés et motivés par ses propres démons. Je ne la juge pas, au contraire, cela me semble normal, tout le monde agit ainsi, moi le premier. Je passerai toujours avant les autres, même avant Kurt à qui je dois la vie. Mes intérêts, tout comme Eliza, sont prioritaires face à ceux des autres.

Les psychologues mettraient sûrement ce trait de caractère qui me définit sur le compte de mon trouble. Comme bien souvent, ils auraient tort. L'être humain, en général, est égoïste et sa survie dépend d'ailleurs de ce comportement. Penser à soi avant de penser aux autres est un instinct, rien de plus, rien de moins.

C'est certainement pour cette raison que notre espèce perdure depuis tant d'années. Lorsque notre vie est réellement en danger, prendre soin des autres ne ferait que nous ralentir. Imaginons que je me trouve dans une baraque en feu, mon premier réflexe serait de sortir, si quelqu'un me demande de l'aide et que j'accepte sa requête, j'irais à l'encontre de mon premier réflexe et donc, de mon instinct de survie. CQFD.

Si on suit ma logique, Eliza n'est pas un monstre, elle a seulement un instinct de survie plus développé que la moyenne et elle a souvent su le démontrer. Gamine déjà, elle a dû faire face au mal à l'état brut, plus nuisible que Lucifer lui-même. Jasper ne connaît pas la pitié, comme moi, il est donc certain qu'il a décelé en elle un petit quelque chose attisant sa curiosité maladive.

Plus je côtoie Eliza, plus je comprends ce que Jasper a vu : cette rage de vivre, cette force et cet aplomb à toute épreuve. Elle n'est pas comme les autres femmes, elle a vécu l'enfer et en est ressortie plus forte.

Comme Kurt… Comme moi…

Cette évidence me tord le bide. Décidément, elle et nous, ne sommes pas si différents. Nous sommes tous les trois ressortis affaiblis physiquement, mais inébranlables psychologiquement, et, comme nous, elle a su trouver la force dont elle avait besoin pour devenir la femme qu'elle est aujourd'hui.

Finalement, peut-être que sa mort n'est pas nécessaire…

Eliza a su nous prouver qu'elle était de notre côté. Même si elle s'avérait être une déesse de la manipulation, plus fourbe que moi et plus dangereuse que Kurt, elle n'aurait jamais vendu son âme pour nous si elle ne comptait pas nous aider à détruire Jasper.

Mon avis sur sa personne tranché, je me lève et entre dans la chambre. Tous deux se retournent pour me faire face tandis que j'attrape une chaise trônant dans un coin de la pièce. Je la laisse glisser jusqu'au lit avant de m'installer à califourchon dessus. J'observe tour à tour, mon frère et l'otage qui n'en est plus vraiment une.

— Il est temps de trouver une solution pour Jasper, non ?

Mon frère opine tandis qu'Eliza me regarde comme si je la menaçais à l'aide d'une banane.

— Depuis quand vous m'informez de vos plans ?

demande-t-elle.

Je la fixe sans ciller. Ma réponse pourrait être multiple : depuis qu'elle a su monter au créneau et a tué ce mec pour se défendre, seule ; depuis qu'elle a sauvé la vie de mon frère et surtout la mienne alors qu'elle aurait pu détaler ; depuis qu'elle n'a pas hurlé à l'idée de se retrouver à des centaines de kilomètres de chez elle. Qu'importe l'action, elle a gagné bien plus que mon respect.

— Depuis que j'ai confiance en toi.

Chapitre 12

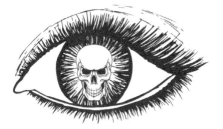

THE MONSTER IN ME

ELIZA

Un silence digne d'un conseil de guerre entre les États-Unis et la Russie règne dans la chambre après la déclaration de Jake. Qu'il ait foi en moi est une grossière erreur. Certes, c'était mon objectif initial, mais je le pensais plus… résistant. J'avais imaginé que Kurt serait le premier à m'offrir sa confiance, il semble plus manipulable, moins sur la défensive. J'ai dû me tromper.

Dans tous les cas, que Jake me fasse confiance m'aidera peut-être à venger ma famille. Avant qu'ils me kidnappent, j'avais imaginé que tout allait bien. Je m'étais enfermée dans une bulle d'illusion faite de faux-semblants et de mensonges envers moi-même. Il est plus facile d'ignorer une blessure plutôt que de l'affronter chaque jour.

Se mentir est parfois plus simple qu'avouer sa faiblesse. J'avais trop de fierté pour dire que non, ça n'allait pas. Trop d'ego pour avouer que depuis quatorze ans, je flirte avec la souffrance. J'ai passé tout ce temps à faire comme si tout allait bien, comme si ce n'était pas si grave, comme si la vie pouvait continuer en toute impunité.

En réalité, je crois que ça dure depuis bien plus longtemps que ça. Depuis mes cinq ans pour être exacte. J'ai encore fait ce rêve étrange qui n'avait pas de sens. Absolument aucun. Toutefois, une part de moi est persuadée que c'est réel, que durant mon enfance, je me suis bel et bien fait agresser par un inconnu. Plus les souvenirs affluent dans ma mémoire, plus ça devient tangible. Presque palpable. Ça m'oppresse, me comprime la cage thoracique, mais c'est si flou que je ne parviens pas à réellement mettre de mot dessus.

Après la mort de ma famille, j'ai clos toutes les portes me menant à un quelconque traumatisme, j'en ai certainement fait de même avec celui-ci. Je savais, même si jeune que si je me laissais submerger par les souvenirs, je sombrerais. J'aurais été incapable de me relever. De faire face au monde qui m'attendait dehors.

Dans un sens, peut-être que j'avais honte d'être malheureuse. Il est vrai qu'après tout, je n'ai pas le droit de me plaindre. Moi je suis vivante. Moi j'ai survécu. Je me suis plongée dans un gouffre de bonheur artificiel, comme un junkie qui prend une dose de crack dans une baignoire d'un motel miteux et qui s'imagine sur une île paradisiaque. J'ai cru bon de vivre comme si de rien n'était, nageant en plein déni, imaginant que craquer m'était interdit. C'était plus simple ainsi, ne jamais penser au massacre de mes proches me permettait de tenir debout, de paraître forte.

Finalement, cet enlèvement m'a obligée à faire tomber le masque. À vrai dire, je ne suis pas sûre d'apprécier la réelle Eliza. Il y a tant de froideur en moi, tant de mépris pour l'espèce humaine. Je me sens si vide, si incomplète, si… *monstrueuse* !

Une fois le choc passé, avec du recul, je me rends compte que tuer deux hommes de sang-froid ne m'a fait ni chaud ni froid. Bien sûr, le regard vide de Costa a hanté ma nuit, mais je ne sais pas, ce n'était pas de la culpabilité, c'était tout autre chose.

Je comprends que j'ai peur de moi. Je me fais peur et ça me rend dingue.

Cette haine qui brûle en moi, capable de m'entraîner au-dessus des lois. Cette rage sous-jacente qui s'échappe des tréfonds de mon âme sans que je ne puisse la maîtriser. Il y a tant de colère, tant de sentiments néfastes trop longtemps passés sous silence qui se déchaînent en moi, ne demandant qu'à exploser. J'ai l'impression d'être une bombe à retardement qui approche rapidement du sol, pour enfin détoner.

J'ai peur des monstruosités dont je suis capable.

J'ai peur du monstre qui, lentement, se réveille et pervertit mon âme. Il est là, je le sens prendre peu à peu possession de moi. Comme un superpouvoir maléfique qui prend doucement le dessus sur le héros. Ouais, je me sens comme Rachel[7] lorsque son pouvoir la dépasse.

Je ne supporte pas cette sensation. Je perds le contrôle de mon for intérieur. Je me perds. Être soi-même, c'est parfois bien plus douloureux que d'être une copie conforme de celle qu'on aurait dû être si le quotidien avait toujours été un long fleuve tranquille.

Dire que je me connais, ce serait me mentir à moi-même une fois de plus. Il y a tellement de zones

---

7 Personnage principal de la série « Titans » incarné par Teagan Croft

d'ombre dans ma tête, tellement d'incompréhension dans mon être. J'ai l'impression d'être une inconnue dans mon propre corps, une spectatrice de ma vie.

Je devrais me faire une analyse psychologique... ma propre analyse...

Je secoue doucement la tête, sortant de mes songes à l'instant où Kurt brise enfin le long silence qui plane dans la chambre luxueuse :

— Tu... quoi ?

— Je lui fais confiance, répond simplement Jake en haussant les épaules.

Je ne me fais même pas confiance à moi-même, comment cet homme qui, rappelons-le, était prêt à me tuer il y a deux semaines, peut-il avoir un semblant de confiance en moi ? Soit il est encore plus atteint que je ne le craignais, soit il développe un syndrome de Lima.

Comme le syndrome de Stockholm, celui de Lima peut subvenir en quelques jours, les plus rapides en quarante-huit heures. C'est assez impressionnant puisque contrairement au syndrome de Stockholm, ce n'est pas l'instinct de survie qui parle, c'est autre chose. En outre, il a été prouvé que ce trouble est assez puissant pour contrer les symptômes de tous les troubles de la personnalité.

Sous son effet, un psychopathe peut croire qu'il est amoureux, un sociopathe est persuadé qu'il est prêt à mourir pour son otage. Toutefois, il faut toujours garder en mémoire qu'il est dangereux et lorsque le bandeau qui, jusque-là, recouvrait ses yeux tombe, les conséquences peuvent être dramatiques.

Dans un premier temps, il comprend que tout n'est qu'illusion, que les sentiments qu'il était persuadé de ressentir n'ont jamais existé. Là, c'est le début de la chute. Le sociopathe, comme le psychopathe, est loin d'être naïf. Il sait très bien qu'il lui manque quelque chose de fondamental : des émotions positives. Alors lorsqu'il se pense amoureux, pour lui, c'est une nouvelle expérience qui commence. Quand il prend conscience du non fondé de ses sentiments, c'est la chute libre.

Dans un second temps, la colère le submerge. Ses différences seront d'autant plus flagrantes pour lui. Il ne comprendra jamais la réelle nature des émotions positives et il en est conscient. En d'autres mots, ça le gonfle. Il se gonfle.

Et là, il y a deux options : soit il disjoncte en s'en prenant à l'otage pour qui il a cru avoir des sentiments, soit il l'abandonne. La seconde option est la moins probable surtout quand on connaît la nature des activités des deux hommes à mes côtés.

En outre, le syndrome de Lima a plusieurs déclinaisons allant de la simple compassion pour l'otage, passant par une relation fraternelle ou encore des sentiments amoureux. Dans tous les cas, tôt ou tard, avec de la distance, les sensations ressenties s'effacent, tombant dans l'oubli.

En bref, si Jake venait à développer cette pathologie, je serais dans la merde. Il est déjà difficile de le gérer en temps normal, alors avec un trouble s'accumulant au sien, je vis avec une épée de Damoclès au-dessus de la tête.

Je soupire avant de glisser ma main dans mes cheveux. Qu'importe la raison de sa confiance, mon unique objectif aujourd'hui, c'est de savoir que l'homme qui a massacré ma famille est hors d'état de nuire. J'ai besoin de cette vengeance pour avancer, pour enfin vivre sans toute cette haine machiavélique en moi. Si ce n'était que de la colère, je l'accepterais sans rechigner. Après tout, j'ai le droit de l'éprouver et puis la haine peut être plus que bénéfique.

La colère est un cri d'amour pour soi. Lorsqu'on s'est trop renié, elle vient nous rattraper pour nous sauver. Elle permet de placer ses limites, pour enfin se respecter. La colère est un cri de vie quand on oublie d'être, elle permet de poser son identité. Quand on sait qui on est et qu'on sait l'affirmer, nous n'avons pas besoin de la haine pour nous guider.

La colère subsiste uniquement parce qu'on ne veut pas qu'elle existe. Elle reste seulement parce que nous sommes incapables de nous sauver seuls, que nous avons des besoins profonds enfouis et non respectés. Elle existe pour nous donner le courage que nous n'avons jamais eu.

Néanmoins, la colère doit toujours être domptée. Elle doit être notre fidèle soldat, pas notre maître. Elle doit nous apporter sans nous dévorer. Elle ne doit pas nous dominer sans quoi, elle deviendra de la haine refoulée et nous détruira lentement, mais sûrement.

Je n'ai jamais su laisser place à ma colère, toujours dans le contrôle, je l'enfermais dans les tréfonds de mon être, espérant ne jamais perdre l'ascendant sur cette dernière. Je n'avais pas conscience que doucement, dans l'obscurité quasi totale, elle me consumait pour ne plus être un soldat sur le banc de touche, mais le maître de toutes mes décisions. Aujourd'hui, j'ai la sensation que je ne peux plus me maîtriser et je sais pertinemment que j'en suis la seule responsable.

J'ai préféré m'ignorer au lieu de m'écouter.

— C'est quoi le plan, alors ? demandé-je.

Les deux frères se fixent intensément. Apparemment, Kurt n'est pas satisfait de la confiance que Jake a en moi. Je ne peux pas lui en vouloir, c'est normal. Je n'ai confiance en aucun des deux non plus.

— Je vais t'apprendre à te défendre, déclare Jake. Vraiment. Pas avec un coupe-papier. Après quoi, tu rentreras chez toi et tu attendras que Jasper vienne gentiment à toi. Bien sûr, tout ton appartement sera sur écoute et tu as interdiction formelle de sortir, même pour aller chercher le courrier. Quand Jasper viendra, on le suivra et on le neutralisera.

Je hausse les sourcils. Dans ce plan merdique, rien ne va.

— Alors je vais rentrer chez moi comme ça ? Après avoir tué deux hommes ? Je ne connais pas votre père, mais il n'a rien d'un imbécile. Sans parler des flics…

Je n'ai jamais été douée en mathématiques, je n'ai jamais orchestré de stratégies de ce genre, mais les probabilités pour que Jasper Aspen ne se doute de rien sont minimes, si ce n'est inexistantes. Si cet homme était con, il y a bien longtemps qu'il serait mort. Je ne connais pas le monde des tueurs à gages, mais je suppose que je ne suis pas la seule à vouloir la tête de Jasper au bout d'une pique. Même ses propres fils veulent sa mort.

Il ne faut pas non plus écarter que je suis portée disparue. Mon appartement est peut-être surveillé par la police et je n'ai aucune envie de me justifier sur mon absence.

Après un long silence, Kurt se décide enfin à me répondre :

— Pour les flics, ne t'en fais pas, Jasper ne leur laissera pas le temps de se rendre compte de ton retour. Concernant Jasper, c'est justement sur ça que l'on compte. Il est loin d'être naïf et il sait qu'on l'attirera d'une façon ou d'une autre, ce plan est tellement simple, qu'il ne peut pas être notre seule option. Ce serait de la folie de t'utiliser alors que tu es de notre côté.

— Mais, pourtant, poursuit Jake, les plans les plus simples sont souvent les plus efficaces. Jasper sera sous pression et pour lui, sa seule option pour te tuer, ce sera ce moment précis.

— Sous notre protection, enchaîne Kurt, il ne pourra jamais t'atteindre et il le sait. C'est pour cette raison qu'une énorme dispute éclatera chez toi, entre toi et moi.

Un fin sourire étire mes lèvres. Les probabilités de réussite viennent de passer de zéro pour cent à quatre-vingts.

— Donc, termine Jake, il sera persuadé que nous sommes divisés. S'il n'attaque pas à ce moment précis, il ne t'attrapera jamais et il le sait.

— Et comment il sera au courant ?

— Ton appartement est sous écoute depuis plus de deux ans, chérie.

Je devrais m'énerver, pourtant je ris. Je ris puisque Jasper rendra bientôt son dernier souffle.

Chapitre 13

D-DAY

KURT

Dans les escaliers, je cours après Eliza qui me crache des injures sans répit. Devant la porte, elle fouille dans son sac à main avant de sortir ses clefs.

— Lizzie, écoute-moi…

— Tu la fermes, hurle-t-elle. Je te déteste, putain.

Elle ouvre la porte et tente de la refermer dès qu'elle est entrée, mais je la bloque avec mon pied. Elle soupire avant de glisser sa main dans ses cheveux.

— Je suis désolé, dis-je dans un murmure.

— Non, tu ne l'es pas. Pars, s'il te plaît.

Sa voix se brise lorsqu'elle me demande de quitter les lieux. Bien sûr qu'elle ne veut pas que je parte ! Et moi donc… La laisser ici, après tout ce que nous avons vécu en Ukraine. Je n'y arriverai pas. C'est au-dessus de mes forces. Mes mains tremblent et ma voix s'étrangle :

— Lizzie…

— Pars !

— On annule. On annule tout.

Ses yeux s'écarquillent tandis qu'elle secoue doucement la tête. Je ne peux pas la laisser ici, putain, je ne peux pas. J'ai l'impression qu'un étau broie mon cœur.

— Tu. Te. Casses, crache-t-elle, avec un tel mépris que je sens mon humanité me quitter. Encore une fois.

— Non… murmuré-je comme une supplication.

Avec force, elle me pousse. Je recule d'un pas et elle s'empresse de claquer la porte. Je reste là, comme un idiot, à regarder le battant, espérant qu'elle abandonne, qu'elle comprenne que sa vie est plus importante que n'importe quelle vengeance. Si, il y a deux mois, je trouvais ce plan merveilleux, aujourd'hui tout a changé.

Avant, je n'imaginais pas que cette femme allait me transformer, allait nous transformer. Pas forcément en bien, je dois l'avouer. À ses côtés, je ne suis pas indubitablement meilleur, au contraire. Elle a fait de moi un monstre sans foi ni loi envers quiconque souhaitant la blesser. Elle a créé une arme, prête à tout pour la défendre. Eliza a fait de moi ce que je me suis toujours refusé d'être : un homme sans principe si on s'attaque à elle.

Elle fait ressortir ce qu'il y a de pire en moi et étrangement… j'adore ça !

Mais finalement, n'est-ce pas là toute la beauté de notre relation ? Nous ne sommes pas comme les autres, nous ne rentrons dans aucune des cases que le système tente d'imposer. Non, nous, nous avons nos lois, nos jeux. Nous avons tant de colère en nous, nous avons besoin de la laisser sortir.

Tuer ne fait pas de nous des monstres. Non, ce qui nous rend monstrueux, c'est de nous aimer dans ce chaos.

Je ferme les yeux, un instant, me repassant en mémoire ces deux derniers mois à ses côtés. Ces deux mois où elle est parvenue à nous faire tomber amoureux.

Partie 2

Un monde en enfer, mais ensemble

Chapitre 14

DESIRE

Deux mois auparavant

KURT

Eliza est au tapis, encore. Jake a beau y aller doucement, elle n'a aucune notion de self-défense. Jake, quant à lui, semble s'amuser comme un gosse à Disney World. Il est vrai que la prestation d'Eliza est plutôt drôle à regarder. Il s'agit certes de son premier entraînement, mais je ne suis pas sûr qu'un jour elle parviendra à envoyer un réel coup à mon frère, si ce n'est dans les couilles, puisque c'est sa spécialité.

Les tomates me paraissent moins rouges que les joues d'Eliza, pourtant, elle est carrément sexy comme ça. Vêtue d'un legging qui moule délicieusement son cul de déesse et d'une brassière de sport qui nous laisse deviner le haut de ses seins, je suis à deux doigts de triquer.

Les bandes autour de ses poings ne font qu'accentuer son sex-appeal, ça lui donne un côté femme fatale dangereuse. Son visage, aux traits sévères, donne l'impression qu'elle est prête à conquérir le monde. C'est le genre de femme pour qui je me damnerais sans hésitation, seulement pour passer quelques heures dans son pieu, histoire de lui rappeler que face à moi, elle n'est pas de taille.

Anton entre dans son sous-sol aménagé en salle d'entraînement. Il a fait du bon boulot dans cette pièce : deux rings de boxe, des sacs de frappe, un stand de tir isolé et une partie du mur en bois pour s'exercer au lancer de couteaux. Cet endroit est aussi bien équipé que les salles d'entraînement de l'Organisation.

Mon ami me donne une légère tape dans le dos tandis que j'admire Eliza se relever, *encore une fois*. Elle tremble de colère. Avec le temps, j'ai cru comprendre qu'elle ne supporte pas la défaite, pourtant, elle ne devrait pas s'en faire. Jake est doué de ses poings, très doué. Lorsqu'on s'entraîne ensemble, il n'est pas rare qu'il me foute une raclée. Heureusement, il n'est pas très bon tireur.

C'est pour son talent sur le ring qu'il entraîne Lizzie. La meilleure manière d'apprendre, c'est d'y aller franco. Plus vite elle sera capable de supporter la douleur, plus longtemps elle tiendra dans un combat à mains nues. Contrairement aux apparences, ce n'est pas la force qui définit un bon combattant, mais bel et bien sa capacité à encaisser.

Eliza part avec un énorme avantage : elle est petite et agile. Face à un gorille comme Anton, elle aurait toutes ses chances si elle apprend à fatiguer son adversaire en prenant le moins de coups possible. N'en prendre aucun est impossible, mais plus son adversaire sera fatigué, moins ses attaques seront précises.

Contre toute attente, Eliza ne se lance plus sur Jake comme elle le faisait depuis le début de l'entraînement. Aurait-elle compris que cela ne sert à rien ? Jake me jette un coup d'œil rapide. Il ne sait pas si c'est une bonne idée de continuer, Lizzie semble à bout de force. Néanmoins, lorsque je m'apprête à stopper le combat, elle me coupe l'herbe sous le pied :

— C'est moi qui suis sur le ring, Jake-Jake, alors c'est moi qui dis quand on s'arrête, pas ton frère.

— Jake-Jake ? demande mon frère.— La souris dans Cendrillon, rétorque Eliza, garde en place.

Je ricane doucement tandis que mon frère adoptif reste un instant figé, assez pour qu'Eliza lui envoie un crochet dans le ventre. Surpris, Jake écarquille les yeux. C'est le premier coup qu'elle parvient à lui placer depuis près de trois heures.

— Tu disais quoi déjà, Jake-Jake ? Ne jamais se laisser distraire par son adversaire, c'est ça ?

Un rictus méchant étire les lèvres de mon frère avant qu'il ne se jette sur Lizzie, qui protège directement son visage, à l'aide de ses bras. Jake enchaîne les directs et les crochets dans le ventre plat et musclé d'Eliza. Anton pose sa main sur mon épaule, me dissuadant d'une seule œillade d'intervenir. Je connais Jake, il s'arrêtera à temps, du moins, je l'espère.

Ses coups faiblissent alors qu'Eliza ne tient pratiquement plus sur ses jambes. Jake cesse et recule d'un pas, essoufflé et transpirant, tandis qu'Eliza relève doucement la tête. Son regard me fait froid dans le dos et l'uppercut qui termine sa course dans le menton de mon frère d'autant plus. La tête de Jake est projetée en arrière, déstabilisé, il recule de plusieurs pas, perdant son équilibre.

— Putain, murmure Anton, aussi stupéfait que moi.

Son coup n'était pas hésitant et la force dont elle a fait preuve, ce n'était pas une frappe de débutant. Pourtant, elle a passé la plupart du cours le cul au sol. Tandis que nous la fixons tous, à la fois troublés et admiratifs, elle attrape sa bouteille et la vide d'un trait.

— Ne me regardez pas comme ça, c'est la seule parade que je maîtrise, avec celle du genou dans les couilles.

— Alors pourquoi tu ne m'as pas mis K.O avant ? demande Jake.

— Pour que tu reviennes à l'attaque trois secondes plus tard, non merci. Là, au moins, tu es bien fatigué.

Sans un mot de plus elle quitte le ring, puis le sous-sol après avoir retiré ses bandes. Jake, quant à lui, reste pantelant les mains sur les cordes et la regarde sortir. Un sourire étire mes lèvres, Eliza a bien plus de ressources qu'on ne l'avait imaginé.

On retrouve Eliza une petite demi-heure plus tard, douchée et allongée sur le canapé, un sachet de petit-pois surgelés sur le ventre. Malgré tout, Jake ne l'a pas loupée, j'ose à peine imaginer l'hématome que cache cette poche. Mais dans un sens, il a bien fait, mon père et ses hommes n'iront pas de main morte sur elle. Il faut qu'elle soit prête à encaisser et ce, même si nous intervenons rapidement.

Je m'installe auprès d'elle et soulève les surgelés de son ventre. Une grimace étire mes lèvres face à sa peau déjà bleue : elle doit salement déguster. Jake apparaît avec un tube de crème qu'il me tend après un regard évocateur sur le corps peu vêtu de la psy.

— Ça va être froid, l'avertis-je.

— Kurt, réfléchis trois secondes avant de parler, j'avais un bloc de glace sur le ventre, ta crème va me paraître brûlante en comparaison.

Je ricane doucement avant de glisser mes doigts enduits de crème sur son hématome. Elle se crispe tandis que je m'efforce de ne pas bander. J'essaye de faire de mon toucher une douce caresse afin qu'elle ne souffre pas trop et ça semble fonctionner puisque son corps réagit d'une tout autre manière, même si son visage est impassible, je sens son frisson sous mes doigts, je sens ses hanches se surélever légèrement. Je serre la mâchoire, c'est trop pour moi, ma queue se dresse dans mon jean, devenant vite à l'étroit.

Je m'écarte d'un bond de cette trop grosse tentation. C'est facile, je dois simplement tirer un coup et surtout limiter tout contact avec Eliza. Plus loin je me tiendrai, moins je mettrai en péril notre mission.

Dans mon monde, et surtout avec le plan que nous préparons, coucher avec sa partenaire, ça craint. Forcément nous serons distraits. Déjà que vivre avec elle est un semi-supplice, je ne vais pas me rajouter une épine dans le pied en baisant avec elle.

Depuis que j'ai commencé à ne plus la voir comme une captive, c'est devenu l'horreur de la croiser tous les jours sans la plaquer contre le mur. Je l'ai toujours trouvée belle, aucun homme saint d'esprit n'est capable de la trouver laide ou même passable. Eliza est une bombe. Le genre de femme avec qui tu ne peux pas passer qu'une seule nuit et laisser un mot sur l'oreiller. Il faudrait être fou pour quitter une déesse comme elle.

Je suis certain qu'elle est une de ces filles qui vous rendent barges avec leur bouche, accro avec leur déhanché. Une de ces filles dont tous les hommes rêvent et rien qu'imaginer l'avoir dans mon lit me fait pratiquement jouir.

Il m'arrive, de plus en plus fréquemment, de

repenser aux parties de jambes en l'air avec son chef de service que j'ai, plus d'une fois, épiées. Son corps à moitié nu, sa façon d'onduler des hanches… ça hante mes nuits et parfois même, ça envahit mes pensées alors que le soleil brille encore dans le ciel ukrainien.

Mais je ne peux pas. Elle est le fruit défendu, et ce, malgré la tentation et le désir que j'éprouve pour elle. Et que je sais qu'elle éprouve pour moi.

Je quitte le séjour sous le rire franc d'Eliza et Jake qui semblent avoir compris mon souci. Dans la douche, je prends le temps de calmer mes ardeurs. Ma main glisse sur mon sexe dressé, en fermant les yeux, je visualise la silhouette frôlant la perfection de Lizzie.

Je fantasme sur l'image d'elle devant moi, à genoux, ma queue entre ses lèvres charnues. *Le meilleur moyen de la faire taire.* Mes doigts resserrent leur prise alors que j'intensifie les va-et-vient. Je sens mon sexe palpiter entre mes doigts en imaginant la pression de sa bouche, de sa langue jouant avec mon gland, ses mains sur mes cuisses tandis que les miennes tirent sur ses cheveux, lui imposant un rythme soutenu et allant jusqu'au fin fond de sa gorge. Il ne m'en faut pas plus pour éjaculer dans un râle que je tente de retenir. La tête rejetée en arrière, les paupières closes, je balance mon poing dans le mur carrelé.

Putain, j'ai l'impression d'être un ado en chaleur qui se branle en pensant à sa prof trop bonne qu'il ne baisera jamais. Frustré, la main endolorie et des images classées X plein la tête, je me lave rapidement avant de sortir de la salle de bains, une serviette autour de la taille.

Je tombe nez à nez avec Eliza. Ses yeux divaguent sur mon corps, l'enflammant au passage. Elle coince sa lèvre inférieure entre ses dents dans un sourire provocateur.

— J'ai bien cru que tu t'étais noyé, Aspen, murmure-t-elle.

Ne pas bander. Ne pas bander. Ne pas bander.

— J'ai pris mon temps, rétorqué-je.

— Oui, tu as l'air plutôt… *endurant*, pour supporter une douche si longue.

Bordel de merde. Ma mâchoire se crispe. Je ne sais pas à quoi elle joue, mais si son but c'est que je la plaque contre le mur et que je la baise dans ce putain de couloir, elle n'en est pas loin.

— Je suis quelqu'un de très endurant, mon serdtse.

— Oh, mais je n'ai aucun doute là-dessus, souffle-t-elle.

Elle fait un pas en avant. Ses fins doigts se posent sur mon torse et glissent sur mes tablettes, terminant leur course à l'ourlet de la serviette.

— Je te plais, Kurt ? murmure-t-elle d'une voix rauque.

Je ne réponds pas, concentré à ne pas me jeter sur elle. Son toucher m'électrise, ma respiration devient lourde tandis que ma queue se réveille une nouvelle fois. Cette fois, hors de question que j'utilise ma main !

— Parce que moi, tu me plais beaucoup. Alors, la prochaine fois, appelle-moi au lieu de fantasmer sur moi et te branler comme un jeune puceau en chaleur dans ta douche.

Et elle part. Elle me laisse là, au milieu du couloir, la queue fièrement dressée, prête à ne plus se faire manipuler par une petite peste comme Eliza.

Elle veut du cul ? Très bien, qu'elle vienne me supplier à genoux.

Chapitre 15

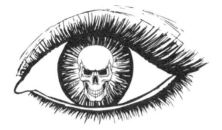

A WORLD OF OURS

ELIZA

La nuit est tombée depuis un long moment, toutefois, je ne parviens pas à trouver le sommeil. Mon abdomen me tire, mais rien d'insupportable, j'apprécie que Jake n'y aille pas de main morte sous prétexte que je suis une femme. Je ne suis pas masochiste, je n'aime pas la douleur, loin de là, mais disons que j'aurais été vexée qu'il me traite comme une gamine incapable d'encaisser.

Encaisser, c'est ma spécialité. Peut-être pas les coups dans le ventre, mais parfois, la souffrance physique est incomparable à ce qui se trame dans la tête d'un être humain.

Je soupire, sachant que je ne trouverai pas le sommeil de sitôt. Je finis par me lever et quitte ma chambre. Mes pas me mènent d'eux-mêmes à la salle d'entraînement. Face au sac de frappe, je serre les poings. J'ai besoin de ressentir quelque chose, même le mal physique serait plus supportable que ce vide qui noie mon âme.

Aussi, je ne mets pas de bandes avant d'envoyer un crochet dans le sac. Je grogne face à la douleur, puis balance un second coup. Je ferme les yeux, me plongeant dans mes souvenirs les plus douloureux tandis que mes frappes s'accélèrent et deviennent de plus en plus puissantes.

Je me revois dans ma chambre, imaginant un nouveau plan pour faire hurler ma mère de terreur. Le matin même, j'avais escaladé la gouttière pour grimper sur le toit de la maison, ma génitrice avait aboyé, m'ordonnant de descendre. J'avais simplement haussé les épaules avant de sauter dans l'arbre en face. Je m'étais rattrapée de justesse à l'une des branches, j'ai bien cru que ma mère allait faire un arrêt cardiaque, mais moi, j'avais ri. Je trouvais ça amusant de la rendre chèvre.

Je sens la brûlure sur mes phalanges, mais je ne cesse pas. J'ai besoin que ça sorte d'une façon ou d'une autre. Alors je ferme plus fortement mes paupières et enchaine.

J'avais entendu la voix de mon père dans le salon, je suis donc descendue. Il y avait cet homme, tout de noir vêtu avec un sourire méchant et diabolique plaqué sur les lèvres, à moitié caché par sa cagoule. Il a regardé Nick avant de rire franchement. J'étais encore dissimulée dans les escaliers lorsqu'il a tourné la tête dans ma direction.

Il n'a pas prononcé un mot quand il est venu me chercher et qu'il a attrapé mon bras avec force, ne me laissant d'autre choix que de le suivre. Il m'a obligée à rester près de lui alors qu'il a sorti une arme. Ma mère criait, elle suppliait l'homme de ne pas faire de mal à ses enfants, répétant que nous n'avions pas d'argent. L'homme a tiré. Une balle. J'ai vu ma mère tomber, face contre terre, et son sang, doucement l'envelopper dans une mare qui teintait le sol.

Mes poings martèlent le sac tandis que je sens la première larme rouler sur ma joue. Mais je dois continuer, je dois me rappeler de chaque détail. Parce que si j'avais réagi, ils seraient peut-être encore en vie.

J'entendais les hurlements et les pleurs de mon père et de mon frère. Pour ma part, je ne tremblais pas, je ne criais pas, je ne pleurais pas. Je comprenais ce qu'il se passait, mais une chose était certaine : j'étais prête. Même à quatorze ans, je savais qu'aucun de nous ne ressortirait vivant, alors, fatalement je savais que je reverrais bientôt ma mère, dans un autre monde. Puis il y a eu un autre coup de feu. Mon père est tombé. J'ai observé le sang s'écouler doucement de sa plaie jusqu'à former une seconde mare rouge sur le sol.

J'ai regardé Nick. Il m'a souri avant de me faire signe de fermer les yeux. Je ne l'ai pas écouté bien sûr, je ne supportais pas quand Nick me donnait des ordres, ça m'énervait toujours. Et je souhaitais être là pour lui, lui montrer qu'il n'était pas seul pour affronter ça, même si cela voulait dire que, moi, je le serais. L'homme s'est approché de mon frère, mon héros à moi. Il a ri, tellement fort que je me suis bouché les oreilles sans pour autant clore les paupières. Il a enfoncé un couteau dans la gorge de mon frère, sans cesser de rire. Il riait tellement fort, tellement méchamment. J'ai vu tout ce sang éclabousser l'homme en noir. Il y en avait partout. Beaucoup trop. J'ai vu les iris terrorisés de Nick braqués sur moi perdre leur éclat, j'ai vu la vie s'enfuir devant tant de barbarie.

Je sens le sang couler le long de mes articulations, tombant goutte à goutte sur le sol. Ma vision est brouillée de larmes. J'aurais dû écouter Nick. J'aurais dû fermer les yeux quand je le pouvais encore pour ne pas que cet acte hante mes pensées jour et nuit, mais je voulais être là pour lui. Lui faire comprendre que tout irait bien, que j'étais là.

Une fois mon frère jeté au sol, l'homme s'est approché de moi, le sang de mon héros recouvrant sa cagoule, ses vêtements et son couteau. Je n'avais pas peur, ma respiration était lente et contrôlée. Il m'observait étrangement avant de lever la main qui tenait le couteau. Il a posé la lame sur ma joue aussi sèche qu'un ruisseau en plein été. Et il a appuyé. Si fort que j'ai cru la douleur capable de me tuer. J'ai mordu ma langue jusqu'au sang, je ne voulais pas crier, je ne voulais pas pleurer, j'étais assez forte, je le savais. Alors, j'ai planté mon regard dans le sien, bleu comme l'océan. Froid comme la glace. Dur comme la pierre.

Et je l'ai frappé. Dans un saut de biche, mon genou s'est écrasé entre ses jambes comme me l'avait montré Nick si un garçon m'embêtait. Il a reculé d'un pas et m'a regardée, surpris avant de rire, encore. Il a posé sa main sur mon épaule et pour la première fois de la soirée, il a parlé :

« Tu es la plus jeune, mais la plus courageuse. Ça me plaît. Tu vivras. Mais un jour, je t'arracherai la vie lorsque tu t'y attendras le moins. »

Je donne un dernier coup dans le sac avant de me laisser choir au sol. Je pleure tant que ma vue est quasiment inexistante. J'ai mal. Tellement mal. Dans ma poitrine, dans ma tête, j'ai mal partout, mais rien de physique. Toutes les émotions que je pensais ne plus jamais ressentir refont surface les unes après les autres : l'amour, la lâcheté, l'angoisse, la peine…

Ma respiration s'alourdit, mon souffle se fait rare.

Ma main se pose sur ma poitrine tandis que je cherche de l'air. Des pas, qui me semblent éloignés et en même temps si proches se précipitent vers moi.

Kurt tombe à genoux devant moi et attrape mon visage en coupe. Je vois ses lèvres bouger, mais aucun son ne me parvient aux oreilles. J'ai besoin d'air, de respirer. Mais je n'y arrive pas, la panique se fait de plus en plus présente dans mon être. Je vois mes mains trembler comme des feuilles au vent. Je sens comme un poids terriblement douloureux peser sur ma poitrine.

Sans que je m'y attende, des lèvres, douces et pleines se déposent avec vigueur sur les miennes. J'arrête de respirer tandis qu'il m'attire plus près de lui, me plaquant sans ménagement contre son torse.

Rapidement, je retrouve la force dont j'avais besoin pour sortir ma tête de l'eau. Mes doigts glissent dans ses cheveux et les tirent avec robustesse, comme on s'accroche à une bouée de sauvetage. Kurt grogne et raffermit sa prise autour de ma taille. Mes tremblements cessent et mon souffle semble se calmer légèrement.

Mon cœur palpite avec puissance, mais ce n'est plus dû à la panique. J'ai besoin de le sentir encore plus vivant, j'ai besoin de me savoir encore plus en vie. Étrangement, Kurt y parvient avec aisance. Comme s'il savait exactement ce dont j'avais besoin.

La tension dans la pièce change du tout au tout. J'ai besoin de plus. J'ai besoin de lui, juste une heure, une nuit. Demain, j'aurai le droit aux regrets, mais ce soir, j'ai juste besoin de vivre, pour de vrai. Ce soir, j'ai *envie* de vivre.

Je quitte un instant ses lèvres, juste le temps d'enlever mon tee-shirt. Je me retrouve face à lui, seins nus et, étrangement, face à son regard rempli de désir, je me sens belle, désirable et toute la gêne que j'aurais pu ressentir s'envole. Ses yeux tombent sur ma poitrine et je vois sa mâchoire se crisper.

— Lizzie, je ne pense pas que…
— Ne m'oblige pas à te supplier, Aspen, le coupé-je.

Il plante ses iris dans les miens. Identiques à ceux de son père pourtant, ils ne me font pas peur. Contrairement à ceux de son père qui hantent mes nuits, ceux de Kurt ont un effet immédiat sur moi, sur ma peau, *sur mon entrejambe*.

— Fait chier, crache-t-il avant de se jeter sur mes lèvres.

Je tombe à la renverse et rapidement, Kurt se place au-dessus de moi, sans quitter ma bouche avide de la sienne. Je glisse mes mains sous son tee-shirt et caresse doucement son torse divinement bien sculpté tandis que ses index jouent avec mes tétons pointés. Je gémis face à ses caresses, un long frisson court le long de mon dos. Je sens chaque relief des cicatrices qui ornent son épiderme. Étrangement, je sens mon désir croitre face à ces marques, peut-être parce que le même homme nous a détruits.

Il se redresse un instant pour retirer son haut. Il replonge sa bouche dans mon cou cette fois, il le mordille, le lèche tandis que sa main descend sur mon ventre provoquant une divine chair de poule dans l'intégralité de mon corps. Lorsqu'enfin il atteint mon intimité, un gémissement quitte mes lèvres entrouvertes. La tête rejetée en arrière, je profite de cet instant qui m'entraîne loin de la réalité. Je sens mon cœur battre fort et vite, *c'est tellement bon d'être en vie*.

Mes ongles se plantent dans la peau de son dos, je me cambre contre lui. J'abandonne rapidement ses dorsaux pour laisser mes doigts glisser le long de ses abdominaux, terminant leur course à l'ourlet de son jogging que je repousse sans mal.

Ma main s'enroule autour de sa queue dressée. Il grogne avant de m'embrasser avec force. Ses doigts m'emmènent si haut qu'un instant j'appréhende la chute. Il caresse mon clito de son pouce, avec une lenteur parfaitement calculée pour me rendre folle. Il me pénètre d'un doigt, puis de deux, je tremble. Je n'entends plus que les battements de mon cœur, effrénés, le bruit de nos langues qui se cherchent, puis se trouvent et le son de ses doigts en moi. Doucement, je fais de légers va-et-vient afin de le faire languir davantage.

Je me crispe de la tête aux pieds. Un son rauque et inattendu quitte mes lèvres lorsque l'orgasme me transporte dans un monde où personne ne peut m'atteindre. *Un monde à nous.*

— Ouais, c'est ça, laisse-toi aller, mon serdtse.

Il ne s'arrête pas, au contraire, il accélère ses mouvements. Son pouce cajole mon clitoris tandis que deux de ses doigts en moi s'assurent que je perde totalement l'esprit, que je m'abandonne complètement à lui, sans concession.

— Putain, râle-t-il, mes capotes sont en haut.

J'enroule mes jambes autour de sa taille et mes bras encerclent sa nuque. Il rit légèrement avant de se relever sans grande difficulté. J'admire sa force avant d'embrasser son cou. Plaquée contre son torse, je sens son érection appuyer entre mes cuisses tandis qu'il me maintient en pétrissant mon cul. Il attrape mes lèvres lorsque nous arrivons devant les escaliers et m'embrasse avec puissance et fougue. Sa langue reproduit une danse endiablée avec la mienne.

Ma vue se trouble, j'ai l'impression de côtoyer les

nuages. J'aimerais que cet instant ne cesse jamais. C'est là, c'est là et maintenant que je me sens bien, complète, que je ressens quelque chose qui se rapproche de près au bonheur.

Lorsqu'il ouvre enfin la porte de sa chambre, je me retiens de pousser un cri de joie. Il me jette sans la moindre délicatesse sur le lit. Je souris légèrement avant de me redresser et de m'approcher de lui. Je baisse complètement son jogging, libérant son érection massive. Mes doigts s'enroulent autour de cette dernière, il rejette sa tête en arrière dans un grognement sourd qui se répercute dans tout mon être.

Rapidement, ma bouche rejoint ma main. Je mets un coup de langue sensuel de la base jusqu'à son gland avant de l'engloutir complètement. Je débute de lents va-et-vient qui le font gémir de plaisir. Ma langue caresse son gland, puis mes lèvres l'entourent et l'aspirent plus profondément dans ma bouche, avide de son plaisir. Il glisse ses doigts dans mes cheveux, m'imposant un rythme plus soutenu. Mes yeux se plantent dans les siens. J'aime plus que tout voir cette étincelle dans son regard, du désir à l'état brut.

— Tu me rends dingue, mon serdtse.

Je resserre ma prise, jouant de ma langue qui s'enroule autour de sa peau fine. Il mord sa lèvre inférieure, puis m'incite à le prendre plus loin, plus profondément. Mes yeux se brouillent de larmes avant qu'il ne me relâche. Je prends une grande inspiration et lèche son érection de bas en haut, puis de haut en bas.

Il me repousse avec force avant d'ouvrir sa table de nuit, il en sort une capote qu'il déchire rapidement. J'admire ses gestes lorsqu'il enfile le préservatif. Il retire ensuite mon short, laissant ses doigts traîner sur mon clitoris gonflé de désir.

— Putain, tu es trempée, souffle-t-il.

Tel un félin, il se place au-dessus de moi, j'écarte naturellement les jambes pour l'accueillir, et sans attendre il s'enfonce entièrement en moi, je me cambre et pousse un cri. Il ne bouge pas, me laissant m'habituer à son épaisseur. Impatiente, je redresse les hanches, l'incitant à poursuivre.

Il donne un premier coup de butoir, me faisant hoqueter de plaisir. Il grogne avant de placer sa main sur ma bouche. Il plante son regard dans le mien avant de bouger ses reins, s'enfonçant toujours plus profondément en moi.

Mes gémissements étouffés par sa paume, il n'hésite pas à enchaîner les coups, de plus en plus fort, de plus en plus loin. J'ai l'impression de quitter la terre. Mes paupières se ferment face à l'intensité de ce moment.

— Regarde-moi, ordonne-t-il.

J'ouvre instantanément les yeux, non pas pour me soumettre à lui, simplement parce que son regard me transporte, peut-être même plus loin que notre partie de jambes en l'air.

— Que me fais-tu ? murmure-t-il.

Mes ongles s'enfoncent dans son dos alors que mes jambes s'enroulent autour de ses hanches pour l'accueillir encore plus profondément. Ses assauts m'entraînent dans un autre espace-temps tandis que je scrute ses iris, eux seuls me disent réellement la vérité. Ils sont remplis de désir ardent et je comprends que cette nuit ne sera jamais seulement une histoire d'un soir. Parce qu'il n'en a pas envie, et moi non plus. Parce que deux moitiés d'âme n'en forment finalement qu'une seule.

Je ne sais pas ce que l'avenir nous réserve, mais pour rien au monde je ne veux perdre cette connexion, cette force qui semble m'attirer toujours plus près de lui. Qu'importe ce qui nous entoure, dans ce lit, ensemble, nous créons un univers à notre image où rien ni personne ne pourra jamais nous atteindre. Parce que finalement, c'était une évidence. Notre osmose au lit était évidente puisqu'ici, nous nous livrons corps et âme et nos âmes sont si similaires. Fortes, mais blessées.

Mes muscles se tendent, mes orteils se rétractent et mon intimité se resserre autour de lui. Il retire enfin sa main de ma bouche. Un gémissement d'extase quitte mes lèvres. L'orgasme me bouscule tandis qu'une seule idée déferle en moi : si c'est ça l'enfer, je veux y rester pour toujours.

Kurt me rejoint rapidement dans un coup de reins spectaculaire qui m'achève. Son index glisse sur ma cicatrice avant qu'il ne l'embrasse délicatement. Un long frisson parcourt mon être.

Mes autres partenaires n'ont pas explicitement exprimé leur répugnance, mais ils ne regardaient jamais ma cicatrice. Mon ex m'a même suggéré de la dissimuler avec du maquillage. Il est certain qu'avec une marque aussi visible sur ma joue, je suis peut-être moins attirante, mais ça fait partie de moi, de mon histoire et jamais personne ne m'obligera à la cacher.

Que Kurt ne soit pas dégoûté par sa présence provoque dans mon thorax, une sensation que jusque-là je n'avais jamais ressentie. J'ai l'impression que mon cœur est prêt à bondir de ma poitrine pour enlacer Kurt.

— Reste ici, ce soir.

— Je ne suis pas le genre de femme qu'on baise et à qui on ordonne de partir, Aspen. Si tu pensais te débarrasser de moi…

Il me coupe en m'embrassant, doucement. Ses doigts glissent dans mes cheveux tandis que, délicatement, il embrasse mes lèvres, comme si rien d'autre n'avait d'importance.

— Tu n'es pas le genre de femme à qui je demanderais un jour de partir, Lizzie. Tu es celle à qui je demande de rester.

Chapitre 16

Jealousy

KURT

Lorsque je me réveille, je me sens étrangement plus apaisé que d'ordinaire. C'est peut-être dû au souffle chaud d'Eliza qui s'écrase dans mon cou ou peut-être à sa main délicatement posée sur mon ventre.

Cette femme a un pouvoir troublant sur moi : elle apaise mes maux. Pour la première fois, ma nuit a été calme. Aucun rêve sordide ne s'est infiltré entre mes paupières. Étonnamment, je n'ai aucun regret. Je m'étais promis de ne pas craquer, pour le bien-fondé du plan, mais comment puis-je lui résister ?

Je ferme les yeux un instant, me remémorant la douce caresse de ses lèvres sur les miennes, ses ongles qui s'enfonçaient avec fermeté dans mon dos, nos hanches bougeant à l'unisson. Et ce regard. Putain, ouais, ce regard. Empli de désir, de fougue et de douceur. Un mélange plutôt curieux, mais terriblement sexy.

Je soupire discrètement avant de sortir doucement

du lit, laissant Eliza dormir. Sa crise de panique de la veille n'était pas anodine, avec tout le stress qu'elle accumule ces derniers jours, il est normal qu'elle craque, mais j'avoue qu'un instant, elle m'a fait flipper.

Ce sont ses coups répétés qui m'ont réveillé, j'ai cru qu'il s'agissait de Jake, je sais qu'il est sujet à des insomnies. Quelle fut donc ma surprise lorsque mon regard s'est posé sur une petite boule de nerfs qui frappait sa haine, les poings en sang. Je ne suis pas intervenu immédiatement.

Eliza ressemble en de nombreux points à Jake. Elle encaisse, encore et encore, elle refoule toujours plus loin la moindre trace de sentiments, d'émotions, et un beau jour, elle explose. C'est pour cette raison que je l'ai laissée frapper dans ce sac. Elle avait besoin que ça sorte d'une façon ou d'une autre.

Je l'ai vu avec Jake, ne jamais rien laisser sortir, ce n'est pas bon. La première fois où Jake a disjoncté, on venait de fuir mon père. Avec l'argent que j'avais accumulé en travaillant pour l'Organisation, on s'était trouvé un appartement pas très loin du centre d'Helena.

Mon père n'a pas supporté notre départ, il nous voulait comme gentils chiens de garde, bien sages et obéissants, alors il a torturé Kent, le seul ami que mon frère ait jamais eu. Jasper nous a envoyé une vidéo, à la fin de laquelle, il éventrait Kent.

Jake est sorti, me demandant de le laisser seul. Bien sûr, ne me doutant pas de la suite, je l'ai laissé tranquille. Il avait besoin de se retrouver et je le comprenais. J'avais beau ne pas apprécier Kent plus que de mesure, sa mort m'a foutu une sacrée claque. Il faisait un peu partie de la famille, au même titre qu'Anton.

Jake et moi n'avons pas eu une enfance facile, ni lui ni moi n'avons mis un orteil à l'école, c'est ma mère qui nous a appris les bases avant d'abandonner et de nous balancer un bouquin en nous disant de nous démerder. On n'avait aucune vie sociale hormis les enfants des hommes de l'Organisation. Pour Jake, c'était encore pire, mon père ne lui a jamais caché son adoption, aussi, Jake a toujours vécu avec le poids de l'abandon de ses parents biologiques.

Kent habitait près de chez nous lorsque nous avons débarqué aux États-Unis, c'était un gentil gamin, trop gentil à mon goût. Il était issu d'une bonne famille, il avait des parents aimants et même un chien. Je pense que Jake l'enviait un peu.

Ce soir-là, lorsque mon frère est rentré à l'appartement, il était couvert de sang. Après une rapide inspection, j'ai compris que ce n'était pas le sien. Le lendemain matin, j'ai appris aux informations qu'un massacre avait eu lieu à quelques heures d'Helena, dans un bar paumé. Treize morts. Une vraie boucherie d'après les journalistes. Il ne m'a pas fallu longtemps pour faire le lien.

Je ne me suis pas pris la tête avec mon frère, je l'ai juste pris dans mes bras. Cette même soirée, mon père a définitivement brisé Jake et plus jamais je n'ai retrouvé le gosse insupportable et trouillard que j'ai connu. Il l'a brisé, plus d'une fois, le rendant presque inhumain.

En rentrant dans le salon, je tombe sur Jake et Anton, buvant tranquillement leur café. Mon frère me toise avant de quitter la cuisine. Je le regarde partir, intrigué par son comportement, avant de simplement hausser les épaules, il y a bien longtemps que je n'essaie plus de le comprendre.

Je me sers une tasse sous le regard curieux de mon

ami. Il finit par ricaner franchement avant de me tendre mon tee-shirt ainsi que celui d'Eliza. Je soupire, nous étions tellement impatients que nous avons oublié nos fringues dans la salle d'entraînement.

En temps normal, je ne serais pas gêné, j'aurais même peut-être ri avec Anton, mais la réaction de mon frère reste bloquée dans ma gorge. Il ne s'est jamais montré curieux avec mes précédentes conquêtes et moi non plus, on a beau être frères, nos histoires de cul restent dans notre pieu, on ne se fait pas un bilan après chaque baise.

Je suis simplement là pour aider mon frère à faire disparaître les corps des nanas qu'il laisse derrière lui. Jusqu'ici, je ne l'ai jamais vu baiser une meuf pour la laisser en vie après. Généralement, elles sont dans un sale état. Les premières fois, j'ai essayé d'en parler avec lui, mais comme à son habitude, il haussait les épaules et n'ajoutait rien. Les paraphilies que cumule Jake sont diverses et variées et je sais qu'il est trop tard pour agir, c'est incrusté en lui comme l'encre d'un tatouage. Ces merdes lui pourrissent le cerveau depuis tant d'années que c'est désormais devenu sa seule façon de se procurer du plaisir.

J'attrape mon café avant de monter à l'étage bien décidé à mettre les choses à plat avec Jake. Il est hors de question qu'une partie de jambes en l'air – aussi démente soit-elle – ne compromette le lien qui m'unit à lui. C'est mon frère et jamais je ne laisserais une femme se mettre entre nous. Ce n'est peut-être pas le même sang qui coule dans nos veines, mais je me prendrais mille balles pour lui, sans hésitation. Si le fait que je couche avec Eliza lui pose problème, alors j'arrêterai, aucune femme au monde ne pourra remplacer mon frère.

Lorsque j'arrive en haut des escaliers, la voix de Jake résonne, étrangement douce :

— Tu es en état de t'entraîner ?

— Je ne suis pas en verre, Jake. Même estropiée, je m'entraînerai.

Il ricane.

— J'irai plus doucement, ce serait dommage de te casser.

— Écoute-moi, Jake, vas-y délicatement et je te jure que je te brise les couilles. Je ne suis pas une princesse en détresse.

Je souris, il est vrai que cette femme n'a rien d'une princesse en détresse qui attend patiemment qu'un beau prince charmant vienne la délivrer des griffes de la méchante sorcière. Non, Eliza, c'est la princesse, le prince charmant et la sorcière, dans un seul corps, beau à se damner.

Plus le temps s'écoule, plus elle nous montre la vraie Eliza, forte, indépendante et sûre d'elle. Celle qui a des plaies béantes et qui les assume la tête haute. Celle qui craque, parce qu'elle en a le droit et parce que c'est de là qu'elle tire sa force.

Eliza est forte parce qu'elle n'a pas peur de sa faiblesse.

— Très bien, je t'attends au sous-sol alors.

Je termine ma montée des escaliers et tombe nez à nez avec Jake. Il me toise d'un œil méprisant avant de me bousculer pour descendre. Abasourdi, je reste planté dans le couloir. Jake n'est pas du genre à ne rien dire lorsque quelque chose lui pose problème. Aussi, je ne comprends pas son silence. Entre frères, on règle nos différends sur le ring avant de parler posément, or, pour ça, il faudrait que je sache la raison de ce foutu différend. Je me doute qu'il n'a pas apprécié ma partie de jambes en l'air avec Eliza, mais j'ignore pourquoi.

Cette nuit n'aura aucune répercussion sur notre plan, je m'en assurerai personnellement et Jake le sait.

J'aime notre plan, à mes yeux, il est le plus fiable et celui qui mettra le moins de vies en danger, de notre côté du moins. Eliza sera, d'ici là, devenue une arme de guerre capable de se défendre face à n'importe quelle attaque et ses chances de ressortir de cette merde en vie ne font qu'accroître d'entraînement en entraînement. Sa détermination la poussera à ne pas renoncer, et ce, même si un contretemps nous empêche de la sortir de ce bourbier. Sa hargne et sa haine l'obligeront à aller au-delà d'elle-même, à repousser ses limites et à encaisser toujours plus.

Lorsque j'ai commencé à la suivre, je m'imaginais tomber sur une femme apeurée par une mouche qui vole trop près d'elle. Je m'attendais à la voir se balader avec une bombe de poivre dans sa main et son sac plaqué contre sa poitrine. Je pensais suivre une femme instable, terrifiée par le monde.

Au lieu de quoi, j'ai découvert une force de la nature. Son mental est bien plus puissant que les coups qu'elle apprendra à donner avec Jake. C'est sa tête, son sang-froid et sa réflexion qui la sortiront toujours d'affaire. Sa vraie arme, ce n'est pas un couteau, un flingue ou même ses poings, c'est son intelligence et sa capacité à s'adapter à toutes les situations, même les plus rudes.

Sa facilité à obtenir ce qu'elle désire en quelques phrases fait d'elle une manipulatrice frôlant la perfection. Elle ment si bien que je ne sais jamais réellement lorsqu'elle est sincère ou non. Elle est dangereuse parce qu'elle est trop maligne pour tomber dans un piège, et ça, mon père l'a compris il y a quatorze ans.

C'est aussi pour cette raison qu'il ne patientera pas

avant d'attaquer le jour où nous mettrons notre plan à exécution. Il est conscient que c'est sa seule et unique chance de l'attraper, après quoi, Eliza mettra tout en œuvre pour assurer sa protection. Maintenant qu'elle sait qu'il est à ses trousses, elle ne prendra pas le risque de rester seule et encore moins à Helena.

Mon père a toujours cru que l'instinct de survie était plus fort que tout et je compte sur cette croyance pour le berner. Il n'a jamais pris en considération ce besoin quasi viscéral de se venger.

Lorsque la vengeance prend plus de place que la survie dans notre tête, les risques encourus nous paraissent minimes en comparaison du but ultime. Malheureusement pour Jasper, il a trois personnes prêtes à tout pour enfin obtenir vengeance, pour enfin le voir tomber. Et je sais que nous ne reculerons devant rien. Qu'importent les risques, qu'importe la peur, on le vaincra.

Au sous-sol, Eliza et Jake se battent sur le ring. Elle est déjà opérationnelle alors qu'elle dormait il y a encore peu. Aucun d'eux n'y va de main morte, les coups pleuvent tandis que leurs respirations saccadées, mais étrangement maîtrisées, résonnent autour de nous. Les poings d'Eliza semblent douloureux, mais elle ne laisse rien paraître, elle frappe encore et encore. Contrairement à hier, elle laisse Jake venir à elle.

Dans un combat avec des règles, ce ne serait pas une bonne idée, elle est bien plus chétive que lui et sa seule chance serait d'attaquer la première. Néanmoins, dans un combat sans foi ni loi comme ceux qu'elle s'apprête à mener, fatiguer son adversaire est bien plus judicieux.

Jake évite toucher son abdomen et cela lui cause de nombreux torts, il se prend des coups qu'il n'aurait pas pris s'il n'était pas face à Eliza. Contrairement à hier, il préfère y aller doucement. Il envoie, certes, mais bien moins fort que la veille. Eliza l'a compris également puisqu'elle cogne de plus en plus fort, espérant une réaction de mon frère.

Je soupire, cette situation est ridicule. Je ne sais pas à quoi joue Jake, mais cet entraînement est inutile. Eliza parvient à esquiver la plupart des attaques portées par Jake, si bien qu'elle semble s'ennuyer.

Je jette un coup d'œil rapide à Anton qui ne cesse de lever les yeux au ciel, lui aussi semble ne pas comprendre le comportement de Jake.

— Eliza, tu ne veux pas apprendre à manier un couteau avec moi ? lui propose Anton.

Ils s'arrêtent et Lizzie opine vivement. Elle passe sous les cordes sans un regard pour Jake qui lui, boit tranquillement dans un coin. Tandis qu'elle retire ses bandes pour masser ses phalanges abîmées, je m'avance vers le ring. S'il faut que je bouscule mon frère pour comprendre ce qui ne tourne pas rond dans sa tête de linotte, je n'hésiterai pas.

Je ne mets pas de bandes, il y a bien longtemps que mes poings sont insensibles à la douleur, comme le reste de mon corps d'ailleurs. Garde en place, je fais signe à Jake de me rejoindre au centre. Il n'hésite pas longtemps et avec un regard noir, il s'approche de moi, la mâchoire contractée et les poings crispés. L'heure des règlements de comptes a sonné entre nous et je sais d'avance que les frappes de Jake ne seront pas les mêmes que celles qu'il a infligées à Eliza.

Il y a tant de colère dans ses yeux qu'un instant je doute qu'il s'agisse bien de mon petit frère face à moi. Jake est colérique, ce n'est pas nouveau et il ne tente même pas de le cacher. Mais ce regard-là, il le sert habituellement à ses victimes ou ses ennemis, pas à moi. *Jamais à moi.*

Son premier coup est si puissant que ma tête part en arrière sans que je ne parvienne à la retenir. Je grogne de douleur avant de lui rendre son uppercut. Après quoi, nos assauts s'enchaînent. À chaque impact, je respire profondément. Le souffle est la base d'un combat, mieux on respire, plus il est simple d'encaisser, moins on se fatigue.

C'est la première règle que j'ai apprise au QG de l'Organisation. Ils nous faisaient taper dans des sacs de sable et respirer exagérément à chaque coup. Nous avions l'air débile, pourtant, aujourd'hui je sais que ces exercices à la con peuvent être en mesure de me sauver la vie si je suis désarmé.

— C'est quoi ton problème, Jake ? demandé-je entre deux torrents de directs.

Il ne répond pas et s'acharne sur mes côtes. Je serre les dents, et tente de le maintenir à distance. Jake sait exactement où taper pour me faire mal. Après les dérouillées de mon père, je ne me suis jamais rétabli totalement et mes côtes me feront toujours souffrir. Jusque-là, mon frère n'avait pratiquement jamais essayé de me blesser volontairement, hormis pour quelques disputes rapidement réglées, mais aujourd'hui, il frappe bien plus fort, bien plus vite. Un grognement sourd quitte mes lèvres lorsque je le repousse de toutes mes forces loin de moi.

— Tu ne supportes pas l'idée que j'aie couché avec elle, ça je l'ai compris, mais pourquoi ?

Je tente de reprendre mon souffle tandis que Jake me fixe avec tant de hargne que je sais que le combat est loin d'être fini.

—Tu mets en péril tout le plan, crache-t-il avant de

se jeter à nouveau sur moi.

Son poing s'écrase avec puissance dans mon nez, je grogne, sentant du sang s'écouler de mes narines. Mon genou s'enfonce dans son ventre.

— Bien sûr que non et tu le sais, putain ! C'est quoi le réel problème ?

Jake martèle mon torse avant d'enfin avouer le vrai fond du souci.

— Elle me plaît et tu le sais ! Tu le savais et tu as quand même couché avec elle, sans même faire preuve de discrétion.

Je reste bouche bée. Si je savais qu'Eliza plaisait à Jake ? Bien sûr, comme elle plaît à tous les hommes hétérosexuels de cette planète dotés d'une queue qui fonctionne. Je suis sûr que même Anton avec ses goûts difficiles est attiré par Eliza. C'est une belle femme, très belle voire peut-être trop pour la santé mentale des hommes qui la côtoient.

Je ne pensais pas qu'il pouvait être assez intéressé par elle pour me casser le nez et m'exploser les côtes. Mais d'un autre côté, si je l'avais su, est-ce que cela aurait réellement changé les choses ? J'en doute. Elle m'excite bien trop pour ça. Elle me plaît bien trop aussi. Elle réveille en moi un instinct quasiment animal. J'adore l'emprise démoniaque qu'elle exerce sur mon corps et dans ma tête. J'adore sa façon de me regarder, avec cette étincelle de désir qui ravive tous mes instincts. J'adore l'entendre gémir sous mes caresses, jouir sous mes coups de reins. Non, décidément, je ne pourrais pas m'empêcher de la désirer, même pour Jake.

Mais Jake est mon petit frère et c'est la première fois depuis la mort de Kent que je le vois aussi touché, comme si je l'avais trahi, sans réellement le savoir. Mon frère passera avant tous les désirs du monde et si, entendre ou même imaginer qu'Eliza s'abandonne à moi le blesse, alors très bien, j'arrêterai.

Jake transforme, sans le vouloir, toutes ses émotions en colère. Ce n'est pas pour autant qu'elles ne sont pas là, endormies au fond de lui. J'ai honte, mais le savoir… jaloux, me réchauffe le cœur.

Cela prouve que tout n'est pas perdu, que le gosse abruti que j'ai connu est encore là, quelque part à attendre qu'on le sorte du cercle vicieux dans lequel il est plongé depuis tant d'années. Et si, finalement, Jake n'était pas un cas si désespéré que ça ? Et si, au fond de lui, il restait cette part d'humanité qui brillait autrefois dans son regard enfantin ?

Mes yeux cherchent les siens tandis qu'il continue à frapper mon abdomen. Les bras ballants, je le laisse cracher son venin. Avant que je parvienne à capter les intentions de mon frère, la voix d'Eliza – que j'avais totalement oubliée – fend l'air :

— C'est pour ça que tu n'as pas réussi à me frapper ?

Jake ne répond pas. Eliza grimpe sur le ring, je me crispe de la tête aux pieds. Jake est imprévisible et plongé dans un état de rage comme celui-ci, il pourrait s'en prendre à elle. Je jette un coup d'œil derrière moi et vois Anton près des cordes. Rassuré, je repousse Jake ne supportant plus la douleur dans mon ventre.

— Jake, regarde-moi, soupire Eliza.

Mon frère l'ignore royalement et ce, jusqu'à que la petite brebis se jette dans la gueule du loup. Elle se place entre Jake et moi, et reçoit un coup en plein plexus. J'entends sa respiration se bloquer et qu'elle cherche son air. Instantanément, Jake arrête de s'acharner. Sortant de sa transe, mon frère regarde Eliza, horrifié. Elle est pliée en deux face à lui et reprend peu à peu le souffle qu'elle a perdu.

Jake bafouille des excuses à peine audibles tandis qu'Eliza se redresse doucement. Même si elle est dos à moi, je ressens son sourire se dessiner sur ses lèvres avant qu'elle n'éclate d'un rire franc.

— Eh bien tu vois, Jake-Jake, ça, c'est un coup de poing !

À notre tour, nous rions. On rit parce que peu importent nos différences, nos différends et nos coups de gueule, toutes les personnes ici, dans cette pièce parlent la même langue : celle du non-conformisme. Ici, dans cette salle d'entrainement, nous venons de créer un monde à notre image, *un monde à nous.*

Chapitre 17

ALCOHOL AND TEMPTATION

JAKE

Assis sur l'un des bancs dans la salle d'entraînement, j'admire Eliza soigner le nez de Kurt. D'après elle, il n'est pas cassé. Je ne sais pas si je suis heureux de ne pas avoir défiguré mon frère ou si je suis dégoûté d'avoir loupé mon coup.

Je ne saurais dire pourquoi j'ai agi ainsi. Dans ma tête, c'est un vrai foutoir. Depuis que je me suis fait interner dans l'hôpital où bossait Eliza, j'ai envie de la baiser avant de la buter, ou peut-être en même temps, qui sait ?

Mais aujourd'hui, c'est différent, j'ai besoin de la posséder, dans tous les sens du terme. Depuis que je l'ai entendue jouir hier soir, je m'imagine son visage enclin au plaisir que je lui provoque, moi, pas mon frère. Cette obsession est tout sauf agréable. Je sens une colère sourde brûler en moi, si d'ordinaire, je parviens à la gérer sans mal, aujourd'hui elle ne demande qu'à exploser et à tout ravager sur son passage.

Déverser cette colère sur Kurt m'a paru être une bonne idée, sauf qu'elle est intervenue et je l'ai frappée, *elle*. Pas Kurt, pas Anton, *elle*. Après d'interminables secondes, lorsqu'elle a relevé ses beaux yeux à se damner vers moi et qu'elle a ri, j'ai senti mon cœur battre, comme s'il s'était arrêté le temps qu'elle retrouve son souffle.

Je n'aime pas cette sensation, celle d'être comme connecté à sa douleur. Connecté à son âme. Lizzie est une manipulatrice, menteuse et maligne. Si elle décide de jouer avec le peu de sentiments qu'il me reste, elle ne fera de moi qu'une seule bouchée.

Mettons les choses au clair, je ne suis pas amoureux d'elle ou une connerie dans le genre. L'amour, c'est pour les abrutis ou les suicidaires. Il faut être fou pour aimer une autre personne que soi… Dans une situation dangereuse, si on est amoureux, on sauvera sa partenaire en premier, non ? Alors l'amour, dans mon monde du moins, mène inévitablement au suicide.

Non, je ne suis pas amoureux. Disons que je suis fortement attiré par son corps de déesse grecque et son mental de guerrière. J'ai toujours éprouvé un intérêt certain pour les jolies filles avec un tempérament de feu, capable de tenir tête à un mec comme moi. En clair, tenir tête à un tueur en série aux tendances sociopathes.

Après avoir terminé avec Kurt, Eliza s'approche doucement de moi, un fin sourire aux lèvres. Sans un mot, elle applique l'alcool sur un coton qu'elle tamponne sur ma lèvre inférieure. C'est sûr que ce n'est pas agréable, loin de là, mais face à ses yeux d'une beauté rare, je ne ressens rien d'autre que du désir brut.

— Vous les mecs, vous réglez toujours tout avec vos poings…

— C'est clair que des coups de couteau dans le dos, c'est mieux, ricané-je. Les femmes n'attaquent jamais de front, elles sont… fourbes.

Elle rejette sa tête en arrière, riant à cœur joie. Si elle continue ainsi, ne pas me jeter sur elle deviendra une mission impossible.

— Un point pour toi, Jake-Jake, en attendant, nos visages ne sont que très rarement dans le même état que les vôtres.

Elle sourit avant de se relever en prenant appui sur mes cuisses. Elle embrasse mon front avec délicatesse et s'en va. Avant de rejoindre Anton au fond de la salle, elle se tourne vers nous et nous fixe l'un après l'autre.

— La prochaine fois, au lieu de vous taper sur la gueule, sortez une règle et mesurez vos queues, au moins on sera fixé sur qui a la plus grosse et vos gueules d'ange seront toujours intactes.

Sans un mot de plus, elle court vers Anton qui l'attend, un couteau à la main. Je jette un coup d'œil à mon frère, qui sourit à pleines dents. La répartie de Lizzie, aussi cinglante soit-elle, nous rappelle qu'elle n'est plus notre otage maintenant, et que rien ni personne ne pourra l'inciter à faire quoi que ce soit tant qu'elle ne l'aura pas décidé.

D'ici, nous voyons très clairement Anton qui montre à Eliza comment tenir sa lame. Je n'ai jamais compris comment il faisait pour manier ces machins trop coupants. Je préfère les poings, ou les flingues. Avec ces trucs, les chances d'échouer sont trop importantes et lorsque nos vies sont en danger, l'échec n'est pas permis.

Lorsque ses mains se posent sur ses hanches, je tressaille. Il ne manquerait plus que monsieur obsessionnel s'y mette et cette baraque se transformera en champ de bataille sans foi ni loi.

Eliza nous a proposé de passer la soirée tous ensemble, pour une fois, au lieu de rester chacun dans nos piaules. Bien sûr, tout le monde a accepté, lorsque Lizzie demande, tout le monde acquiesce.

Nous sommes installés dans le salon : Lizzie entre Kurt et moi, Anton face à nous. L'alcool coule à flots tandis qu'Anton nous raconte des anecdotes sur lui et Kurt. Eliza, une bouteille de vodka dans la main, écoute attentivement les paroles du russe.

— Et donc, Kurt est arrivé. On était encerclés par les membres du gang, c'était la merde totale. Je ne sais par quel miracle, on les a tous tués.

— Mais personne n'a été blessé ?

— Si, moi.

Eliza, qui a sûrement trop bu, lui demande où. Bien sûr, Anton fait monter le suspense. Comme s'il s'apprêtait à divulguer un secret d'État alors que cet abruti s'est pris une balle dans le cul !

— Approche, souffle-t-il.

Lizzie s'exécute et s'approche de ce pervers à la con. Anton lui murmure quelques mots à l'oreille avant qu'elle n'éclate de rire. Putain, ça me donne la gerbe. Lorsqu'elle s'apprête à revenir à sa place, Anton attrape son poignet et la tire en arrière. Elle tombe sur ses genoux en riant. Ce salaud nous sourit en entourant la taille d'Eliza de ses bras tatoués.

Je l'observe d'un œil mauvais. Je n'ai aucune confiance en ce type et savoir Eliza si près de lui provoque en moi une profonde colère. Cet enfoiré caresse tendrement le ventre de Lizzie sans me quitter des yeux, comme pour me provoquer davantage.

Je serre les poings en jetant un rapide coup d'œil à Kurt à mes côtés, à moitié endormi. La confiance qu'il a envers Anton, je ne la comprendrai jamais. Comment peut-on avoir confiance en un manipulateur, un menteur, un pervers ?

Lizzie boit une bonne gorgée de vodka avant de tendre son bras dans ma direction pour me la rendre. Je regarde Kurt, avant de refuser. Si Anton s'en prend à Lizzie, je veux être en mesure de la défendre. Ce mec est prêt à tout et je ne serais pas étonné qu'il passe ses samedis soir à violer des nanas qui ont un peu trop bu.

— Et si on s'amusait un petit peu ? propose Anton.

— On fait quoi ? demande Eliza, tout sourire.

— Un strip-poker ?

— Non.

Mon ton est froid et n'appelle aucune négociation. Il est hors de question que Lizzie termine à poil devant ce mec.

— Je ne sais pas à quoi tu joues, mais arrête ça tout de suite, Anton.

Ma voix est sèche. Il rit légèrement avant de se lever, Lizzie toujours dans ses bras. Il la dépose délicatement sur le fauteuil et vient se planter devant moi, un sourire mesquin aux lèvres.

— Ne fais pas ton rabat-joie, Jake, on s'amuse, c'est

tout. Pas vrai, bébé ?

Lizzie grogne en lui demandant de ne pas l'appeler comme ça tandis que je le toise de haut en bas.

— Non, on ne s'amuse pas. Eliza, tu sembles vraiment fatiguée, tu devrais aller te coucher.

Elle acquiesce, mais ne bouge pas. Elle déclare qu'elle a trop la flemme avant de s'enfoncer plus profondément dans le fauteuil. Même bourrée, elle garde toute son élégance. Jambes croisées l'une sur l'autre, buste droit, regard fixe, je n'ai jamais rien vu d'aussi sexy.

Je bouscule Anton et m'approche d'elle, je lui tends la main et l'invite à l'attraper d'un geste de tête. Elle soupire avant de glisser ses doigts froids dans ma main. Je l'attire vers moi et sans difficulté, je l'aide à se lever. Dans les escaliers, elle tangue un peu, je la maintiens par les hanches ne voulant pas la voir dégringoler les marches.

Arrivés devant sa chambre, elle m'attrape par le col et me tire vers elle. Elle claque la porte avant de se jeter sur mes lèvres. Surpris, je tente de la repousser, mais elle m'incite à reculer. Mes genoux tapent contre le lit, je perds l'équilibre et tombe à la renverse. Quelques petites secondes plus tard, Eliza est à califourchon sur moi.

— Lizzie, attends…

Elle ne me laisse pas finir ma phrase et m'embrasse avec fougue. Ses hanches ondulent doucement sur ma queue gorgée de sang. Je sens les battements de mon cœur s'accélérer. Je n'ai pas l'habitude de ressentir ce genre de chose avec un simple baiser. Le sexe m'attire peu, en général, et je ne prends mon pied quasiment jamais.

Pourtant, rien que d'imaginer Eliza nue, hurler mon

prénom me donne envie de jouir. Sa langue danse avec la mienne. Je me sens comme un ado devant un film porno, tellement bon, tellement interdit. Oui, interdit, parce qu'elle ne me désire pas vraiment.

Je la repousse doucement, mais avec fermeté. Elle plante son regard dans le mien et m'interroge :

— Ce n'est pas ce que tu voulais ?

— Si, putain, si. Mais pour une fois dans ma vie, je me soucie de ce que toi tu veux, et non de ce dont moi j'ai envie. Et actuellement, Lizzie, tu as trop bu pour savoir ce que tu veux. Quand je te baiserai, printsessa[8], tu seras en mesure de t'en rappeler le lendemain. Maintenant, dors.

Je la soulève avant de la déposer délicatement sur le matelas, elle fait la moue tandis que je m'efforce de ne pas faire marche arrière. Si elle savait comme j'ai envie d'elle, putain.

— Jake ? demande-t-elle d'une voix pâteuse.

— Oui ?

— Garde tes distances avec moi.

Je hausse les sourcils, c'est elle qui s'est jetée sur moi. Elle remonte la couverture sur son corps avant de murmurer.

— J'ai voulu en jouer, mais c'est une mauvaise idée, pour toi, comme pour moi.

— De quoi tu parles, Lizzie ?

— Du syndrome de Lima. Un jour, tu te réveilleras et tu comprendras que ce que tu penses ressentir n'est qu'un mirage et là… tu me tueras. Ouvre les yeux avant, j'suis trop cool pour mourir.

Je serre les poings alors que sa respiration s'alourdit. Me pense-t-elle assez bête pour ne pas avoir fait le rapprochement avant elle ?

---

8 Princesse en russe

Sans ça, comment aurais-je pu éprouver quoi que ce soit pour elle ?

Je sors de la chambre sans prendre la peine de lui répondre. Je sursaute en découvrant Kurt adossé sur le mur en face de moi. Je referme doucement la porte derrière moi puis avance vers lui. Les bras croisés contre sa poitrine, il m'observe un instant avant de cracher :

— Très chevaleresque.

— Tu n'as pas idée, grogné-je.

Sans attendre une réponse de sa part, je rejoins ma piaule. La nuit sera courte, la haine m'emprisonne.

Chapitre 18

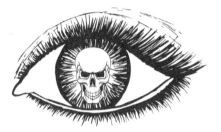

ATTACK

ELIZA

Lorsque j'émerge de mon sommeil, je suis instantanément frappée par un mal de crâne insupportable. Je grogne avant de m'enfoncer la tête dans l'oreiller. Je pourrais feindre l'oubli partiel de la soirée de la veille, mais tout me revient en détail. Parfois, je me demande si jouer avec ma vie m'éclate… Jouer sur deux tableaux, dans la vie de tous les jours, c'est déjà bien compliqué, alors le faire avec deux tueurs, ça, c'est loin d'être une bonne idée.

Je pourrais tout aussi bien mettre mon comportement sur le compte de l'alcool, mais une fois encore je mentirais. Jake est beau, vraiment beau. Une beauté différente de son frère, certes, mais il n'en reste pas moins très agréable à regarder. Sa démonstration de force sur le ring m'a énervée, touchée et troublée. Trop d'émotions en désaccord les unes avec les autres qui m'ont rendue toute chose.

Jake n'est pas censé ressentir quoi que ce soit, encore moins une forme quelconque de jalousie. Un instant, j'ai même douté de mon diagnostic. Il semblait réellement blessé par ma relation – occasionnelle – avec son frère. C'était à la fois troublant et émouvant, j'avais vraiment l'impression d'être face à un homme capable d'éprouver des sentiments.

Et il m'a repoussée. Il me semble que c'est bien la première fois que ça m'arrive, non pas que je me sois jetée sur beaucoup d'hommes, mais jamais personne n'a refusé mes avances. Je n'ai pas imaginé une seule seconde que Jake Aspen pouvait se montrer respectueux envers les femmes. Lors de nos séances, lorsqu'il s'est fait interner, il m'a pourtant démontré qu'il ressentait une haine viscérale à l'égard des femmes et un manque constant de considération envers elles.

Comme dans beaucoup d'histoires tragiques, sa colère face à la gent féminine vient vraisemblablement du manque d'amour maternel. Sa mère, d'après ce qu'il a pu me dire sur elle, est devenue une «pute» pour reprendre ses propos, et ça pour se payer sa drogue. Elle n'a jamais été là pour ses enfants et par-dessus tout, elle n'a jamais osé s'interposer entre les poings de son mari et Kurt.

Quel genre de mère ne protège pas ses gosses contre vents et marées ? Si ma mère en avait eu l'occasion, elle aurait buté Jasper sans la moindre hésitation pour s'assurer que Nick et moi, on ressorte de cette merde en vie.

Comment pourrait-il respecter les femmes, puisque le seul modèle qu'il a eu ne se respectait pas lui-même ?

C'est ce qui a confirmé ma théorie : le syndrome de Lima. Je soupçonne que cette merde prend possession de lui depuis un sacré paquet de temps, ça a explosé hier.

Si on observe les habitants de cette maison d'un point de vue psychologique, il y a de quoi se tirer une balle. Entre Jake, un sociopathe sous l'influence du syndrome de Lima, Kurt, souffrant sans aucun doute, comme moi, de stress post-traumatique -ce qui explique son détachement émotionnel - et moi, visiblement aussi instable qu'eux deux, on n'est pas dans la merde... Je n'ai pas encore cerné Anton, mais je ne sais pas, il y a quelque chose qui me dérange chez lui sans que je ne parvienne à mettre le doigt dessus.

Pour le stress post-traumatique de Kurt, j'ai envie de me mettre des gifles pour ne pas l'avoir compris avant. C'était pourtant évident. Et j'en ai vu assez pour le reconnaître au premier coup d'œil. Sans parler que je le vis au quotidien.

La difficulté à ressentir certaines émotions, surtout positives ; constamment en état d'alerte, prêt à agir en cas de danger, réel ou non ; il ne dort que très peu ; il a du mal à rester concentré ; cette manière de surprotéger ceux à qui il tient, surtout Jake, comme si même respirer représentait un danger mortel pour lui ; les sursauts à peine perceptibles de son corps à chaque bruit un peu plus fort que les autres. Pour finir, son regard absent, comme s'il était ailleurs, assez régulièrement en moment de stress ou de danger.

Je ne suis pas dans sa tête pour confirmer les flash-backs qui doivent le renvoyer à son enfance, mais il est probable qu'avec le temps, ils se soient dissipés.

Le stress post-traumatique a une évolution différente en fonction des patients non soignés. Il est possible que certain des symptômes aient disparu alors que d'autres soient montés en puissance. Son absence d'émotion positive, par exemple, a certainement pris plus d'importance, ce qui m'a poussée à croire à un cas disons modéré de psychopathie. Ça a faussé mon analyse parce que je n'ai pas pris en compte son enfance traumatique.

Qui plus est, un cas de stress post-traumatique chez l'enfant évolue généralement vers un trouble de l'identité multiple. Le TDI, par exemple, est une forme de stress post-traumatique développé avant l'âge conscient, avant les neuf ans, en gros. C'est pour cette raison que ça n'a pas été ma première hypothèse.

Pourtant, désormais, ça me semble évident! Lorsque j'ai parlé du viol de Jake, Kurt ne s'est pas plaint des coups de son père, non, simplement de ne pas avoir tenu plus longtemps, ce qui insinue qu'il vivait la violence paternelle depuis bien plus longtemps. Pour avoir atteint un détachement aussi total face à la maltraitance de Jasper, ça devait traîner depuis pas mal d'années.

Bref, visiblement, personne n'est sain d'esprit dans cette baraque, ce qui devrait m'inquiéter, mais ce n'est pas le cas. Après tout, j'ai l'habitude de vivre avec moi-même alors trois autres tarés… ça ne fait pas une grande différence.

Après avoir pris une douche, je trouve la force de rejoindre la cuisine où tout le monde boit un café, dans un silence lourd. Anton m'en offre une tasse avec un cachet d'aspirine, je le remercie d'un geste du menton avant de me laisser tomber sur le tabouret entre les frères Aspen. D'un regard vide, je fixe mon breuvage, à la fois gênée par mon comportement de la veille et à la limite de vomir.

J'avale le comprimé juste avant que la porte de la maison ne s'ouvre à la volée. Avant même que je ne comprenne ce qu'il se passe, Jake me pousse violemment au sol. Je grogne sous l'impact tandis que des détonations résonnent dans la cuisine. Appuyée contre l'îlot central, je ne distingue pas qui sont nos assaillants. Je me protège instinctivement la tête avec mes mains quand je me sens partir loin…

Je me crispe de la tête aux pieds tandis qu'entre deux sifflements de balles, j'entends les cris de ma mère. Je ferme les yeux et tente de calmer mon souffle devenu lourd et trop rapide. Je dois me ressaisir, trouver un moyen de nous sortir de cette merde, de préférence tous en vie. Kurt se laisse tomber à mes côtés, le temps de changer de chargeur. Il jette un coup d'œil dans ma direction, puis vers la salle d'entraînement.

— Lizzie, on n'aura jamais assez de munitions.

Il n'a pas besoin d'en dire plus. Je hoche la tête et dès qu'il se relève, je cours vers le sous-sol. Avec l'adrénaline filant dans mes veines, j'ai l'impression de courir aussi vite qu'une voiture de course. Dans les escaliers, un long soupir de soulagement quitte mes lèvres, je ne pensais pas y parvenir sans être blessée.

Sans perdre un instant de plus, j'attrape plusieurs boîtes de balles et m'apprête à faire demi-tour lorsqu'un objet froid se pose sur ma nuque. Je me crispe et repose délicatement les cartouches devant moi avant de lever les mains en l'air.

J'ai l'impression que mon cœur est sur le point de s'arrêter tant il bat vite, mais étrangement, ma respiration est plutôt calme. Je me tourne doucement vers mon assaillant qui porte une cagoule noire, ne laissant apercevoir que des yeux quelconques, d'un marron fade sans aucune saveur et des lèvres fines.

— Tu vas gentiment me suivre, d'accord ?

— Et puis quoi encore ? craché-je avant d'envoyer mon genou entre ses jambes.

Il recule de plusieurs pas, tenant ses parties comme si elles allaient s'envoler.

Profitant de son moment d'inattention, je me répète les conseils de Jake en boucle dans ma tête. Je prends une grande inspiration par le nez, souffle par la bouche et enracine mes pieds dans le sol en béton.

Pense à toujours respirer, ton adversaire sera plus fort physiquement, mais ton mental, c'est ça qui compte vraiment.

Mon mental. J'espère que Jake a raison, parce que face à moi, la montagne de muscles ne semble pas contente du tout. Je protège mon visage et ne lui laisse pas le temps de venir à moi, en frappant la première, d'après Jake, j'aurai plus de chance. Mon coude s'écrase dans son cou, avant que mon autre poing termine dans sa poitrine.

L'adrénaline coule dans mes veines, j'ai l'impression d'être invincible. J'enchaîne les coups, esquivant ses attaques, jusqu'au moment où un crochet s'écrase dans ma mâchoire, faisant vaciller ma tête sur la gauche. Je grogne de douleur, il ne m'a pas loupée.

Sans que j'aie le temps de réagir, ses mains s'enroulent autour de ma gorge avant de me soulever sans grande difficulté. Lorsque mes pieds ne touchent plus le sol, je panique. Alors c'est comme ça que je vais mourir ? Dans un sous-sol paumé dans la campagne ukrainienne ? J'attrape ses poignets et les serre avec force, espérant le convaincre de me lâcher. Mais après tout, qu'espéré-je ? C'est un tueur. Je ferme les yeux et repasse ma conversation avec Jake, sur le ring.

— *Et si le mental ne suffit pas ?*

— *Alors, sers-toi de ta tête, Lizzie. Rappelle-toi que rien n'est perdu tant que tu vis encore. Ton intelligence, c'est la seule arme dont tu as besoin. Mais si ça ne suffit pas, viens ici, à chaque putain d'endroit de ce sous-sol, il y a une arme. Prends* n'importe quoi. *Tout peut tuer Lizzie. Tout.*

J'ouvre grand les yeux. Je lâche ses poignets et tapote la table derrière moi. Mes doigts saisissent une des balles que j'avais sorties pour Kurt.

Kurt…

Non. D'abord je sauve ma vie, je penserai aux leurs après. Je sens mes muscles faiblir, mon souffle se fait de plus en plus rare tandis que l'homme semble prendre un malin plaisir à observer la vie quitter mon regard.

La balle est à bout pointu. C'est pour le fusil d'assaut, si je me rappelle bien. Je la serre fort, puis la lui plante dans l'œil. Il hurle avant de relâcher sa prise. Du sang coule abondamment de son œil tandis que ses mains remontent jusqu'à son visage.

Quant à moi, je me plie en deux, reprenant mon souffle. Je relève les yeux et me précipite vers le mur où Anton entrepose ses armes. J'attrape le premier pistolet que je vois et, grâce aux souvenirs de ce que j'ai vu dans les films, je le charge.

Je le braque dans la direction de l'homme et, priant pour avoir réussi ma manœuvre, j'appuie sur la détente. Le coup part, mes oreilles sifflent tandis que l'homme tombe, face contre terre. Je tremble tellement que j'en lâche le glock qui s'écrase au sol.

Étrangement, je ne ressens aucune culpabilité, peut-être parce que c'était ma seule chance de sortir de cette pièce en vie. Je panique légèrement en prenant conscience que plus aucun coup de feu ne fuse à l'étage.

Une boule d'angoisse se forme dans mon ventre, si Kurt et Jake avaient dégommé tout le monde, j'aime à croire qu'ils seraient venus voir ce qui me prenait tant de temps.

Je prends une grande inspiration avant de ramasser le flingue. Pantelante, je monte les escaliers en espérant qu'il reste des balles dans le chargeur. La porte du sous-sol est ouverte, lorsque j'entends la voix d'un inconnu je m'arrête net.

— Posez vos armes où je le bute.

Mon cœur manque un battement. Je gravis les deux marches qu'il me reste et constate que l'homme en question est le seul encore debout du camp adverse. Il tient Jake par la gorge, je suppose qu'un canon doit être appuyée sur sa tempe. Dos à moi, il ne me voit pas, je le vise tandis que Kurt et Anton déposent leurs armes au sol.

Je capte le regard de Kurt qui lève les mains vers le ciel, tout comme Anton. Kurt m'offre un clin d'œil et un sourire en coin qu'il efface rapidement. Il sait que je ne laisserai pas cet enfoiré tuer Jake.

Finalement, peut-être que Kurt aussi a confiance en moi. Bizarrement, cette idée me plaît. Contre toute attente, moi aussi, j'ai confiance en lui. J'ai même une confiance aveugle en lui et en Jake.

— Sache une chose, ricane Kurt, si je pose mon arme à terre, c'est qu'une autre est dirigée vers toi.

L'homme tourne vivement la tête dans ma direction, je n'hésite pas une seule seconde et appuie sur la détente. La balle se loge dans son front avant qu'il ne s'écroule. Un long soupir de soulagement quitte les lèvres de Kurt, puis celles de Jake avant qu'Anton n'éclate de rire.

— Ça, les gars, c'était du lourd. Tout ! Surtout ta réplique, mon pote ! Énorme !

Je souris, rassurée de les voir tous en vie et apparemment sans être trop amochés. Ma respiration est saccadée, je dois me calmer, faire redescendre la pression. Je dépose délicatement le flingue sur le plan de travail en me massant la gorge. J'ai l'impression d'avoir les cordes vocales en feu, c'est tellement désagréable. J'enjambe un cadavre, puis me sers un verre d'eau.

— Tu vas bien ? me demande Kurt en posant sa paume sur mon épaule.

Je hoche simplement la tête, incapable de parler. Mes mains tremblent encore, sûrement à cause de la retombée de l'adrénaline. Je ne ressens... rien. Comme si je venais de faire une partie de pêche. Mon rythme cardiaque diminue doucement, mon souffle ralentit et même mes doigts couverts de sang ne me dérangent pas plus que ça.

— Sincèrement, je ne pensais pas te voir remonter en vie, souffle Jake. Comment tu as fait face à ce type, en bas ?

— Franchement, je gérais la situation jusqu'à ce que cet enfoiré m'attrape par la gorge, murmuré-je, la voix éraillée. J'ai bien cru que j'allais y rester, puis je me suis rappelé ce que tu m'avais dit. J'ai planté une balle dans son œil avant de courir jusqu'au mur où tous les pistolets sont accrochés et j'ai tiré.

— Une balle dans quoi ? s'étouffe Kurt.

— C'était soit ça, soit la mort. Lui ou moi.

— Il a dû dérouiller, ricane-t-il avant d'entourer ses bras autour de ma taille.

Je souris et me laisse aller contre lui. Qu'importe qu'on soit au milieu de dizaines de cadavres, j'ai besoin, rien qu'un instant, de me sentir en vie. Et la chaleur de son corps, malgré nos vêtements, me fait ressentir des émotions enfouies loin au fond de mon être, dont celle du bien-être.

Kurt pousse doucement mes cheveux derrière mon oreille et vient y murmurer d'une voix suave :

— Je vais te donner ce que tu veux, mais j'ai un truc à régler avant.

Il embrasse ma tempe avant de s'éloigner. Il rejoint le plan de travail et y attrape l'arme que j'avais soigneusement déposée. Il se tourne vers Jake, puis vers Anton. Il tient son ami en joue tandis que ce dernier recule d'un pas en levant les mains en l'air.

— Tu joues à quoi, mon pote ? s'écrie Anton.

— Vois-tu, Anton, personne ne connaissait notre position. Lizzie n'a accès à aucun téléphone et puis même si c'était le cas, elle n'aurait pas appelé mon père. Jake n'avait aucune raison de le faire venir ici : il tient trop à Eliza pour ça. Toi, en revanche…

Sans plus de bla-bla, Kurt tire dans la jambe d'Anton qui s'écroule sur le sol.

Chapitre 19

BETRAYAL

KURT

Jake trouverait sûrement une phrase bateau pour m'assurer que la trahison n'est pas foncièrement mauvaise, Eliza tenterait de comprendre, moi, j'agis. Parce que j'avais confiance en lui, peut-être même plus qu'en moi-même. Parce que je pensais que la réciproque était vraie. Je me sens trompé avant tout parce que c'était mon pote.

On ne ressent aucune trahison lorsque cette dernière provient de son ennemi. C'est normal, la rivalité est synonyme de trahison, c'est ainsi que ça fonctionne. Et puis, qui fait confiance à son ennemi ? En revanche, en son ami oui, alors, quand il nous baise, la chute est rude.

Je regarde Anton, j'ai pris soin de l'attacher à une chaise. Mon regard se plante dans le sien et je n'y vois plus l'homme que j'ai connu autrefois, je ne reconnais pas l'enfant que j'ai rencontré il y a vingt-quatre ans.

Pourtant, je cherche à me rappeler qui il était, ce que nous avons vécu ensemble. De nos rires, de nos larmes, de nos sourires et de nos peurs. Je me souviens de nos conneries, de nos punitions, de nos diversions pour couvrir l'autre. Des entraînements éreintants, de nos victoires et de nos échecs, toujours bras dessus, bras dessous.

Parce que c'était ça notre amitié, il tombait, je sautais pour le rattraper. Je trébuchais, il se jetait au sol pour amortir ma chute. Il était ma force, celle qui me permettait de tenir encore un peu, encore un coup. J'étais son parachute.

À cette époque, j'aurais pu crever pour lui, sans la moindre hésitation. Prendre une balle dans le bide avec le sourire, me prendre une dérouillée par un champion de boxe juste pour le faire rire. Parce qu'il était ce rayon de soleil qui m'éclairait lorsque l'obscurité m'appelait.

Parce que c'était mon frère au même titre que Jake, mais encore plus. Parce qu'il montait au créneau sans jamais baisser les yeux devant mon père. Parce qu'il s'interposait et pansait mes plaies. Il avait constamment cette phrase, nulle et ringarde, pour soigner tous mes maux.

Je ferme les paupières, essayant de contrer ces souvenirs. Ceux d'une personne qu'il n'est plus. Je ne saurais dire pourquoi il agit ainsi, avec moi, bordel, son ami de *toujours*. Son rempart contre l'atrocité et le chaos. Qu'importe le merdier dans lequel il se trouve, j'aurais pu l'aider, trouver une solution. Il aurait dû savoir que, malgré les années, je suis encore ce petit garçon qui lui servait de béquille quand la violence nous entourait. Je serais allé le chercher dans un champ de mines s'il en avait eu besoin. Jamais je n'aurais abandonné mon pote, mon frère. Il faisait partie de la famille et sa trahison est encore plus violente ainsi.

Un fin sourire nostalgique étire mes lèvres lorsque je me rappelle notre au revoir avant que je ne quitte l'Ukraine. Je me souviens qu'il était là, face à moi, sa gueule d'ange défaite par notre séparation prochaine. Ni lui ni moi ne souriions. Nous avions grandi ensemble.

Nous voulions continuer ainsi. Anton pensait que les meilleures années de nos vies approchaient, que, durant l'adolescence, nous serions enfin libres de prendre nos décisions, de faire nos propres choix et de devenir qui nous voulions, loin de l'influence de nos pères respectifs. Il pensait qu'ensemble, nous trouverions le moyen de sortir Jake de cet enfer. Mon frère était jeune, nous pouvions espérer qu'il parviendrait à vivre une vie normale, loin du sang et de la mort qui nous entourait.

Mais avec mon départ, tous nos plans s'envolaient. Nous ne serions jamais libres et nos chances de nous revoir dans un futur proche étaient quasi nulles. Alors il m'a serré la main, «comme un homme» disait-il, avant de me faire promettre de le retrouver. Et je l'ai fait, cinq ans plus tard.

J'ouvre les yeux. Je jette un coup d'œil dans la pièce où le silence règne en maître. Jake est assis à califourchon sur une chaise, un café à la main, tandis qu'Eliza se repose sur le plan de travail, tête basse, les jambes en tailleur. Je me tourne vers Anton, qui me fixe sans ciller.

— Pourquoi ?

C'est le seul mot que je parviens à formuler. Si un jour quelqu'un m'avait dit que je serais obligé de faire cracher des informations à Anton, j'aurais tiré une balle dans le crâne de cet abruti. Pourtant, je suis bien là, aujourd'hui, à regarder mon ami droit dans les yeux, cherchant à comprendre sa trahison.

Mais comment comprendre un geste aussi dénué de sens ?

— Pour toi, murmure-t-il.

Je l'observe, attendant la suite. Il baisse la tête et prend une grande inspiration. Mon regard tombe sur sa jambe, où une balle est encore logée. Lizzie lui a fait un garrot sous mes ordres, il est hors de question qu'il meure sans m'avoir fourni les réponses à mes questions.

— Ton père m'a demandé de lui dire où était Eliza ; en contrepartie, il vous laissait vivre votre vie, à toi et à Jake. Si je ne le faisais pas, il m'a promis de vous traquer et de vous tuer, un par un.

Jake se lève d'un bond, faisant tomber la chaise sur le parquet. Sa tasse s'écrase sur le sol lorsqu'il se précipite vers Anton. Les mains tremblantes, il l'attrape par le col de son tee-shirt et l'oblige à le regarder.

— Et tu crois qu'il allait lui faire quoi, hein ? Il allait faire quoi à Eliza si elle n'était pas parvenue à se débarrasser du mec au sous-sol ?

Jake le relâche et tourne dans la pièce comme un lion en cage. Il passe à plusieurs reprises sa main dans ses cheveux, en tirant légèrement dessus. C'est un tic que je lui ai refilé, ça me permet de me recentrer sur moi-même, de calmer ma colère.

— Il l'aurait torturée, sûrement violée aussi, avant d'enfin la tuer, reprend-il. Pendant des jours et des jours, *putain*.

Je jette un coup d'œil à Eliza, qui reste stoïque, même face aux propos de mon frère. Se rend-elle compte de la gravité de la situation ? Sa vie aurait été un putain d'enfer si elle n'avait pas réussi à tuer son assaillant. J'avance d'un pas vers Anton, qui capte mon regard.

— Elle fait partie des nôtres maintenant, Anton. En la trahissant, c'est Jake et moi que tu as trahis et ce, qu'importent les raisons de ton geste.

— Arrête, Kurt, c'est qu'une gamine que tu as rencontrée il y a quoi ? Trois ou quatre semaines. Une nana que tu as kidnappée, frappée. Tu as fait d'elle un monstre en l'obligeant à tuer, non pas une, mais quatre fois !

Je me crispe tandis que mes poings se resserrent, j'avance d'un pas, prêt à lui faire ravaler ses paroles, mais Eliza me coupe l'herbe sous le pied en sautant du plan de travail, elle crache :

— C'est Jasper Aspen qui a fait de moi un monstre en massacrant ma famille sous mes yeux. C'est moi et moi seule qui prends mes décisions, Anton, peux-tu en dire autant ? J'ai toujours eu le choix. J'aurais pu laisser ce malade me violer, en attendant Jake. J'aurais pu me barrer en courant, les laissant crever dans la cuisine de cette baraque de bourge. J'aurais très bien pu laisser la montagne de muscles m'enlever. Et pour finir, j'aurais pu redescendre au sous-sol quand j'ai vu que vous posiez vos armes au sol. La vie est une question de choix, j'ai toujours agi de mon plein gré, et ce même pour toutes les choses horribles que j'ai faites. Ne fais pas porter le chapeau à Kurt pour des décisions qui m'appartiennent. Je ne suis le pantin de personne, *moi* !

Le visage d'Anton reste insensible au discours d'Eliza tandis que mon frère et moi comprenons qu'en effet, elle a toujours eu le choix. Ce viol l'aurait sûrement brisée, mais elle n'était pas obligée de le buter. Et puis, elle nous a sauvés, deux fois. La seule fois où elle a tué pour sa propre vie, c'était dans le sous-sol, le reste du temps, c'était pour nous permettre de rester sains et saufs, Jake et moi.

Mon cœur se serre dans ma poitrine. Savoir qu'elle a assassiné deux hommes pour moi, pour Jake, ça me détruit. Eliza n'a jamais agi pour elle, et ce, malgré sa captivité. Elle s'est battue corps et âme pour nous.

— Je n'avais pas le choix, hurle Anton, c'était soit elle, soit vous, ma décision était vite prise.

— Et nous en parler, nous dire que mon père te faisait chanter ? demandé-je.

— Et risquer que tu te fasses tuer pour elle ? Jamais ! Tu m'entends ? Jamais, Kurt.

Une larme roule le long de sa joue. La seule fois où je l'ai vu pleurer, c'était après s'être pris une raclée par son père sur le ring. Il avait quoi ? Huit ans, une connerie dans le genre.

Eliza le fixe étrangement, un sourire prend place sur ses jolies lèvres charnues.

— Depuis quand es-tu amoureux de Kurt ? demande-t-elle.

Je m'apprête à rire lorsque le visage d'Anton se décompose. *Non.* C'est impossible. Anton est le mec le plus hétéro que je connaisse. Il est sorti avec des tonnes de nanas. Sans parler du nombre de nanas avec qui il a couché, sans lendemain.

— Je ne vois pas de quoi tu parles, crache-t-il.

Eliza secoue la tête doucement en riant légèrement.

— Tu mens. Un, je suis psy, tes mensonges je les sens à quinze mille miles. Deux, je suis une femme et les femmes sentent ce genre de choses.

Jake ricane derrière elle :

— Toi, une meuf, laisse-moi rire !

— Demande à ton frère, assène-t-elle en lui jetant un regard non équivoque.

Étrangement, Jake ne rit plus. Je souris doucement.

Ouais, putain, c'est une femme, dans toute sa splendeur. Une nana avec une paire de couilles plus grosses que celles de tous les mecs de cette baraque réunis.

Tandis que Jake et Eliza se fusillent du regard, je plante mes iris dans ceux d'Anton. Il rompt le contact et baisse la tête. Je soupire avant de glisser ma main dans mes cheveux. Eliza aurait-elle raison ? Et si Anton est réellement amoureux de moi, ça changerait quelque chose ? Son amour potentiel pour moi vaut-il sa trahison évidente ? Non. Bien sûr que non. S'il m'aimait, comme le pense farouchement Eliza, il n'aurait pas mis ma famille en danger.

— Depuis toujours, résonne subitement la voix d'Anton. J'ai toujours été amoureux de toi.

Je me crispe littéralement, les yeux arrondis comme des soucoupes. Je suis sous le choc. Putain. J'ai l'impression de me prendre un uppercut en pleine face. Ce que j'avais pris pour de l'amitié, voire une relation fraternelle, n'était en fait *que* de l'amour ? Bordel. Le silence règne de nouveau dans la pièce tandis que je sors mon arme.

— Si je t'avais dit qu'Eliza était vraiment importante pour moi, tu l'aurais quand même dénoncée ? demandé-je doucement.

Je ne pointe pas mon flingue vers lui, je ne veux pas qu'il réponde parce qu'il a peur, je veux qu'il soit franc, qu'il joue cartes sur table pour la première fois de nos vies.

— Je savais qu'elle comptait pour toi, donc oui, je l'aurais fait.

— Et tu appelles ça de l'amour, crache Jake. Je ne m'y connais pas vraiment en sentiments, mais, ne dit-on pas que le bonheur de la personne qu'on aime passe avant le nôtre ?

— Sa vie passe avant son bonheur, réplique Anton.

Eliza éclate de rire, coupant court à la dispute. Nous la fixons tous, incrédules, tandis qu'elle est prise d'un fou rire incontrôlable, qui la fait même pleurer. Lorsqu'elle semble s'apaiser, elle repart de plus belle.

Elle se calme enfin, avant de planter son regard dans celui d'Anton.

— Tu n'as rien compris à la vie, mon pauvre. Ça sert à quoi, un monde où on n'est pas heureux ? Hein, dis-moi ? Tu penses que c'est cool de te réveiller le matin, en espérant que ce soit le dernier ? S'il avait buté Jake, tu penses que l'existence aurait eu la même saveur pour Kurt ?

Anton détourne une nouvelle fois le regard. Il me semble qu'une fois de plus, Eliza a visé juste. Il est vrai que ma vie n'aurait plus jamais été la même sans mon abruti de frangin. C'est la personne la plus importante et s'il était tombé sous des balles ce matin, j'aurais sûrement suivi sa voie.

Je tends mon bras vers Anton et ferme les yeux. J'enlève la sécurité avant de tirer, sans la moindre hésitation. C'est tellement lâche, mais j'étais incapable de le tuer en le regardant en face. Et le laisser en vie revenait à lui pardonner. Je sens mon bras trembler, comme le reste de mon corps avant que de fins doigts s'enroulent autour de mon poignet et me retirent doucement l'arme des mains. Putain. *J'ai tué mon meilleur ami.*

Sans ouvrir les paupières, je fais demi-tour. Une fois dos à Anton, je les rouvre et monte à l'étage, le cœur au bord des lèvres.

Chapitre 20

THREESOME

KURT

Je sors de la douche pour trouver Eliza et Jake assis en tailleur face à face sur mon lit. Ils se regardent dans le blanc des yeux sans ciller, tandis que je me demande ce qu'ils foutent dans ma piaule, j'ai besoin d'être seul.

— On est à toi dans deux secondes, frérot, j'attends juste qu'elle baisse le regard en premier.

— Tu peux toujours crever, rétorque Lizzie, tu craqueras avant moi.

Je soupire - ils me fatiguent - avant de me laisser tomber derrière Eliza, en travers de mon lit. Un instant, je ferme les paupières et me plonge dans mes souvenirs.

— Kurt! hurle mon père.

Je me crispe de la tête aux pieds. Roulé en boule dans mon lit, j'espère qu'il sera compréhensif. Aujourd'hui, j'ai perdu un combat à l'entraînement. C'était face à Isaac Bagrov, il est bien plus grand et plus fort que moi, je n'ai rien pu faire. Père dit toujours qu'à huit ans, je suis censé savoir me battre, au moins pour défendre l'honneur des Aspen. Mais je n'y arrive pas. Isaac, en dehors du ring, est très gentil. Mais il est le meilleur avec ses poings, je ne ferai jamais le poids, même si j'y mets toute ma force.

La porte de ma chambre s'ouvre. Je m'empresse de fermer les yeux, peut-être que s'il pense que je dors, il me laissera tranquille.

— Petite merde, crache mon père.

Il vise mes côtes, comme à chaque fois. J'étouffe mon cri dans l'oreiller. Il ne supporte pas de m'entendre crier, il dit que seules les femmes crient, les hommes eux, ils se défendent. Mais je n'y arrive pas. Père tape trop fort et moi, je suis trop faible.

— Tu me fais honte !

Il cogne encore et encore tandis que je pleure de douleur et de honte. J'aimerais tellement le rendre, rien qu'une fois, fier de moi. Lui montrer que moi aussi je peux être fort.

— Monsieur Aspen, arrêtez ! crie la voix d'Anton derrière nous. Sinon, je dis à mon père que vous m'avez frappé.

Les coups s'arrêtent. Mon père a peur d'Alexeï Ivanov, comme tout le monde ici. Tant qu'Anton est ici, il ne me battra pas, il aura bien trop peur de recevoir les foudres de monsieur Ivanov.

J'entends ses pas sur le plancher et la porte claquer. Je ne bouge pas, j'ai bien trop mal pour ça. Je sens le lit s'enfoncer à mes côtés.

— Un jour, commence Anton, on se cassera d'ici avec Jake. Mais avant ça, il faut qu'on t'entraîne pour que plus jamais tu ne perdes un combat. Semper Fi[9] ?

Je souris doucement. Depuis qu'Anton a lu cette phrase dans un de mes bouquins, c'est devenu notre prière. Celle qui nous

---

9 Abréviation de « Semper Fidelis » signifiant en latin « toujours fidèle ». Cette devise est notamment connue pour être celle du corps des Marines des États-Unis

rappelle que nous sommes ensemble, quoi qu'il arrive, nous nous en sortirons toujours, tant que nous restons ensemble.
— *Semper fi,* [10] soufflé-je.

Je me lève du lit avant d'envoyer mon poing dans l'armoire face à ce dernier, une fois, puis une autre et encore une. J'ai tué mon meilleur ami putain ! Je lui avais promis fidélité et je l'ai tué, sans être capable de le regarder dans les yeux. Je l'ai tué comme un *lâche*.

Deux petites mains entourent ma taille, tandis que sa poitrine s'écrase dans mon dos. Je me crispe alors qu'Eliza dessine des arabesques sur mon ventre. Étrangement, son toucher m'apaise, me détend. Les yeux d'Anton disparaissent pour laisser libre cours à mon imagination.

Je me tourne doucement vers elle, ignorant la présence de mon frère derrière nous, j'ai besoin de la sentir plus proche. Je la serre dans mes bras, plaquant son corps frêle contre le mien. Lorsque ses lèvres se déposent tendrement dans mon cou, j'oublie tout. Plus rien n'a d'importance hormis elle et cette pointe d'humanité qu'elle me fait ressentir. Plus rien n'existe hormis elle et moi. Nos deux corps plongeant dans un monde bien à nous, au-dessus des lois.

J'attrape son visage en coupe et appose fermement mes lèvres sur les siennes. Pourquoi cacher l'évidence ? Eliza me rend différent, elle m'entraîne là où personne ne devrait aller, elle m'obsède. Elle est cette chaise sous mes pieds lorsqu'une corde me tient le cou, ma force lorsque je faiblis, ma faiblesse lorsque ma force me détruit.

---

10 Abréviation de « Semper Fidelis » signifiant en latin « toujours fidèle ». Cette devise est notamment connue pour être celle du corps des Marines des États-Unis

Elle est tout ce dont j'ai besoin.

Je l'embrasse avec hargne, fougue et désespoir, attendant qu'elle m'offre tout son courage. Je la serre fermement contre mon torse, dans l'espoir qu'elle sente tout l'effet qu'elle produit chez moi. De ma queue dure comme la roche, à mon organe battant la chamade pour elle, rien que pour elle. J'ai besoin qu'elle sache sans que je sois obligé de le formuler. Qu'elle comprenne que je suis en train de tomber, de m'exploser la gueule. J'ai besoin qu'elle interprète les signes que je lui offre. Qu'elle saisisse toute l'importance qu'elle a pris dans ma vie, et ce, bien avant que nous nous rencontrions officiellement.

Parce que c'est trop troublant. J'ai besoin qu'elle me rassure, qu'elle me dise que je ne suis pas fou. Que la définition de l'amour n'est pas celle que mon père m'a inculquée. Que l'affection n'est pas forcément une faiblesse. Je n'ai pas le droit d'être faible et j'ai besoin qu'elle me murmure doucement à l'oreille qu'elle sera là si jamais je perds pied, qu'elle sera toujours la battante que j'ai vue aujourd'hui.

J'ai besoin qu'elle m'assure que j'ai le droit d'aimer. De l'aimer, elle. Parce que c'est ça aimer, non ? Être prêt à mourir pour l'autre, déplacer des montagnes, traverser des mers ou des océans à la nage, être prêt à tout. Au bien comme au mal.

Sentir son cœur battre plus fort en sa présence, la bouche sèche et la chair de poule dès qu'elle me frôle, c'est ça l'amour, non ? S'oublier, passer en seconde position, revoir ses priorités, chercher son rire, son sourire. Ne jamais être témoin de ses larmes, la protéger contre le monde entier, faire d'elle celle qui a le plus d'importance, se battre pour elle. Croire en un jour meilleur même si c'est impossible. Imaginer un monde où rien de mal ne pourra nous arriver. Espérer la voir chaque matin, chaque soir, chaque seconde. Aller au-delà de l'adversité, terrasser tous nos ennemis. Être prêt à tout, même à la perdre pour la savoir en sécurité. Briser le cœur de mon petit frère sans aucune once de pitié.

Si ce n'est pas ça, alors c'est quoi ? Et si c'est ça, ai-je le droit d'aimer, d'être aimé ? Et si ce n'est pas le cas, comment arrêtons-nous d'aimer ? On ferme les yeux et on passe à la suivante ? On imagine que c'est fini et pouf, tout s'arrête ? Mais si je n'ai pas envie que ça s'arrête ? Si j'ai envie que ça dure pour des tas d'années, comment être sûr qu'elle le veuille également ? Comment savoir si elle, elle est capable de m'aimer ? Après tout, je ne suis qu'un monstre de plus sur sa route. Un grain de poussière, un rien du tout.

— Putain, crache Jake.

Il se lève et s'apprête à sortir, mais je repousse délicatement Eliza et le retiens. J'ai besoin qu'il me pardonne, qu'il comprenne que j'ai besoin d'elle. Qu'elle seule peut me guérir. Je plante mes iris dans ceux de mon frère qui m'observe avec colère avant de secouer doucement la tête. Il détourne le regard et contemple Lizzie par-dessus mon épaule.

— Embrasse-moi une dernière fois, murmure-t-il. Je te jure qu'ensuite, je prendrai mes distances, comme tu me l'as demandé.

Sa voix est suppliante, comme si lui aussi, à travers les baisers d'Eliza, retrouvait ce qu'on lui a arraché : son humanité.

Dire que je ne sais pas de quoi il parle en affirmant qu'il prendra ses distances est un mensonge. J'ai parfaitement entendu leur conversation de la veille. Je sais ce qu'Eliza a décelé chez mon frère et que je me fourvoie sur ses émotions. Elles ne sont pas réelles, ce n'est qu'un délire supplémentaire du cerveau de mon frère, comme si ce dernier était déterminé à le briser. Quoi qu'il en soit, pour lui, c'est encore vrai. Il ressent, pour la première fois depuis l'enfance, il ressent quelque chose, je ne peux pas lui retirer ça.

Je me tourne lentement vers Lizzie. Cette dernière capte mon regard et je comprends instantanément qu'elle me demande ma permission. Je ferme les yeux avant de brièvement hocher la tête.

Prêt à tout, hein…

Elle s'approche doucement de mon frère, me frôlant au passage. Je garde les paupières closes, et ce même lorsque j'entends le grognement de satisfaction émis par mon frère. La main de Lizzie attrape fermement la mienne avant de la poser sur sa taille. Surpris, je me laisse faire, pour voir jusqu'où elle compte pousser la débauche. J'ouvre les yeux et regarde la femme qui fait battre mon cœur embrasser mon frère à pleine bouche.

Son dos se plaque contre mon torse. Je dépose délicatement mes lèvres sur la peau fine de son cou avant de raffermir ma prise autour de sa taille. Un délicieux gémissement quitte ses lèvres et je comprends que cette situation dérapera forcément.

Tout semble dingue, elle est là, embrassant mon frère langoureusement tandis que je dépose de doux baisers dans son cou.

Mais j'aime ça. Ce n'est pas malsain, c'est doux et délicat. Et pour la première fois, Jake semble… heureux. Et moi, ça me rend heureux. Elle entrelace ses doigts avec les miens, bien décidée à ne pas me laisser partir.

Le veut-elle ? Nous veut-elle ?

Lorsque je la plaque plus fermement contre moi,

elle gémit de nouveau, sentant sûrement mon érection contre ses fesses. S'il fallait que j'aille en enfer pour entendre encore ce son, j'irais sans hésiter.

Je croise le regard de Jake, je ferme doucement les yeux, lui disant en silence que tout est bon pour moi. Lizzie est à moi, je suis prêt à tuer pour elle. Mais si elle veut Jake et que lui la veut, alors je suis d'accord, rien qu'une fois. Juste pour oublier, quelques heures, le monde dans lequel nous sommes plongés. Un monde où ce genre de moments, de sentiments, n'ont pas leur place. Le cou de Lizzie s'éloigne de moi, je déteste ça.

Comment est-ce possible qu'elle puisse partir, sans que je ne la suive ?

Mais ses lèvres se posent sur les miennes. Enfin. La douceur de celles-ci me rend dingue, je veux les sentir partout sur mon corps. Je l'entraîne avec moi jusqu'au lit, sans la moindre hésitation, elle grimpe à califourchon sur moi, sans jamais quitter ma bouche. Nos langues dansent doucement et passionnément, ce mélange provoque des vagues de plaisir en moi.

Je jette un rapide coup d'œil à Jake, qui nous regarde, les bras croisés contre son poitrail, les prunelles luisantes de désir. Il arbore un sourire pervers et se lèche les lèvres toutes les trente secondes. Nous allons faire une seule bouchée de notre proie. J'adore cette idée, et je sais que lui aussi.

— Tu vas nous mater longtemps ou rentrer dans le jeu ? demande Lizzie d'un air aguicheur.

— Laisse-moi lui mettre l'eau à la bouche, soufflé-je.

Je retire doucement son tee-shirt, offrant une vue imprenable sur sa poitrine. Elle ne porte pas de soutien-gorge. Ses seins pleins et rebondis sont magnifiques, semblant flotter dans les airs, comme deux ballons gonflés à l'hélium, tout en légèreté, tout en finesse.

Je renverse la situation, l'allongeant sur le lit. Mes doigts glissent sur ses côtes, son ventre, avant de s'arrêter à l'ourlet de son jogging. Je lui jette un dernier regard, attendant son approbation. Elle hoche la tête, ses yeux débordant de désir. Elle est tellement belle ainsi...

Je retire son jogging, et sa culotte au passage, elle soulève ses hanches pour m'aider. Je me relève doucement, détaillant sa silhouette sans vergogne. Ma queue est prête à exploser. Rien que de la voir ainsi, allongée, les cuisses écartées, un léger sourire aguicheur aux lèvres et ses yeux. Putain ses yeux. Deux billes vert émeraude, brillantes et impatientes. Ce regard qui rendrait barge n'importe quel homme sur cette planète.

Je l'embrasse, descends dans son cou, puis sur ses seins. Je prends un mamelon dans ma bouche, que je titille et mordille, elle gémit toujours plus fort, j'entends derrière moi mon frère se déshabiller. Je décide de descendre plus bas et entreprends de laper son clitoris avec ma langue. Cette dernière joue avec son bouton sensible, l'aspire, et je sais, je sens, que l'orgasme n'est pas loin. Ma main gauche sur son ventre, l'index et le majeur dans son intimité, je m'affaire avant de sentir les contractions divines annonciatrices de la décharge électrique qui se répand dans tout son corps. Lizzie hurle de plaisir, se cambre, tête en arrière.

— Bordel de merde, grogne Jake à bout de souffle, alors qu'il effectue des va-et-vient, sa queue à la main.

Il s'approche d'un pas décidé vers le lit. Ma bouche s'écrase sur celle de Lizzie tandis que je sens le matelas s'affaisser. Mes doigts parcourent sa poitrine, avant d'attraper ses tétons pointés. Je joue avec, les pinces, les glisses entre mon pouce et mon index, Eliza gémit contre mes lèvres. Je sens qu'elle perd pied, et qu'elle va atteindre des sommets ce soir. Mon frère, à sa droite, passe sa main entre les cuisses ouvertes de Lizzie, qui cherche le contact en soulevant les hanches.

Je quitte ses lèvres pour déposer les miennes entre ses jambes, laissant une traînée de baisers ardents jusqu'à son intimité pendant que Jake s'occupe de sa poitrine. Eliza lâche un cri de plaisir. Je mordille son clito tandis que mon frère s'accapare à son tour ses seins à l'aide de sa langue.

Lizzie se cambre, crie, tremble. C'est tellement érotique. Je pensais que ce moment serait gênant, après tout, je m'apprête à partager la femme que j'aime avec mon petit frère qui la désire ardemment. Pourtant, ce n'est pas le cas. Voir Eliza perdre tous ses repères, s'offrir corps et âme à nous, c'est le tableau le plus sexy que j'aie jamais vu.

Je n'ai jamais été aussi à l'étroit dans mon boxer. La voir ainsi, si belle, si libre, ça me rend fou. Elle semble au-delà de tout, comme si, enfin, elle bannissait définitivement ses chaînes, devenant celle qu'elle souhaitait être.

N'y tenant plus, j'abandonne son intimité alors que je vois mon frangin aspirer son téton déjà enflé de plaisir, ce qui fait cambrer Eliza qui agrippe sa tignasse avec ses deux mains. Je sors de la table de nuit deux préservatifs. Jake se redresse avant qu'Eliza n'atteigne un second orgasme, la laissant haletante, la respiration saccadée. Mon frère s'allonge sur le lit en enfilant la capote que je lui ai donnée. Je fais de même et, tandis qu'Eliza se place à califourchon sur Jake, j'attrape le tube de lubrifiant que je me suis vu forcé d'acheter à force de me branler en pensant à son corps de déesse.

Lizzie se laisse glisser sur Jake en gémissant de plaisir

tandis que j'enduis ma queue de lubrifiant, espérant ne pas lui faire trop de mal. Elle débute quelques va-et-vient sur le membre bandé de mon frère alors qu'il a pris un de ses seins en coupe et le titille de ses dents. Je me place derrière elle, la penchant en avant pour qu'elle m'offre ses fesses.

J'attrape délicatement ses hanches, approche mon sexe dur comme la pierre et frotte mon gland contre son anus, que je tente de préparer à l'aide de mon pouce avec lequel j'exerce quelques pressions. La sentant détendue, je m'enfonce doucement entre ses fesses. Elle émet un râle foutrement érotique, un mélange de plaisir et de douleur. Jake et moi ne bougeons pas, attendant qu'elle s'adapte à notre présence, enfin, surtout à la mienne.

Elle est tellement serrée que je pourrais jouir sans même donner un coup de reins. Eliza pousse ses hanches vers moi ; comprenant qu'elle est prête, je commence de longs va-et-vient, Jake se cale à mon rythme tandis qu'Eliza gémit de plus belle. Mes doigts caressent ses fesses rondes et douces.

Ne pas exploser. Ne. Pas. Exploser.

Je ferme les yeux, c'est tellement bon. Un mélange d'interdits et de plaisir à l'état brut. C'est l'enfer et le paradis réunis en une baise exaltante. Jamais je ne pourrais me passer de cette femme, qui vit comme elle l'entend, ignorant le jugement potentiel des autres. Elle fait ce qu'elle veut, quand elle en a envie.

Le corps de Lizzie se crispe tandis qu'elle rejette la tête en arrière, dans un long cri d'exaltation. Jake explose quelques millièmes de seconde après elle. J'attrape ses hanches plus fermement et accélère mes mouvements, j'y vais fort, mais c'est trop bon. Je suis enfin prêt à rejoindre l'orgasme commun. Dans un grognement sauvage, j'explose en elle, plantant mes ongles dans sa peau laiteuse. Elle se laisser tomber contre Jake, le corps secoué de spasmes et luisant de sueur. J'embrasse son épaule avant de me retirer. Elle s'allonge à côté de Jake qui se relève, se rendant dans la salle de bains.

Je plante mon regard dans celui d'Eliza. Ses joues rouges, son front transpirant, elle est tellement belle.

— Je ne te laisserai plus jamais me quitter, soufflé-je. Je ne te partagerai plus jamais non plus.

— Et mon avis dans tout ça ? rétorque-t-elle le souffle court.

Je m'approche rapidement d'elle, attrapant son menton entre mon pouce et mon index. Je l'oblige à me regarder avant de déclarer :

— Je suis amoureux de toi, Eliza Lanson. Jamais je ne te laisserai partir.

Je plaque mes lèvres avec force sur les siennes tandis que je sens un fin sourire étirer sa bouche.

Chapitre 21

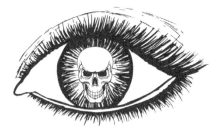

LOVE

ELIZA

L'amour. Ce sentiment m'a toujours paru flou. Pourtant, je le connais, il a tellement de déclinaisons. C'est un sentiment si répandu, on le trouve partout et sous différentes formes. On aime sa famille, ses amis, son conjoint, ses mômes, mais jamais de la même manière.

Comment un sentiment peut-il varier ainsi, du tout au tout, d'une personne à une autre ? Personne n'aime pareil, c'est… *intrigant*. Et puis, il est trompeur aussi : parfois on pense aimer, mais finalement, ce n'est qu'une forme d'attachement.

D'ailleurs, c'est quoi l'amour ? Comment on peut définir quelque chose qu'on ne voit pas, qu'on ne sent pas, qu'on ne touche pas ? C'est sentir son cœur battre plus fort ? Ou simplement se sentir mieux avec l'autre ? Et comment différencier l'amitié de l'amour ? L'attachement de l'amour ?

C'est fou, je suis censée connaître les sentiments humains mieux que quiconque dans cette maison et pourtant, je suis la plus perdue. Cela fait bien trop longtemps que je n'ai aimé personne, qu'importe la déclinaison de cet amour.

Je n'ai pas vraiment d'amis. Mes fréquentations se limitent à mes collègues de travail avec qui je vais boire un verre de temps à autre. Je baisais occasionnellement avec mon chef de service, mais rien qui ne se rapproche de près ou de loin à de l'amour. Je n'ai jamais été assez proche de quelqu'un pour le considérer comme un ami, et ce, même gamine. En effet, les autres enfants me trouvaient trop casse-cou, trop téméraire, je leur faisais peur. Étrangement, je le vivais bien. Ça ne me dérangeait pas de manger ou de jouer seule durant les récréations, je trouvais ça reposant d'être éloignée des cris et des rires. Je ne cherchais pas à me faire des copains et eux ne venaient pas vers moi non plus.

À l'adolescence, en revanche, les gens venaient me parler, pour savoir comment j'allais, si j'avais besoin de quelque chose. Je ne supportais pas ça. Dans les foyers où on me traînait, on me posait déjà toutes ces questions, je voulais seulement passer inaperçue au lycée, avoir un semblant de vie normale. Bizarrement, avec une cicatrice partant de sous l'œil, descendant jusqu'à la mâchoire, être transparente n'était pas si simple.

Alors j'ai fait la seule chose qui m'est venu à l'esprit afin qu'ils me lâchent : j'ai joué la garce de service, la pire de toutes. C'était à la fois divertissant et exaltant. Je me marrais bien, je dois le reconnaître. Je me rappellerai toujours le visage, choqué et troublé de Vanessa Denver lorsqu'elle m'a découverte en train de tailler une pipe à son mec dans les chiottes du deuxième étage.

Vanessa et Karl étaient le couple cliché par excellence. La peste cheerleader et le capitaine de l'équipe de hockey. Elle m'énervait tellement, avec sa compassion aussi fausse que ses cils et ses paroles bateau à la con, je ne la supportais pas. Pourtant, elle était là, à me courir derrière comme une bonne chienne bien dressée, comme une sangsue assoiffée. Je n'arrêtais pas de l'éconduire, de lui demander poliment de me lâcher, que je voulais être seule, mais elle revenait toujours, me disant que ce n'était pas grave si j'étais traumatisée, que je pouvais compter sur elle… *Foutaises.*

Alors j'ai craqué. Totalement. J'ai attiré Karl dans les chiottes, l'embrassant à pleine bouche, le dessapant, et je l'ai sucé. Il ne m'a pas repoussée donc, disons qu'il était aussi connard que moi, non ? Elle a chialé pendant des mois et j'ai fini par baiser avec Karl pour dire que je l'avais fait.

Je n'ai jamais couché par amour, disons que c'était seulement pour combler le vide et à ce moment précis, Karl avait très bien rempli son rôle.

Je n'ai plus de famille. Mes grands-parents sont tous morts et je n'ai pas de tante ou de connerie dans le genre. Alors qui pourrais-je bien aimer ?

Je n'ai personne depuis quatorze longues années. Non pas que je m'en plaigne, mais face à ce constat, je suis déboussolée. Ne pas aimer est une chose, n'avoir personne à chérir en est une autre.

À quel moment me suis-je tant renfermée ? À tel point que j'évolue en marge de la société, des gens, de tout ce qui m'entoure. Pour la première fois de ma vie, je me sens réellement seule au monde.

Pourtant, la déclaration de Kurt reste là, comme déposée sur mon cœur. Comme une promesse d'un avenir moins sombre, un avenir possible. Je ne pense pas être amoureuse de Kurt, qui n'en reste pas moins un homme plus que désirable qui me permet, rien que quelques heures, de vivre, pour de vrai, sans faux semblant.

Mais finalement, n'est-ce pas une forme d'amour également ? Lorsque l'autre devient le seul à savoir comment nous faire vivre, n'est-ce pas une forme d'amour ?

Je soupire, encore une fois. Mon corps tout entier me fait encore mal de cet après-midi, qui a fini par avoir ma peau. Je ne suis pas le genre de fille qu'on peut catégoriser comme coincée, mais faire un plan à trois ? C'était inenvisageable et pourtant, merveilleux.

Dans le reflet du miroir, je vois mes joues rougir, rien qu'en repensant à ce moment. Je n'ose pas descendre, par peur de m'empourprer davantage face au regard des frères Aspen. Non pas que j'aie honte de mon acte, les sensations que j'ai ressenties étaient uniques, sentir quatre mains sur mon corps était excitant, tout aussi excitant que la double pénétration.

Lorsque je me suis empalée sur Jake, ses prunelles emplies de désir et d'excitation m'ont transportée. Quand j'ai senti Kurt me prendre par derrière, les premières secondes ont été douloureuses, mais une fois habituée, leurs va-et-vient m'ont fait atteindre l'orgasme en quelques secondes ou minutes, je ne sais même plus tant j'ai perdu la notion du temps.

Si c'était à refaire, je n'hésiterais pas, mais quelques secondes plus tard Kurt m'a avoué être amoureux de moi. Avec du sexe, je sais comment réagir, mais l'amour, ça, non. Enfin, je crois. Enfin, je ne sais plus.

Et s'il changeait de comportement ? Oh, mon dieu, non… Pitié, faites qu'il reste comme il est !

Deux coups à la porte de la salle de bains me font sursauter. Sans attendre mon approbation, Kurt entre dans la pièce. Il ferme la porte derrière lui avant de planter ses yeux splendides dans les miens. Je déglutis difficilement : je ne sais pas comment réagir face à lui. Pourtant, lorsque je me perds dans ses iris, j'oublie tout, j'oublie le monde et ma solitude.

— J'me suis comporté comme une merde, souffle-t-il. Je n'ai pas à t'imposer mes sentiments ni à te dicter ta conduite.

Je m'apprête à rétorquer, mais je ne sais quoi dire. Il a raison, c'est certain, mais, avant d'être un ordre, c'était surtout très touchant. Il m'a offert son cœur sur un plateau d'argent et moi, j'ai simplement souri. Qu'aurais-je bien pu faire d'autre alors que je ne sais pas quoi penser ?

— C'est juste qu'avec toi, reprend-il, je me sens bien, vraiment bien. J'ai l'impression de vivre pour de vrai. Que mon cœur m'appartient et que j'ai le droit de l'offrir à qui je veux, tu comprends ?

J'opine, mais il ne me regarde pas, il poursuit son discours, passant régulièrement sa main dans ses cheveux.

— Je ne connais pas la définition de l'amour, mais je sais qu'avec toi, je me sens plus libre que je ne l'ai jamais été. Je sais que je pourrais mourir pour ton sourire. Je sais que ton rire est le son le plus mélodieux que j'aie jamais entendu et je sais que quand tu es dans mes bras, plus rien ne compte.

Je baisse les yeux, retenant tant bien que mal mon rictus.

— Tu vois, Eliza, je ne suis pas un mec bien. Loin de là, je t'ai kidnappée, séquestrée et au début j'ai adoré ça. Je tue des gens, pas seulement pour l'argent ou parce que je ne sais rien faire d'autre, simplement parce que j'aime ça. Je ne peux pas te promettre une existence de rêve avec une villa sur la plage et des mômes qui nous brisent les tympans. Je n'aurai jamais un métier stable, je n'aurai jamais une vie passable. J'aurai les flics au cul tous les jours. Je ne rentrerai pas avec des fleurs ni du chocolat. Les soirées en amoureux, devant un film à l'eau de rose, ce n'est pas pour moi. Je ne suis pas le Prince charmant, je suis le Méchant dans les films, celui qui te fera vivre un enfer, parfois. Mais…

Il s'arrête un instant tandis qu'une larme solitaire roule sur ma joue. Pour rien au monde je ne voudrais qu'il change. Kurt Aspen est ce qu'il est. Il s'en fiche du bon sens et des codes, des lois et des normes. Il crée les siennes. Il crée un monde à son image, un monde qui dépasse l'entendement. Un monde où chacun est libre d'être qui il veut.

Et… ça me plaît.

— Mais je rentrerai. Tous les soirs, simplement pour pouvoir te serrer contre moi. Simplement pour sentir ta peau collée contre la mienne. Simplement pour voir ton sourire et entendre ton rire. Je t'aimerai parce que c'est ce que tu mérites. Je t'écouterai te plaindre si tu en as besoin et je soignerai chacun de tes maux. Parce que je sais que tu es celle qu'il me faut. Celle dont j'ai besoin.

Je relève vivement la tête à ces mots, qui me bouleversent au possible. Dans ses yeux bleus, j'y vois toute sa sincérité et ça me percute davantage. Comment peut-il tuer son meilleur ami de sang-froid et quelques heures plus tard, me faire une déclaration comme celle-ci ?

Kurt attrape mes mains tremblantes dans les siennes et me fixe avec tellement de douceur que j'en reste bouche bée. Il y a bien des choses qui ne sont pas dans les habitudes de cet homme et la douceur en fait partie.

— Laisse-moi t'aimer, murmure-t-il.

Mon cœur explose dans ma poitrine. J'ai l'impression de me liquéfier comme de la neige au soleil. Je l'observe, et là, je sens un sourire béat étirer mes lèvres, comme une de ces connes dans les séries B. Je ne prends pas plus d'une demi-seconde à comprendre. C'est ça l'amour. C'est devenir bête, une putain d'imbécile comme celles qu'on voit sur le petit écran. L'amour, c'est quand il n'y a plus aucun doute, que c'est limpide, que ça sonne comme une évidence. L'amour, c'est se sentir complet, entier, sans fissure ni fracture, auprès de l'autre. L'amour, c'est chercher inlassablement à croiser le regard de cet être si spécial tout en le fuyant.

C'est se laisser transporter par la profondeur de ses yeux, plonger dedans, puis baisser les nôtres. C'est ressentir à la seule évocation de son nom, au seul son de sa voix qui retentit, les battements de son cœur qui s'accélèrent. C'est se remplir d'espoir à chaque mot, chaque geste de sa part. C'est lorsque, même affublé d'un ridicule accoutrement, on continue à le trouver le plus beau de la terre.

L'amour c'est se sentir capable de donner dans l'instant, sa vie pour celle de la personne aimée. C'est avoir envie de saisir chaque opportunité de voir un sourire illuminer son visage. C'est se sentir amputé d'une partie de soi-même quand il ou elle n'est pas là. L'amour, c'est avoir au creux de ses bras, au contact de sa peau, la conviction intime et inébranlable qu'auprès de cette seule personne, rien ne peut nous atteindre.

L'amour, c'est quand je regarde Kurt.

Je ferme les paupières un instant, me laissant porter par les battements effrénés de mon cœur. Un jour, mon frère m'a attrapé les épaules et a planté son regard dans le mien, il m'a souri avant de chuchoter comme un secret «Quoi qu'il arrive, petite sœur, écoute toujours ton cœur. Grâce à lui, ta vie sera encore plus dingue». Sur le coup, je n'avais pas compris, mais aujourd'hui, il faudrait être fou pour souffler les mots que je m'apprête à prononcer. Pourtant, j'aime à croire que si folie rime avec génie, ce n'est pas du hasard.

— Aime-moi, Kurt. Aujourd'hui, demain… toujours. De toute façon, je n'ai jamais aimé les contes de fées, c'est chiant à mourir.

Et je l'embrasse. À pleine bouche, en y mettant toute ma force, toute ma colère et mon désir. Je l'embrasse comme si ma vie en dépendait, je l'embrasse parce que j'en ai besoin.

Parce que c'est lui, tout simplement. Parce que je suis vivante en cet instant. Parce que mon cœur bat fort dans ma poitrine. Parce que finalement, c'est ça l'amour.

Chapitre 22

THANKS ELIZA

KURT

Mes mains sur ses hanches, je la maintiens droite face à la cible, une jambe légèrement plus avancée que l'autre, les bras tendus, tenant l'arme des deux mains.

— Ouvre les deux yeux, mon serdtse.

Je resserre mes doigts autour de son bassin, seulement pour la sentir frissonner. J'aime savoir que mon toucher provoque des réactions sur son corps. J'aime savoir qu'elle aime mon contact.

— Et maintenant ? murmure-t-elle.

— Prends une grande inspiration et regarde ta cible. Ne la quitte pas des yeux.

Je l'entends inspirer lentement, bloquer l'air dans sa poitrine et doucement souffler. La voir ainsi, blottie contre moi, c'est ma définition du bonheur.

Depuis deux semaines, depuis que je lui ai avoué être amoureux d'elle, je ne la quitte plus, j'en suis tout simplement incapable. Étrangement, cela ne semble pas déranger mon frère qui a réussi à trouver sa place auprès de notre duo. Eliza et lui passent leur temps à se chamailler comme des gosses, et je trouve ce tableau attendrissant. Je n'ai même pas eu besoin d'avoir une conversation avec mon frère, il a compris de lui-même que je ne la partagerai plus jamais.

— Tire, Lizzie.

Son corps se détend dans mes bras lorsqu'elle appuie sur la détente. Comme si, elle aussi, ressentait la même toute-puissance que je ressens lorsque je fais feu. La balle fracasse l'air avant de terminer sa course entre les jambes du mannequin. Elle ne perd pas une seconde et tire à nouveau, la deuxième se loge dans la tête de ce pauvre pantin.

Elle me regarde, par-dessus son épaule, un sourire mauvais plaqué aux lèvres.

— Tu vois, mon amour, si un jour l'idée saugrenue de me tromper traverse ton joli minois, rappelle-toi de ce moment, des touches sur ce mannequin.

J'éclate de rire avant d'embrasser sa tempe. Elle me rend complètement fou. Je sais qu'elle n'est pas jalouse outre mesure, seulement, elle sait ce qu'elle veut et en l'occurrence, elle ne partage pas. Ça ne me dérange pas, au contraire. Aucune femme n'arrive à sa cheville, pourquoi chercher ailleurs alors que la perfection s'endort dans mes bras chaque soir et se réveille dans la même position une fois le soleil levé.

— Jamais je ne te ferais ça, mon serdtse. Jamais.

Elle me sourit avant de se retourner face à la cible. Elle vise une nouvelle fois dans la poitrine du mannequin. Avec une arme, elle est douée. Elle n'hésite pas, jamais. Elle tire sans ciller, comme si elle était née pour ça.

Mes doigts se baladent sur ses côtes tandis qu'elle

s'entraîne à changer de chargeur le plus rapidement possible. J'en ai vu, des tableaux sexy, mais Eliza, en short couvrant à peine ses fesses et en brassière de sport, ses longs cheveux noirs attachés en une haute queue de cheval, jouant avec un flingue, ça c'est vraiment le summum des trucs les plus bandants que j'aie jamais vus.

— Tu me déconcentres, Kurt…

— Je sais, mon serdtse, je sais.

Elle grogne avant de recharger l'arme et de se tourner vers moi. Elle dépose délicatement le bout du canon sur ma queue dressée. J'écarquille les yeux et lève les mains en l'air.

— Je me disais aussi, ricane-t-elle.

Elle m'embrasse du bout des lèvres avant de me rendre le flingue tandis que mon frère entre dans la salle d'entraînement. Au pas de course, elle se dirige vers le ring où l'attend Jake.

Je décharge le pistolet avant de le ranger et de m'installer sur un banc, face au ring, prêt à regarder Lizzie mettre une raclée à mon frère. Comme je l'avais prédit, elle tape vite et fort. Plus petite que beaucoup de ses potentiels agresseurs, la tigresse qui me sert de copine, est plus fluide et plus rapide qu'eux, lui donnant un avantage certain lors d'un combat à mains nues.

Je grogne en voyant qu'une fois de plus, elle ne met pas de bandes. Je crains le jour où elle se cassera un doigt sur la mâchoire de Jake. Elle ne cesse de me répéter que dans un vrai combat, si sa vie est en danger, elle n'aura pas le temps de protéger ses mains. Elle n'a pas tort, j'en conviens, mais ici, elle devrait quand même faire attention, surtout à quelques jours du début de notre mission.

J'appréhende ce moment, et ce, même si Jake et

moi avons prévu toutes les possibilités. Ni Eliza ni mon père ne quitteront cet appartement sans nous. Mais le risque zéro n'existe pas et il y a forcément un détail qu'on a potentiellement oublié. Il y a toujours des failles dans un plan, même s'il a été pensé cinq ans en avance. Jake et moi avons conçu ce piège en une soirée et avons eu deux mois pour l'affiner.

J'ai l'impression qu'on s'apprête à partir sur un braquage, qu'on a les armes, le plan d'attaque, et même la combinaison des coffres, mais qu'on ne sait pas comment on va pouvoir en sortir. Eliza ne semble pas consciente du danger qu'elle encourt. Elle n'a pas côtoyé Jasper Aspen assez longtemps pour savoir de quoi il est vraiment capable. Son absence de peur face aux difficultés auxquelles elle va être confrontée peut être un avantage certain comme un aller simple pour le suicide.

Si jamais ça tourne mal et que mon père parvient à s'enfuir avec Eliza, les chances de la sortir de cette merde à temps avoisinent le néant. Elle a beau être forte, elle ne le sera jamais autant que mon père.

Je secoue doucement la tête, me concentrant de nouveau sur le combat. Lizzie envoie ses poings avec force dans l'estomac de mon frère qui lui rend coup pour coup. Il a cessé son cinéma, il la cogne pour de vrai. À chaque frappe qu'il place, j'ai envie de monter sur le ring, de mettre Lizzie derrière moi et de tabasser mon frère jusqu'à ce que mort s'ensuive.

Mais Eliza se défend très bien toute seule. Elle prend des coups, c'est certain, mais elle encaisse et elle rend, toujours plus fort. Aujourd'hui et ce, depuis une semaine, Lizzie et Jake se battent jusqu'au K.O ou l'abandon. Pour l'instant Lizzie a abandonné à chaque fois, pour mon plus grand plaisir. Elle n'est pas du genre à rendre les armes facilement, mais elle est aussi assez intelligente pour s'arrêter avant d'être vraiment blessée.

Notre but n'est pas de l'abîmer, il est vrai qu'elle doit savoir se défendre, mais tout le monde ne se bat pas aussi bien que Jake, heureusement, d'ailleurs. Face à un homme lambda, elle n'aura aucun problème à l'envoyer au tapis en quelques coups à peine.

J'écarquille les yeux en voyant le pied de ma copine s'écraser contre la mâchoire de Jake qui perd l'équilibre et tombe à la renverse. C'est la première fois qu'elle parvient à le mettre à terre et je dois bien avouer être assez fier d'elle. Sans attendre une seconde de plus, elle se place à califourchon sur lui et lui assène plusieurs coups. Mon frère ne pense même plus à attaquer, il défend son visage et seulement son visage, oubliant les autres points pouvant lui être fatals. Il a tellement peu l'habitude d'être au tapis qu'il en oublie les bases.

Ma douce Eliza, si petite, si menue, écrase son poing dans le plexus de mon frère, qui, ne parvenant plus à respirer, tape à deux reprises sur le ring. Eliza suspend son geste avant de se relever, un sourire victorieux aux lèvres.

Putain, elle vient de mettre à l'amande *mon frère.*

Je l'observe, fasciné avant de doucement m'avancer vers elle. Elle plante ses iris émeraude dans les miens tandis que je passe entre les cordes. Un sourire en coin se dessine sur ses lèvres charnues, empli de fougue et de malice, avant qu'elle ne me saute au cou.

— T'as vu ça, mon amour, j'ai gagné !

Ses jambes enroulées autour de ma taille et ses fins bras enlaçant ma nuque, elle plaque son corps tonique contre le mien. Je la maintiens par les fesses, aussi bien pour éviter une chute que pour en profiter.

— Oui, mon serdtse, j'ai vu ça.

Elle rit en balançant sa tête en arrière. Parfois, elle me fait penser à une enfant, terriblement mignonne. Je jette un coup d'œil à mon frère, qui sourit en regardant Lizzie s'extasier face à sa victoire avant de se remettre debout.

— Bien joué, Lizzie, souffle-t-il, avant d'attraper la bouteille d'eau.

Eliza quitte mes bras après avoir laissé un chaste baiser sur mes lèvres. Elle s'approche de Jake et dépose doucement sa main sur son épaule.

— Ça va ? s'inquiète-t-elle.

Sa voix est douce. Parfois trop douce avec Jake. Même si je sais que tout est limpide entre nous, j'ai toujours peur que mon frère interprète mal ses gestes, cela ne m'étonnerait pas. Après ce qu'il s'est passé, nous avons tous classé ce dossier comme « sujet sensible », personne n'en a parlé et j'espère de tout mon cœur que mon frère a compris que c'était la seule et unique fois que ce genre de chose arrivait.

— Hormis ma fierté, rien de cassé.

Eliza rit doucement avant de sortir du ring.

— Dis-toi que j'ai eu un bon prof, ça fera remonter ton ego. Je vais à la douche.

Elle disparaît du sous-sol, nous laissant souriants. Eliza a ce pouvoir sur nous. Celui de toujours nous faire sourire, avec de simples phrases, de simples mots, en étant simplement elle-même. Et chaque jour, elle creuse plus profondément sa place dans mon cœur.

— Lorsqu'on aura buté Jasper, commence Jake, je compte revenir en Ukraine. Seul.

Ses mots me percutent de plein fouet. Nous n'avons jamais été séparés bien longtemps et jamais par une distance aussi importante. À vrai dire, je ne sais pas où

Eliza désire aller, mais elle sera, quoi qu'il arrive, avec moi. Je la suivrai au bout du monde s'il le faut.

Je comprends pourquoi Jake souhaite prendre ses distances avec moi. C'est mon petit frère et j'ai encore du mal à me faire à l'idée qu'il est assez fort pour affronter le monde extérieur seul, sans moi.

— Ne fais pas cette tête, frérot, reprend-il. J'ai besoin de prendre mes distances avec…

Il ne poursuit pas sa phrase. À vrai dire, il n'en a pas besoin. Tout est clair. Me voir avec Lizzie, et ce, malgré son sourire, le dérange. Je savais que cela arriverait, dès que j'ai avoué mes sentiments à Eliza, j'ai su que ma relation avec Jake allait prendre une sacrée claque. Pourtant, je l'ai choisie, *elle*.

Suis-je horrible d'avoir, pour une fois, pensé à mon bonheur plutôt que préserver le cœur de mon frère ? Je ne saurais dire. Jake est, depuis son adoption, ma priorité, si bien que, trop souvent, je me suis oublié. J'aime à croire que j'ai le droit de côtoyer la joie à mon tour aujourd'hui. Mais est-ce que le bonheur aura la même saveur sans Jake à mes côtés ?

— Elle me fait ressentir des choses, tu comprends ? poursuit-il sans se soucier de mon trouble. Des trucs que je n'ai ni l'envie, ni le droit de ressentir. Mais tu sais Kurt, ça se voit que vous êtes faits l'un pour l'autre. L'amour, ce que Jasper estime comme une faiblesse, vous rend plus forts. Et… ça la rendra forte si les choses dérapent. Elle me la dit elle-même, le seul moyen de contrer le syndrome de Lima, c'est qu'on impose une distance entre nous.

Je le fixe, incrédule. Savoir que le petit cœur de mon frère bat encore pour autre chose que la violence, le sang et la mort, ça me fait plaisir. Vraiment. À cet instant et malgré les mots qu'il prononce, il me rend heureux. Parce que mon frère éprouve quelque chose. Non pas pour un plan comme d'habitude, non, il est attaché à une femme, la mienne, certes, mais il tient à elle. Même si je sais que tout est faux.

Lizzie a réussi l'impossible. Un fin sourire étire mes lèvres, lorsque je repense à l'envie viscérale de la tuer. Finalement qu'auraient été nos vies sans elle ?

— Tu trouveras une meuf qui te rendra plus fort, Jake. J'en suis certain.

— Tant que ce n'est pas la tienne, c'est ça ?

Je ris avec lui en acquiesçant. Ouais, qu'importe la femme qui fera, un jour ou l'autre, battre le cœur de mon petit frère, hors pathologie, il est hors de question que ce soit Lizzie.

Cette nuit-là, je fais l'amour à Eliza. Longtemps, beaucoup de fois, sans jamais cesser de la remercier. La remercier de nous offrir notre humanité, de faire tomber nos masques, de fracasser nos barrières. La remercier d'être elle-même. La remercier d'avoir su créer ce monde à nous.

Chapitre 23

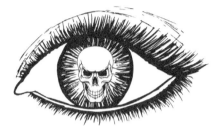

D-DAY

ELIZA

Kurt a contacté l'Organisation, il est parvenu à faire croire à Alexeï Ivanov que son fils a trouvé une nouvelle «obsession» au Japon et qu'il est pour le moment injoignable.

Je ne connais pas le passif d'Anton, mais une chose est certaine, je trouve cela étrange que son père ne se pose pas plus de questions. Qu'importe, nous voilà dans les airs pour rejoindre Helena. Nous sommes partis hier et depuis l'instant où nous avons décollé, mon cœur n'a cessé de battre à tout rompre.

Prétendre que je ne suis pas inquiète serait un énorme mensonge. J'ai la sensation de marcher vers l'abattoir. Je sais que les frères Aspen ont tout prévu dans les moindres détails, mais si ça ne suffisait pas ?

À l'approche du Montana, je me blottis contre Kurt qui enroule ses bras autour de mes épaules. Depuis mon réveil, personne n'a décroché un mot. Ce lourd silence pèse sur mon moral. Surtout celui de Jake. Il n'a pas pour habitude de rester silencieux. Jamais. Qu'il ne me charrie pas, ce n'est pas normal. J'ai l'impression que je m'apprête à leur dire adieu.

Ressentir de la peur n'est pas dans ma nature, pourtant, à l'aube de mes retrouvailles avec Jasper Aspen, je suis terrorisée. Rien que l'idée de recroiser son regard me paralyse. Toutefois, je sais également que c'est mon absence de réaction qui m'a permis de m'en sortir la première fois.

Espérons seulement que ça fonctionne de nouveau cette fois-ci.
Le cœur au bord des lèvres, je plante mes yeux dans ceux de Jake. Ses iris, noir ébène, noyant presque ses pupilles, n'ont pas changé depuis mon kidnapping. C'est l'étincelle qui les éclaire qui est tout à fait différente. Son regard brille, il vit.

Je l'observe, scannant chaque petite imperfection de son visage, chaque expression faciale, chaque grimace, chaque micro-sourire, et cela, comme si c'était la dernière fois. Parce que j'ai ce mauvais pressentiment qui broie mon estomac. Je sais, tout au fond de moi, que rien ne se passera comme prévu.

Étrangement, je suis prête…

Si je dois mourir aujourd'hui, je ne peux m'empêcher de croire qu'il s'agit d'une belle fin. Peut-être pas la plus douce ni la plus juste, mais elle permettra sûrement aux frères Aspen de tuer leur père et donc, de trouver la paix.

Si je dois mourir aujourd'hui, je sais que j'aurai vécu tout ce que j'avais à vivre, d'autant plus ces trois derniers mois, à leurs côtés.

Si je fais le bilan de mes vingt-huit années d'existence en faisant abstraction des drames, je n'ai pas grand-chose à dire. Pas d'amis, pas de famille, une carrière assez courte avec du recul, mon existence est une fracture. Platonique et fade. Même enfant, je n'ai jamais rêvé d'une belle vie sur une île paradisiaque entourée de sable fin et de palmiers. Je crois que je n'ai jamais eu de réel objectif, je voulais seulement vivre une vie qui déchire. Sans ennui, où chaque jour serait un renouveau, loin de la routine. Qui m'appartient et dans laquelle je n'ai pas besoin de porter un masque. Où je peux être qui j'ai envie, où j'ai envie et avec qui j'ai envie. Une vie inoubliable.

Kurt et Jake ont fait de mon quotidien quelque chose d'inoubliable. Dans le chaos, je me suis trouvée, la vraie Eliza Lanson, loin du masque que j'enfilais chaque jour. L'Eliza qui se réveille le matin, espérant que ce ne soit pas le dernier parce qu'il y a tant de choses à découvrir dans ce monde, dans mon monde. Je ne serai jamais comme les autres, c'est un fait. Mais la banalité, avouons-le, c'est chiant à mourir. La monotonie, c'est la chose la moins excitante sur cette fichue planète. Je ne veux pas être comme les autres, parce que l'ennui ne m'intéresse pas. J'ai envie que mon existence soit faite d'adrénaline, de prises de risques. Et avec les frères Aspen, c'est ce que j'ai vécu.

Alors, si je dois mourir aujourd'hui, disons que c'est simplement ce qui était écrit. Je n'ai jamais cru au destin, à mes yeux, chacun est maître de sa vie. Mais il y a des choses qu'on ne peut éviter, la mort en fait partie. Et si je dois partir, je le ferai en grande pompe, le majeur levé et le sourire aux lèvres.

Dans les escaliers de mon immeuble à Helena, je cours sur les marches, crachant des injures à tout rompre au seul homme que j'aie jamais aimé. Il me suit de près, tentant de me rattraper. Ça me fait mal, mais je sais que c'est pour la bonne cause, je sais que nous avons besoin de ça pour vaincre les ténèbres qui nous rongent.

Devant la porte de mon appartement, je fouille dans mon sac, cherchant désespérément mes clefs. Mes mains tremblent tellement c'est difficile. Je n'ai pas envie de le quitter, pas maintenant. Jamais.

— Lizzie, écoute-moi…

— Tu la fermes, hurlé-je. Je te déteste putain.

Ça me brise le cœur, en mille, dix mille, quinze mille morceaux. Tout est faux, bien sûr, je l'aime comme ce n'est pas permis, mais il faut que les personnes qui nous écoutent potentiellement pensent le contraire.

Je parviens enfin à trouver mon trousseau et, essayant de calmer mes tremblements, je mets la clef dans la serrure. Dès que je pénètre dans mon appartement, je tente de fermer la porte, mais le pied de Kurt m'en empêche. Je soupire avant de glisser ma main dans mes cheveux.

— Je suis désolé, murmure-t-il.

— Non, tu ne l'es pas. Pars, s'il te plaît.

Ma voix se brise lorsque je lui demande de partir, parce que, bien sûr, je n'ai pas envie qu'il parte, je veux qu'il reste à mes côtés, qu'il me rassure et me protège. Je veux qu'il m'aime encore une nuit, une heure, même une seconde me suffirait. Je veux qu'il m'aime, le temps d'un baiser passionné, d'une infime caresse, d'un regard langoureux.

— Lizzie…

Sa voix s'étrangle tandis que je vois ses mains trembler. Je le coupe en hurlant :

— Pars !

Il plante ses yeux magnifiques dans les miens. Mon cœur explose dans ma poitrine. J'aime tellement son regard doux et amoureux. Celui qui dit, sans un mot : je suis amoureux de toi.

— On annule, murmure-t-il, on annule tout.

Mes yeux s'écarquillent lorsque je comprends qu'il parle du plan. Non, on ne peut pas. Pas si proche du but. On a besoin d'avancer et aucun de nous ne le pourra tant que Jasper Aspen sera en vie.

— Tu. Te. Casses, craché-je, avec un tel mépris que j'ai du mal à me reconnaître.

— Non… murmure-t-il comme une supplication.

S'il ne part pas maintenant, je vais fondre en larmes et tout le plan sera fichu. Je clos les paupières, et avec force, je le pousse. Lorsqu'il recule, je m'empresse de fermer la porte, le cœur au bord des lèvres. Je me laisse glisser contre le mur en soupirant. Je tente de retenir mes larmes en fermant les yeux.

J'ai l'impression d'être amputée d'un membre. Ou d'un organe. Le cœur en l'occurrence. C'est fou qu'une personne qui me voulait tant de mal il y a trois mois, me donne l'impression de voler aujourd'hui.

La vie est étrange en général. On passe notre existence à jongler d'un sentiment à l'autre, d'une émotion à la suivante sans jamais réellement s'attarder sur celle qui compte. On ne retient que les mauvais moments, ceux qui font mal, ceux qui blessent. On ne revient jamais sur ceux qui nous ont donné la force de continuer, d'aller toujours plus loin. On oublie facilement les rires lorsque les larmes deviennent trop présentes.

Alors que finalement, ce qui compte, ce sont les rires, les sourires et l'amour de ceux qu'on aime.

Je me relève. Kurt m'a avoué que mon appartement comportait des caméras, je ne dois pas craquer, ne sait-on jamais si Jasper est également connecté au réseau de surveillance. Bien que cela faciliterait la crédibilité de notre plan, ma fierté me pousse à ne montrer aucune faiblesse devant Jasper. Je tourne en rond, passe un coup de balai, attends encore et encore avant de rejoindre ma chambre.

Dans mon armoire, au fond, un tas de cartons sont entreposés, avec les affaires de mes parents et de Nick, celles que j'ai voulu garder. Je ressens le besoin de les regarder, les toucher, pour la première fois en quatorze ans.

J'attrape le premier carton où le prénom de mon frère est écrit au marqueur. Je souris doucement en l'ouvrant, assise à même le sol, j'observe son contenu. Il y a un palet de hockey, je m'en souviens assez clairement, c'est celui de son premier match en championnat universitaire, ils avaient gagné. Il y a également le tee-shirt de l'équipe et une photo de lui, gamin, montrant ses premiers patins à glace. Son sourire éclatant provoque deux émotions successives : d'abord, mon cœur se réchauffe, puis se resserre.

Au fond, un carnet, genre journal intime. Je ne l'ai jamais ouvert, prétextant qu'il s'agissait de son intimité. Aujourd'hui, ma curiosité dépasse le reste. Je m'en saisis et feuillette les premières pages, il y parle de tout et de rien. De ses conquêtes, de ses potes, des cours, des fêtes… Et puis, finalement, le choc.

« J'essaie de rester calme pour Eliza, elle n'a pas besoin de savoir ce que j'ai appris. Pourtant, j'aimerais exploser, hurler ma rage, ma rancœur.

Ce n'est pas mon père. Frédérick Lanson n'est pas mon géniteur. Il est vrai qu'on ne se ressemble pas du tout, mais… Eliza non plus ne lui ressemble pas.

Il me l'a balancé dans les dents, comme ça, sans crier gare. Il a vu mon bulletin et a simplement dit "si j'avais été ton père, tu aurais peut-être eu quelques neurones en plus." J'ai d'abord cru qu'il me rabaissait, encore, c'était devenu sa nouvelle passion : adorable avec ma sœur et ma mère, mais un vrai fils de pute avec moi. Mais il a ensuite ajouté "Chaque fois que je te regarde, je le vois un peu plus en toi, je n'arrive plus à faire semblant" et il est parti, comme ça, comme s'il ne venait pas de balancer une bombe.

Ma mère a confirmé ses dires. Elle a pleuré en m'avouant qu'elle avait trompé Frédérick après leur mariage. Elle lui a fait croire que j'étais son fils, manque de bol, je ressemble visiblement beaucoup trop à mon géniteur, le meilleur ami de Fred. Elle a fini par confesser sa tromperie à celui que je pensais être mon père alors que Lizzie venait de naître. J'avais huit ans.

Je les hais ! »

Les battements de mon cœur s'alourdissent alors que je digère - très mal - les aveux de mon frère. Je cherche dans ma mémoire l'année de mes six ans, en vain. Nick en avait quatorze, quinze maximum en fonction de quand il a écrit. Il me semble que c'est vers cette période qu'il a été de moins en moins présent à la maison, mais je n'en suis pas certaine.

Je poursuis ma lecture la boule au ventre, sautant plusieurs pages de haine profonde contre mes parents.

J'ai rencontré ce type, monsieur J. Ce n'est pas le genre de type que je qualifierais comme homme bon, mais il prend la peine de m'écouter et… il connaît mon père. Il a juré de me le présenter.

L'Organisation, une boîte pour laquelle bosse monsieur J, a accepté de m'engager, sans hésitation. J'ai confiance en lui, je sais qu'il me protégera et j'ai besoin d'argent pour me tirer de là. Vite. Avant que je n'explose. Je sens la colère monter en moi, jour après jour et je ne veux pas que ma sœur me voie comme ça. Elle est trop jeune, trop fragile, elle ne comprendrait pas. Elle ne sait pas qui sont réellement ses parents. Une salope et un menteur.

Je n'ai pas su la protéger. J'étais en mission de surveillance quand mon téléphone a sonné, qu'on a menacé de la tuer si je ne ramenais pas l'argent que j'avais volé. Sauf que je ne vole pas, jamais.

J'ai directement appelé J, qui lui-même a contacté un type de l'Organisation qui a tracé le message de ce fils de pute. J est venu avec moi, il n'a pas eu besoin de m'aider. Lorsque j'ai vu cet enfoiré tenir Eliza par la gorge, j'ai tiré. J m'avait appris à me servir d'une arme, mais je n'avais jamais eu l'occasion de m'en servir avant ça. Je n'avais jamais tué avant ça.

Lizzie est en vie, c'est le principal. J m'a dit que ça passerait avec le temps, il m'a dit quoi faire avec ma sœur, comment la manipuler pour qu'elle oublie, que ça ne la traumatise pas.

J'ai obéi, j'avoue que depuis, je suis un peu en pilote automatique. Je ne culpabilise pas, ça non, il allait tuer ma sœur et on ne touche pas à la famille, c'est une des règles de l'Organisation.

On ne touche pas à la famille de sang de nos frères.

Casper aurait dû le savoir au lieu d'essayer de m'arnaquer. D'après J, je n'aurai pas de problème avec Alexeï, il se chargeait de tout. Il le fera, je le sais.

J'ai porté Eliza jusqu'à la maison, les vieux étaient au boulot. J'ai attendu qu'elle se réveille, elle était inconsciente, je ne sais pas si c'était dû au manque d'air ou à la peur. J'ai aussi essuyé le sang de Casper qui avait giclé sur son visage. Ça, c'était mon job. J'étais habitué. J'étais seulement horrifié que ce soit sur ma sœur. Il y avait des morceaux de cervelle déposés sur ses joues. Bordel, elle n'a que huit ans !

Lorsqu'elle a repris connaissance une heure plus tard, elle a hurlé, si fort, comme si elle était encore là-bas. Je me suis précipité dans sa chambre et j'ai répété ce que J m'a dit de dire.

"Ce n'est qu'un rêve, Eliza. Tu es malade, tu as de la fièvre. Il faut que tu te reposes." Elle a insisté plus longtemps que je ne l'aurais imaginé, alors j'ai fait de même. Je lui ai rabâché encore et encore que ce n'était qu'un cauchemar. Elle ne m'a pas cru au début, mais à force de lui seriner tous les jours, elle a fini par y croire. Les parents ont aidé sans le vouloir, pensant impossible que leur petite fille chérie ait été kidnappée, ils ont aussi affirmé que ce n'était qu'un mauvais rêve.

Elle n'est pas naïve, mais à force de lui dire que ce n'était pas la réalité, elle a fini par céder. D'après J, elle finira par oublier, comme on oublie un rêve.

Je n'ai pas su la protéger une fois, mais je ne laisserai pas mon monde pervertir le sien.

Je referme le journal, haletante. Je ne suis pas folle. Malgré la situation, c'est la première phrase cohérente qui s'impose dans mes pensées. Ces flashs qui se sont débloqués lorsque Kurt m'a étranglée, ce n'est pas le fruit de mon imagination tordue. Ça a vraiment existé.

Deuxième pensée compréhensive : mon frère bossait pour le même mec que Kurt et Jake... Et Jasper. J. Comme lui.

J'ai envie de vomir. Je vais vomir.

C'est seulement lorsque je me sens étrangement, et surtout, subitement fatiguée que je constate que nous avons un problème plus gros encore. Il faut que je donne le mot d'alerte à Jake, je n'ai qu'à parler, dire un mot et pourtant, la fatigue est plus forte que moi.

Avant de fermer les yeux, je vois une paire de bottes noires et entends une voix que je ne connais que trop bien :

— Je te l'avais promis, Eliza. Repose-toi maintenant.

Je tombe dans un sommeil profond, sans avoir eu le temps de prévenir Jake et Kurt. Dans un sens, je suis rassurée, ils ne seront plus en danger maintenant...

Chapitre 24

WHERE ARE YOU ?

JAKE

Assis dans la camionnette en compagnie de mon frère, j'écoute attentivement à travers le casque, tous les bruits suspects dans l'appartement d'Eliza. Les micros avaient été placés chez elle il y a un peu plus de deux ans, lorsqu'on a commencé à la suivre. Kurt n'avait pas eu de mal à rentrer chez elle, tout comme il y a trois mois, quand il l'a enlevée. Les caméras ne fonctionnent plus depuis un mois et demi avant son enlèvement mais nous avons légèrement « oublié » d'en parler à Lizzie pour ne pas qu'elle panique. Au moins, il nous reste le son.

Les heures défilent sans que rien d'autre qu'un silence angoissant ne nous parvienne aux oreilles. Pas même les bruits de pas d'Eliza. Rien. Mes mains tremblent depuis que Kurt est redescendu tandis qu'un mauvais pressentiment me retourne l'estomac. Ce n'est pas normal, à moins qu'elle n'ait pas bougé depuis quatre heures, on devrait entendre ses pas, des trucs remuer, je ne sais pas, n'importe quoi ! Je l'ai entendue faire son ménage, je suppose, et puis, plus rien.

Mon cœur bat trop vite, trop fort, j'ai peur. Putain j'ai tellement peur. Je reviens sur ce que j'ai dit, Eliza est une psy médiocre. Tous les psys que j'ai rencontrés sont médiocres. Ils pensent tous que je suis incapable de ressentir quoi que ce soit, pourtant avec Lizzie, c'est différent. Avec Lizzie, je ressens tout. C'est à la fois déroutant et fascinant.

Et effrayant...

Sentir mon cœur battre dès qu'elle s'approche de moi, c'est de la magie noire à mes yeux. Aussi, je ne suis pas certain d'apprécier mon humanité, surtout si je ne peux pas la vivre à cent pour cent. C'est d'ailleurs pour cette raison que j'ai décidé de retourner en Ukraine, seul.

Parce que, j'ai besoin de prendre mes distances avec tout ça. Est-ce mal de vouloir plus que la moitié ? Avec Kurt dans les parages je n'aurai toujours que la moitié. Je ne peux m'empêcher de la vouloir tout entière, rien que pour moi.

Elle m'obsède voilà le fond du problème.

Je comprends que Kurt souhaite une relation exclusive avec Eliza. Qui voudrait partager une femme comme elle ? Il faudrait être dingue.

Jamais je n'entrerai en guerre avec mon frère, peu importe mon obsession. Eliza a fait son choix, autant je peux la violer, autant je ne peux pas l'obliger à être heureuse avec moi.

Je soupire, doucement, décollant un instant le

casque de mon oreille. Kurt, de son côté a les yeux rivés vers l'unique sortie de l'immeuble.

Je ne supporte pas d'être en planque, attendre quelque chose qui ne se produira peut-être jamais, ça me rend barge. Kurt est bien plus patient que moi, rester aux aguets totalement immobile ne lui pose aucun problème.

— Mec, ce n'est pas normal. Je n'ai même pas un bruit de pas. Pas une putain de mouche qui vole, rien.

Mon frère se tourne doucement vers moi. Il semble plus qu'inquiet, voire paniqué maintenant. Que Jasper ne se soit pas pointé, c'est une option, mais je devrais entendre au moins Lizzie. Là, je n'ai rien, un putain de silence radio.

— OK, on monte.

J'opine et nous quittons la camionnette. D'un pas pressé, nous grimpons les marches qui nous séparent d'Eliza. Même si le plan tombe à l'eau, même si notre vengeance ne viendra pas aujourd'hui, laisser Lizzie sans couverture revient à l'envoyer dans un champ de bataille avec une arme chargée à blanc.

Kurt toque doucement à la porte de Lizzie, mais il n'obtient aucune réponse. En tournant la poignée, nous sommes tous les deux surpris qu'elle s'ouvre. Soit Lizzie est folle, soit nous arrivons trop tard.

— Lizzie, hurle Kurt en entrant précipitamment dans l'appartement.

Mais elle ne répondra pas. Je le sais. Je le sens. Ce bâtard, je ne sais par quel tour de passe-passe, a réussi à nous entuber, à couper les micros et maintenant, Lizzie est entre ses mains.

Mon frère hurle à s'en décrocher les poumons et tape dans les portes à coups de poing, tandis que je tremble presque trop pour tenir debout. On a servi

Eliza à Jasper sur un plateau en argent. On n'a pas su la protéger et maintenant, elle est je ne sais où.

Je m'avance vers la table du salon où je découvre un mot. Je n'ai même pas besoin de le lire pour reconnaître l'écriture de mon père adoptif. Je me tourne vers Kurt et le lis à voix haute :

Je ne suis pas surpris de votre échec, j'ai toujours su que vous étiez *faibles*. Ne vous en faites pas, votre protégée est encore en vie. Elle n'a rien pu faire, elle s'est endormie, tout simplement. Je prendrai soin d'elle autant que j'ai pris soin de vous.

Je m'arrête un instant, incapable de continuer. Ce fils de pute va la torturer, la violer et enfin, si le cœur lui en dit, la tuer. Si on ne la retrouve pas, la seule chose que je lui souhaite, c'est qu'il se lasse rapidement et qu'il l'achève. Parce que la mort est douce, comparée aux atrocités que cet homme peut lui faire subir. Oh oui, que la mort est douce, face à lui.

Elle restera en vie, jusqu'à ce qu'elle craque et me dise où vous vous planquez. Contrairement à elle, vous n'êtes pas faciles à trouver, mais je le ferai grâce à elle. À votre avis, combien de temps tiendra-t-elle avant de me dire où vous vous terrez ? Je lui donne maximum quarante-huit heures, après les entraînements qu'elle a reçus. Vous aime-t-elle assez pour mourir ou tout n'était que mensonge et manipulation ? Sur ce, j'ai une *princesse* à occuper, bonne chance, mes fils.

Kurt hurle avant d'enfoncer de nouveau son poing

dans le mur. Elle peut être n'importe où à l'heure qu'il est. Ils ont même peut-être quitté l'État. Lizzie vit dans un appartement au premier étage, il a très bien pu sortir par la fenêtre pour s'enfuir, nous passant sous le nez sans qu'on ne s'aperçoive de rien.

— Elle est où, putain, Jake, où a-t-il emmené *ma* femme ?

Pour la première fois de ma vie, je vois mon frère pleurer. Pour la première fois de ma vie, je vois mon frère tomber et je sais que la seule personne capable de le rattraper, c'est celle qu'il aime plus que sa propre vie. Plus que moi.

Eliza.

Chapitre 25

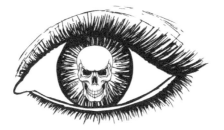

Stronger

ELIZA

Je ferme les yeux, incapable de supporter le regard de cet homme plus longtemps. Attachée en sous-vêtements sur cette table en métal froid, le genre de table qu'on trouve dans les morgues, je supplie intérieurement Jake et Kurt de ne pas chercher midi à quatorze heures.

Si je n'ai pas quitté l'immeuble par la grande porte, ce n'est pas un tour de magie. Tous les magiciens ont un secret, la magie n'existe pas. Il y a toujours une trappe, un double fond, un putain d'étage où personne ne vit !

Le quatrième étage, le dernier de mon bâtiment, n'est pas habité. Je n'ai pas mis longtemps à reconnaître l'agencement de l'appartement, exactement le même que le mien. La pièce est recouverte du sol au plafond de mousse insonorisante : crier ne me servirait à rien.

Je sais que les frères Aspen sont assez intelligents

pour comprendre que je n'ai jamais quitté l'immeuble. Avec un peu de chance, ils me retrouveront avant qu'il ne soit trop tard.

— Je suis ravi que tu sois enfin réveillée, Eliza.

Sa voix n'a pas changé. C'est toujours la même. Ce même timbre rauque qui, quatorze ans auparavant, m'a fait une promesse : celle de me tuer lorsque je m'y attendrai le moins. Pourtant, aujourd'hui, je m'y attends, je suis même physiquement prête. Mentalement, c'est une autre histoire.

Lorsque j'ai rencontré les frères Aspen, je n'avais qu'une idée en tête : que ma mort soit rapide. Aujourd'hui, je veux encaisser jusqu'au dernier coup, jusqu'à la dernière seconde, jusqu'au dernier souffle, simplement pour laisser le temps à Kurt et Jake de buter cet enfoiré.

— Nick serait très fier de toi, après tout, tu suis ses traces…

Je tente de ne rien laisser paraître. Ce que j'ai lu dans le journal de Nick me frappe de nouveau, et Jasper confirme mes soupçons concernant le mystérieux « monsieur J ». Ce fils de pute a endoctriné mon frère.

Je n'arrive même pas à lui en vouloir, à Nick je veux dire. Il était paumé, il se sentait trahi et Jasper lui a fait croire qu'il connaissait son père. Peut-être était-ce vrai, peut-être pas. Quoi qu'il en soit, Jasper a joué de la faiblesse de mon frangin pour en tirer profit. Il mériterait de mourir deux fois pour ça.

— Oh, tu ne sais donc pas ? Kurt ne t'a pas expliqué que ton cher frère était l'un de mes collègues ? L'un des nôtres ?

Je ricane.

« L'un des nôtres » s'est un peu exagéré, non ? J'ai du mal à imaginer Nick assassiner des innocents alors qu'il flippait d'écraser une araignée, prétextant qu'elle était comme une colocataire dans notre maison.

— Je vois que tu ne me crois pas…

Il sort son téléphone et semble chercher dans ses applications. D'un pas calme, il me rejoint et s'installe sur le tabouret à côté de la table, au niveau de mon visage. Il place son portable sous mes yeux et lance une vidéo.

La première personne que je reconnais, c'est Jasper Aspen, sans arme, les mains levées vers le ciel. Il est tenu en joue par un individu que je n'ai jamais vu. Il parle, espagnol, ou peut-être portugais, je ne saurais dire. L'homme tenant le flingue semble énervé, tandis que Jasper, lui, respire l'assurance et la sérénité. Un coup de feu est tiré avant que Jasper n'explose de rire, et qu'un autre homme entre dans le champ de vision de la caméra.

J'étouffe un cri en découvrant mon frère faire une accolade à Aspen. Je n'ai aucun doute sur son identité : c'est lui, j'en suis certaine. Mon grand frère, celui que je voyais comme un héros, vient d'exécuter un homme de sang-froid, avant de rire. *De. Rire.* Je savais à quoi m'en tenir après avoir lu son journal, après tout, il affirmait avoir tué un mec. Mais c'était pour me protéger, moi, sa sœur, pas un enfoiré comme Jasper qui, plusieurs années plus tard, mettrait fin à ses jours.

— J'ai cru que tu n'arriverais jamais à temps, ricane le Jasper de la vidéo.

— Comme si j'allais te lâcher.

Jasper arrête la vidéo tandis que je tourne la tête, fixant le plafond. C'était ça, la pièce manquante du puzzle. Mon frère n'était pas un chic type, mais puis-je lui jeter la pierre ? Je suis son chemin, abattant des êtres humains comme si je distribuais le courrier.

Néanmoins, hormis deux tueurs en série largement capables de se défendre sans moi, je n'ai personne à perdre. Nick nous a mis en danger, volontairement. Il connaissait les risques, ou alors, il était encore plus bête que je ne le pensais. Tuer, c'est se faire des ennemis et la meilleure vengeance, ce n'est pas de massacrer celui qui trahit, mais sa famille tout entière.

— Très bien, mon frère a flingué cet homme, et vous ? Vous avez buté votre collègue, qui vous avait sauvé d'une mort certaine !

— Un client pas très content des services et des menaces de ton frère le voulait, lui et toute sa famille morts. J'honore toujours mes contrats, jeune fille.

— Foutaises, je suis toujours en vie.

Il ricane avant de glisser ses doigts sur ma cicatrice. Son toucher me donne la gerbe, je penche vivement la tête de l'autre côté.

— Tu as raison. Mais pour combien de temps ? Cela ne dépend que de toi. Où sont mes fils ? reprend-il plus fermement.

Je ferme les yeux, repensant à ce que Jake m'a dit un jour. Il m'avait conseillé de faire abstraction de ce qui m'entourait si un jour, je venais à me faire kidnapper. Oublier les voix, le lieu, les odeurs, me raccrocher à quelque chose qui compte vraiment. Il m'avait expliqué que la douleur était avant tout mentale. Si je parviens à faire croire à mon cerveau que je ne suis pas réellement ici, ma douleur sera moindre.

Je ne suis pas naïve, je sais qu'en me murant dans le silence, je risque de réveiller le monstre encore endormi. Mais même si je savais où se trouvent Jake et Kurt à l'instant T, plutôt crever que de lui avouer.

De toute façon, il est prévu qu'ils ne restent jamais au même endroit en cas de souci. Je connais les lieux dans lesquels ils peuvent potentiellement se planquer, mais je ne sais pas à quels points ils se sont déjà rendus. En bref, je n'ai aucune idée de leur emplacement.

Ses tortures seront, dans tous les cas, vaines. Jasper attrape violemment mes cheveux et me tire en arrière. Je serre les dents, je ne lui donnerai pas la satisfaction de crier. Hors de question que je flanche face à cet homme.

— Où sont-ils ? hurle-t-il.

— Sûrement à ma recherche, craché-je. Tu sais, tes fils sont d'une loyauté sans faille envers la femme qu'ils aiment.

Il rit avant de relâcher mes cheveux. Je sais, oui je sais qu'ils feront tout leur possible pour me retrouver et si ce n'est pas le cas et qu'ils n'y parviennent pas, je ne leur en tiendrai pas rigueur. Il y a bien longtemps que j'ai décidé d'agir comme leur complice et non leur otage. *Mes choix, mes problèmes.*

Je payerai le prix, mais ça m'importe peu. Je suis plus forte que Jasper ne le pense. Je serre la mâchoire lorsque son poing s'écrase avec vigueur dans mes côtes. On est loin des coups de Jake. Ceux de son père sont bien plus puissants, me faire mal est son seul et unique objectif et je sais qu'il ne reculera devant rien pour me faire craquer.

C'est avant tout une question de fierté. Une gamine de quatorze ans n'a pas flanché devant lui. Il ne parvient pas à s'en remettre, le pauvre. En plus d'être du sexe qu'il prend tant de plaisir à dénigrer, je n'étais qu'une ado. Une gamine qui n'a pas baissé les yeux et aujourd'hui encore, je ne craquerai pas face à cet enfoiré.

— C'est déjà lâche de frapper une femme, alors lorsqu'elle est attachée, c'est pire, non ? Tu ne trouves pas ?

Son poing heurte de nouveau mes côtes. Les yeux fermés, je repense au baiser d'au revoir que Kurt m'a offert dans la voiture cet après-midi, ou peut-être hier, qu'importe. Il m'a embrassée avec tellement de hargne en m'avouant encore et encore à quel point il m'aimait. Qu'il serait prêt à tout pour moi. Et je l'ai cru, je le crois toujours d'ailleurs.

J'ai une confiance aveugle en mes anciens geôliers. Ils déplaceront des montagnes pour me retrouver, j'en suis persuadée. Je suis tellement éprise de cet homme qu'un monde sans lui me paraît inimaginable. Un monde sans Jake également. Ils ont pris mon cœur avant de le diviser en deux parties égales, mais distinctes. L'un des morceaux aime Kurt sans demi-mesure. Il l'aime à mourir, à tuer, il l'aime comme ce n'est pas permis. Il l'aime si fort que c'en est presque douloureux. L'autre, aime Jake, comme on aime un frère. Il l'aime avec force et tendresse. Loin de la passion que je ressens pour Kurt, Jake éveille en moi des sentiments plus doux, mais très puissants.

— Où sont-ils ?

— Va. Te. Faire. Foutre !

Je sens un métal froid se déposer sur mon ventre. Je serre plus férocement la mâchoire, comprenant qu'il s'agit d'un couteau. La lame glisse sur la peau fine de mon ventre, laissant une brûlure sur son passage. Je sens un liquide chaud envahir rapidement mon abdomen. Il ne m'a pas coupée très profondément, mais assez pour provoquer un saignement important.

Je grimace, mais ne descelle pas mes lèvres. Je ferme plus fortement mes paupières, pensant aux caresses de Kurt. Ses doigts serpentant dans mes cheveux pour me calmer lorsque mes nuits sont hantées par la mort, le sang et la crainte. Sa main, reposant sur mon cœur, pour le sentir battre. Un soir, il m'a dit que c'était le plus beau son du monde. Je ne lui ai jamais répondu, et aujourd'hui, je le regrette.

Autant que je regrette ne pas être parvenue à prononcer les mots qu'il attendait tant. Il sait que je suis amoureuse de lui. Terriblement. Mais je n'ai jamais réussi à lui avouer directement. J'avais peur que si je venais à lui dire, je ne sois plus capable de l'abandonner, même pour quelques heures. Pourtant il fallait mener à bien cette mission.

Si je meurs aujourd'hui, ce sera mon seul regret. Ne pas avoir réussi à dire à l'homme de ma vie que je suis éperdument amoureuse de lui. Que dans le chaos, il a su donner un sens à mon existence. J'ai besoin qu'il sache que je l'aime, d'un amour destructeur tant il est fort. J'ai besoin de lui dire.

Je m'accroche à cette idée. Celle de survivre pour dire à Kurt que je l'aime, et ce, en le regardant droit dans les yeux. Lorsque le couteau glisse cette fois sur mes cuisses, je ne lâche pas ce besoin d'avouer mes sentiments. Je m'y accroche comme à une bouée de sauvetage.

La douleur est quasiment insupportable. Je crois mourir dès que la lame touche mon corps pour l'abîmer davantage. Étrangement, je me demande si Kurt m'aimera encore, malgré mes cicatrices supplémentaires. Me trouvera-t-il aussi belle, aussi désirable ?

— Où sont-ils ? répète-t-il.

— Va te faire enculer ! crié-je hors de moi.

Ma voix est pleine de haine. Ce bâtard me rend immonde. Je ne me suis jamais arrêtée au physique, je sais que je ne suis pas laide, mais est-ce que Kurt pensera encore la même chose ? Et si je traversais l'enfer, ne pensant qu'à le rejoindre, pour qu'il m'abandonne en voyant les atrocités que son père a réalisées sur moi ?

J'entends que Jasper dépose le couteau avant qu'un torchon ne termine sa course sur mon visage. Je tourne la tête à droite, puis à gauche, puis sens de l'eau tomber abondamment sur ma tête. On me bouche le nez également, m'obligeant à ouvrir la bouche si je veux respirer. Au bruit, je dirais qu'il s'agit d'un tuyau d'arrosage.

Rapidement, je n'ai plus d'air. Ma bouche est remplie de flotte et plus j'en recrache, plus il y en a. J'ai le réflexe de tousser, mais ça ne fait qu'aggraver les choses. J'ai l'impression que mes poumons se remplissent d'eau, ça me brûle. Si l'enfer existe, c'est ici.

La torture s'arrête, me laissant enfin respirer. Je recrache beaucoup et je comprends que je ne suis pas passée loin de la noyade.

— Où sont mes fils, Eliza ?
— Je ne te dirai rien.
— Dommage.

Il rallume l'eau. Je m'empresse de gonfler mes poumons d'air avant qu'il ne vienne boucher mon nez de nouveau et balancer la flotte sur mon visage. Je ne lutte pas, au contraire, je me détends au maximum, espérant tenir en apnée plus longtemps ainsi. Je l'entends rire avant que son poing ne s'écrase sur mon ventre douloureux.

J'ouvre la bouche, lâchant un cri qui ne sort finalement pas. Mais le liquide, lui, rentre, en abondance. Si bien que je me noie rapidement, bien plus vite que la première fois. J'agite la tête, de gauche à droite, de bas en haut. Contre toute attente, Jasper arrête avant d'enlever le torchon de mon visage.

Je sens son souffle chaud s'écraser près de mon oreille, avant qu'il ne murmure :

— Tu ne me diras rien, pas vrai ?

Je secoue vivement la tête avant d'expectorer avec mépris :

— Plutôt crever.

— Très bien, raille-t-il, dans ce cas-là faisons-les venir. Prête pour ta petite interview ?

Je lui crache à la gueule. Il rit en s'éloignant tandis que je tire vivement sur mes liens. Y a-t-il un sentiment plus fort que la haine ? Parce qu'à cet instant, je souhaite que l'autopsie de cet homme soit un putain de puzzle !

Le couteau glisse une nouvelle fois sur mon corps, sans laisser de marque, seulement un rappel de sa présence. Je me crispe lorsque la lame s'arrête à l'ourlet de ma culotte. Je ne bouge plus, paralysée. Je pourrais encaisser beaucoup, mais un viol ? Jamais.

Je ferme plus fermement les yeux, contrôlant les larmes qui menacent de couler lorsqu'il coupe doucement la fin tissu qui couvrait mon intimité.

— Dis bonjour à mes enfants, chérie. Ils te voient.

J'ouvre légèrement les paupières. Le téléphone de Jasper repose sur un trépied face à moi. Je referme les yeux et serre les poings.

— Je te tuerai, espèce d'enfoiré, hurlé-je, tu m'entends ? Je te tuerai.

Il rit, tellement fort qu'il brise mes tympans. Un rire cynique et terrifiant.

— Où sont mes fils, Eliza ? C'est la dernière fois que je te le demande.

Je sens le métal d'une arme à feu se balader sur mes cuisses, je me crispe de la tête aux pieds. Je ne craquerai pas.

— Tu sors de l'immeuble, tu tournes à gauche sur

le boulevard «dans ton» et puis tu prends à droite sur l'avenue «cul». Et entre-temps, prends-toi une balle, enfoiré.

— Très classe, murmure-t-il.

L'arme remonte rapidement le long de mes cuisses avant de terminer sa course sur mon intimité. Un cri déchirant franchit pour la première fois mes lèvres lorsque le canon me pénètre. Je hurle de douleur en me débattant avec toute la force qu'il me reste tandis qu'il rit, sans pitié, heureux de m'arracher mes premiers cris. Il pousse plus fort, plus vite, jusqu'à me faire saigner. J'ai l'impression qu'il me déchire de l'intérieur tant la douleur est vive. Ma tête tourne, j'ai la sensation que je vis mes derniers instants sur une table en inox, les jambes écartées en train de me faire violer par un revolver qu'un sadique n'a de cesse de remuer en moi.

Mon dernier réflexe avant de perdre connaissance, c'est d'indiquer un quatre avec mes doigts espérant que Kurt ou Jake feront le lien.

Une chose est certaine, je ne tiendrai plus très longtemps.

Chapitre 26

SURVIVAL

KURT

Crispés jusqu'au bout des doigts, nous lançons la vidéo que mon père vient de nous envoyer. Avant même que cette dernière ne commence, je sais qu'aucune image ne me plaira.

Cela fait environ vingt-trois heures que Lizzie est avec lui et cela, si on imagine qu'il soit parti dix minutes avant notre arrivée, ce qui m'étonnerait fortement.

Dès le début de la vidéo, l'envie de vomir me monte à la gorge. Lizzie est attachée, sans défense, sur une table en métal, le corps recouvert de sang. Je ne sais pas ce que cet enfoiré a fait à son ventre, mais il est baigné de sang… son sang ? Ses cheveux sont trempés, ce qui me laisse imaginer que ce bâtard l'a noyée, certainement la technique de la serviette. Je ne vois pas ses yeux, mais je suppose qu'elle doit être effrayée.

Cet enfoiré a déchiré sa culotte à l'aide d'un énorme couteau de cuisine. Une part de moi espère qu'il est trop vieux pour bander. Qu'il n'a pas franchi cette limite une nouvelle fois. Qu'il ne l'a pas souillée, je deviendrais fou de rage.

— Dis bonjour à mes enfants, chérie. Ils te voient.

Je la vois ouvrir difficilement les paupières, avant de jeter un coup d'œil au téléphone. Elle referme immédiatement les yeux et serre les poings.

— Je te tuerai, enfoiré, hurle-t-elle, tu m'entends ? Je te tuerai.

Je n'ai jamais entendu autant de haine dans une voix, jamais. J'entends, à travers son cri de rage, ses forces l'abandonner. Elle perd trop de sang, putain. Beaucoup trop.

Jasper rit, d'un rire gras et dégueulasse, tandis qu'Eliza tremble doucement. Je vois la mâchoire de la femme de ma vie se contracter. Elle craque…

Putain, bien sûr qu'elle craque ! Depuis combien de temps la retient-il ? Quel genre de sévices a-t-elle subis ?

— Où sont mes fils, Eliza ? C'est la dernière fois que je te le demande.

Jasper balade son révolver sur les cuisses de Lizzie qui se crispe de la tête aux pieds. Même à distance, je peux voir tout son corps se tendre comme un arc prêt à lâcher sa flèche. Elle ne tremble plus, non, elle est bien trop concentrée à ne pas craquer.

Intérieurement, je prie pour qu'elle cède, qu'elle balance tous les lieux où on devait aller. Bien sûr, nous n'y sommes pas. Non pas parce que nous n'avons pas confiance en Lizzie, simplement parce que son appartement reste l'endroit le plus pratique.

— Tu sors de l'immeuble, souffle-t-elle la voix éteinte. Tu prends à gauche sur le boulevard « dans ton » et puis tu prends à droite sur l'avenue « cul ». Et entre-temps, prends-toi une balle, enfoiré.

Putain, mais à quoi elle joue ? Il faut qu'elle lui dise. Elle doit craquer, pour sa survie.

— Très classe, murmure mon père.

Sans la moindre hésitation, la main tenant l'arme remonte jusqu'à l'entrejambe de Lizzie. Lorsqu'il la pénètre, un cri déchirant franchit ses fines lèvres. Jasper rit, heureux de la voir enfin céder. Je serre les dents quand je vois mon paternel la labourer avec son revolver, Lizzie crie encore plus fort, encore plus longtemps, et c'est encore plus insupportable. Mon cœur cesse de battre à la première goutte de sang.

Non. Pas ça.

Jake met sur pause la vidéo. Incapable d'observer la femme que j'aime mourir à petit feu, je tente de me lever, mais Jake m'arrête.

— Regarde sa main, souffle-t-il.

Je porte mon attention sur les doigts de Lizzie qui forment un quatre. C'est un geste volontaire puisque tout à l'heure, ses poings étaient fermés et que celui de la main gauche l'est encore.

J'étudie mon frère, les yeux pleins d'espoir. Quatre oui, mais quatre quoi ? Lizzie nous envoie un message, malgré la douleur, malgré sa perte de connaissance imminente, elle est parvenue à nous transmettre un message et ça, sans que mon père ne s'en aperçoive. Il faut qu'on découvre ce qui se cache derrière ce quatre. On n'a pas le choix, sans quoi Eliza perdra la vie.

Jake remet la vidéo depuis le début, je me concentre cherchant le moindre petit indice. Lorsque l'évidence me frappe.

« Tu sors de l'immeuble. »

Dans son bâtiment, il y a quatre étages.

Chapitre 27

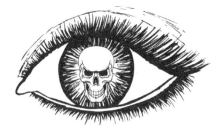

DYING FOR LOVE

ELIZA

Lorsque je reprends connaissance, Jasper n'est plus seul. Un homme aussi vieux que l'autre enfoiré me fixe, un fin sourire aux lèvres. Je me sens sale, brisée, au bout du rouleau. Cette fois, Jasper a gagné. Même si Jake et Kurt parviennent à me sortir de là, je sais que plus rien ne sera jamais pareil.

Je me sens différente, comme un parasite dans mon propre corps, tellement perdue que maintenant, ce sont mes démons qui appellent à l'aide. Je tombe, encore et encore, dans un fossé sans fond. Je sens mon cœur noircir à chaque seconde passée dans cette pièce. La dernière lueur de bonté qui y luttait, s'enfuit. Elle sait que je n'ai plus besoin d'elle. Elle sait qu'elle me fait plus de mal qu'autre chose.

Comme une seconde personnalité, ma rage m'enfonce dans le néant. Elle prend doucement le contrôle de mon être. J'ai l'impression de ne plus être moi-même, contrôlée par une sombre haine. Je brûle d'impatience de le tuer, de mes propres mains. Qu'il ne reste plus rien de lui, que le médecin légiste en gerbe.

Et je sombre. Je sombre tandis qu'un sourire sadique étire mes lèvres. Je sombre dans l'abîme des êtres qui abandonnent leur humanité pour survivre. Parce qu'il faut survivre. Il est hors de question que cet enfoiré me tue. Et si pour ça, je dois moi-même me tirer une balle, je le ferai. En dernière option bien sûr.

— Sais-tu qui je suis, Eliza ? demande l'homme en costume.

— Non.

Ma voix n'est qu'un murmure, pourtant elle laisse transparaître toute ma colère, ma rage de vaincre.

— Alexeï Ivanov.

Je ris doucement. Pauvre homme, sait-il que son fils est mort par la faute de Jasper ? Après tout, c'est à cause de Jasper si Anton a perdu son intégrité. Kurt n'a fait que finir le travail, comme lorsqu'on euthanasie un chien percuté par une voiture, ce n'est pas vraiment le véto qui tue le clébard, c'est le conducteur qui a signé son arrêt de mort. Jasper était au volant, Kurt le véto qui a abrégé les souffrances de ce pauvre Anton.

— Tu sais, reprend-il, la maison où vous vous planquiez avec les frères Aspen était surveillée, donc je sais que mon fils n'en est jamais sorti. Qui a tué mon fils ?

Je souris. Il n'est pas bête, moins que Jasper en tout cas. Je devrais avoir de la peine pour cet homme, après tout il semble tenir à Anton, assez pour chercher le responsable de sa mort du moins.

Mais non. Rien. Nada. Connaître sa peine ne me fait ni chaud ni froid. Anton était un traitre et sa mort fut rapide. Il ne méritait pas moins que ce qu'il a subi. C'est triste à dire, mais Anton méritait de mourir. On ne trahit pas ses amis, hormis si on est prêt à en payer les conséquences, et, dans son monde, les conséquences en question, c'est la mort. Douce et rapide ou douloureuse et longue. Kurt a été gentil avec lui, loyal jusqu'au bout.

— Jasper, murmuré-je.

Diviser pour mieux régner. Dans les films, ça marche toujours, alors espérons que dans la vie de tous les jours, ça fonctionne également.

Alexeï me fixe, interrogatif tandis que Jasper s'agite. Un sourire en coin étire mes lèvres lorsque le chef de l'Organisation sort son arme et la braque sur Jasper. Cette fois, cet abruti ne gigote plus. Planté comme un piquet, les bras le long du corps, je ne suis pas certaine qu'il ose encore respirer.

— Tu sais que tu ne sortiras pas d'ici vivante, gamine, autant me dire la vérité. Je sais que Jasper était ici lorsque mon fils est mort.

J'acquiesce lentement faisant mine d'être effrayée. En vérité, je ne fais que gagner du temps. Du temps, c'est tout ce dont j'ai besoin.

— Il me faut de l'eau si tu veux que je t'explique comment Jasper a envoyé ton fils à l'abattoir.

— Tu penses être en position de négocier ?

Je secoue doucement la tête avant d'affirmer que ma gorge est trop sèche. Il finit par céder et s'approche avec une bouteille d'eau, l'arme toujours braquée vers Jasper. Il m'aide à boire avec une étrange douceur. Je l'ignore et vide la moitié de la bouteille. J'ai l'impression de ne pas avoir bu depuis plusieurs jours.

Depuis combien de temps suis-je ici, d'ailleurs ? Des jours, des semaines ? Je n'en ai pas la moindre idée, j'ai perdu la notion du temps.

Je le remercie, en russe, histoire de l'avoir un peu plus dans ma poche. Je ne sais pas de quoi Alexeï Ivanov est capable, mais une chose est sûre, Jasper a peur de lui. Au vu du palmarès de Jasper, je doute qu'il ait peur de beaucoup de personnes. Il n'a même pas dégainé son arme.

— Jasper a menacé Anton de s'en prendre à Kurt s'il ne me livrait pas. Bien sûr, toi comme moi, on sait qu'il l'aurait fait dans tous les cas, la preuve : regarde dans quel état je me trouve.

Je jette un coup d'œil à mon corps. Pendant que j'étais inconsciente, l'un d'eux a pris le temps de nettoyer mes plaies et de me passer un caleçon d'homme, imbibé de sang. Je ne suis pas bête, je sais qu'ils ont agi ainsi pour que je tienne le coup le temps de leur livrer toutes les informations dont ils ont besoin. Soigner pour mieux détruire, c'est malin. Mais inutile. Ils n'obtiendront rien de moi, je pensais que Jasper l'avait compris…

— Il lui a promis de ne pas s'en prendre à Kurt s'il me livrait. Jasper n'avait pas prévu que je compte bien plus pour ses fils qu'il ne l'avait imaginé. Lorsque l'attaque a commencé et qu'Anton a saisi que personne n'en sortirait vivant, il a encore changé de camp. Jasper avait donné l'ordre de tous nous tuer. Sans exception, même Anton.

En voyant la crispation de la mâchoire de Jasper, je comprends que j'ai visé juste. Si je n'en étais pas certaine jusqu'ici, maintenant, c'est sûr, les gars qui nous ont attaqués avaient pour ordre de tous les liquider, sauf moi.

Moi, il voulait me voir mourir. Il voulait regarder la lueur de la vie abandonner mes yeux. Il voulait lui-même rattraper l'erreur qu'il a commise quatorze ans auparavant en me laissant vivre. Grossière erreur : il s'est condamné. Jasper est son propre bourreau. C'est assez ironique lorsqu'on sait qu'il a été le bourreau de tant de personnes avant, en commençant par ses fils.

Une chose est certaine, je ne ressortirai peut-être pas d'ici entière, mais Jasper non plus. La haine qui brûle dans le regard d'Alexeï est presque palpable.

— Mais on s'en est tous sortis, sans la moindre égratignure. Toutefois Kurt est un mec intelligent, tu sais ? Il ne lui a pas fallu bien longtemps pour comprendre qui nous avait vendus. Alors il a tiré dans la jambe d'Anton avant de le ligoter.

La mâchoire d'Ivanov se crispe tandis qu'un fin sourire étire mes lèvres. Kurt n'a pas hésité une seule seconde avant de tirer sur Anton. C'était inattendu. Sur le coup, je n'ai pas saisi. Comment un homme qui prétend être ami avec un autre peut le trahir ainsi ?

Néanmoins, je n'ai pas eu besoin d'entendre les aveux d'Anton pour savoir qu'il avait fait tout ça pour Kurt. À vrai dire, même un aveugle l'aurait compris. Aussi étrange que cela puisse paraître, malgré le monde dans lequel ils ont grandi, Kurt et Anton sont parvenus à construire une amitié sans faille. Hormis peut-être les sentiments d'Anton. Ce sont ses sentiments qui ont causé sa perte. En tant qu'ami, il aurait réagi autrement, il en aurait parlé à Kurt et ils auraient trouvé une solution, quitte à déclencher l'attaque volontairement afin de faire comprendre à Jasper que l'intégrité d'Anton était plus forte que ses menaces. Mais c'est sa jalousie qui a parlé. En me livrant à Jasper, Anton s'assurait de ne plus avoir personne en travers de son chemin, il ne restait que lui et Kurt, face au reste du monde. Tant que j'étais dans l'équation, je posais problème.

—Il n'a pas fallu attendre longtemps pour qu'Anton

avoue tout à Kurt. Quelques secondes à se regarder dans le blanc des yeux et bim… Tout est sorti. Un vrai moulin à paroles. Lorsqu'il a eu fini, Kurt a braqué son arme entre les yeux d'Anton.

Je marque un temps de pause avant de balancer mon coup de bluff. Il faut que je m'assure de la sécurité des frères Aspen, qu'importe le prix, qu'importent les conséquences. Mes chances de m'en sortir vivante sont passées à moins trente-mille pour cent depuis qu'Alexeï est entré dans la pièce. Si j'avais encore une chance en la seule présence de Jasper, cette dernière s'est fait la malle lorsqu'elle a croisé le regard noir d'Ivanov. Ce type est flippant, je comprends pourquoi il est le chef de l'Organisation, c'est logique dans un sens : un mec flippant pour diriger un réseau de mecs flippants.

Pour contrôler les démons, il faut le diable, non ?

— Il tremblait trop. Beaucoup trop. Jake lui a même conseillé de baisser son arme. Moi pas. Moi j'ai agi. Ton fils m'a trahie, j'ai pris le flingue dans la main de Kurt, et je l'ai tué, d'une balle entre les deux yeux. Le sang par le sang, non ?

Je ris doucement, je sais que je viens de signer mon arrêt de mort, mais qu'importe. Avec mes faux aveux, Kurt et Jake pourront reprendre leur travail en sécurité. Aucun d'eux n'est responsable de la mort d'Anton aux yeux d'Alexeï. Les seuls coupables se trouvent dans cette pièce et il aura tout le loisir de nous torturer, aussi longtemps qu'il le souhaite.

Jasper rit à gorge déployée, tandis que je m'efforce de ne pas détourner les yeux de ceux brillants de haine d'Ivanov. Je sais qu'il cherche à distinguer la vérité dans mes iris alors je m'oblige à y croire. Je me répète sans cesse que c'est moi qui ai tué Anton, espérant que mon flegme se fasse plus convaincant.

Je sais, au plus profond de mon âme, que je joue à un jeu dangereux. Ma mort ne sera que plus douloureuse maintenant que j'ai officiellement choisi Kurt. Étrangement, je le vis bien. Ne dit-on pas que mourir à la place d'un être cher est la plus belle des morts ?

— Tu sais très bien qu'elle ment, Alexeï, crache Jasper. Elle est prête à tout pour protéger Kurt.

— Qui refuserait une mort rapide ? demandé-je. Ce mec est prêt à tout pour voir Kurt tomber. Moi, je veux juste que tout ça prenne fin.

Alexeï plisse les yeux. Semblant sonder mon âme, j'espère être assez convaincante. Il en va de la survie de Kurt. Je redresse dignement le menton, prête à assumer un acte que je n'ai pas commis pour les beaux yeux de l'homme que j'aime.

Quand suis-je devenue si folle ? Être prête à mourir pour quelqu'un est une chose, mais pour l'homme qui m'a kidnappée, c'en est une autre. Pourtant, je ne regrette pas. Je soutiens avec hargne le regard d'Ivanov, quitte à périr par amour.

— Elle dit la vérité, finit par lâcher Alexeï. Ou alors elle l'aime tellement que sa vie ne lui importe plus.

— Tu sais très bien que Kurt n'aurait pas pu tuer Anton, pas après tout ce qu'il a fait pour lui, soufflé-je. C'était bien plus que son pote.

Alexeï penche légèrement la tête sur le côté. Il réfléchit à mes paroles. Dans un sens, je n'ai pas tort. Kurt n'a pas assassiné le Anton qu'il connaissait. Il a tué un traître qui se planquait dans le corps de son ami. La nuance est faible, mais elle est pourtant bien présente.

— L'amitié dans notre monde n'a pas sa place,

rétorque Jasper.

— Et c'est pour cette raison que Kurt n'a pas abattu Anton. Parce que malgré votre monde, ils sont parvenus à préserver leur amitié du mal. Leur amitié t'a battu à plate couture, Jasper, et tu ne l'acceptes pas.

— Et tu aurais tué le pote de l'homme que tu aimes ? m'interroge Alexeï.

Je plante mon regard dans le sien, un sourire étirant progressivement mes lèvres. Je m'apprête à balancer ma dernière carte, il faut que tout soit parfait.

— J'aurais tué Jake s'il avait représenté un danger pour moi. J'aurais tué Kurt s'il avait, lui aussi, représenté un danger pour moi. Mais, faut croire que même les monstres tombent amoureux parfois. Je ne sais pas où ils se planquent, sinon, crois-moi, tu y serais déjà. L'amour, c'est de la connerie. Qui pourrait aimer le fils du diable ?

Je lâche un rire franc. Mon cœur hurle au mensonge, mais je le fais taire. Si je veux vivre, ma seule option est de faire taire mon palpitant. Si je veux que Kurt et Jake sortent de cette merde en un seul morceau, je dois être la femme la plus froide, la plus cruelle du monde. L'amour ne doit pas avoir sa place dans ce discours.

— Tes fils sont faibles, tellement faibles. Il m'a fallu trois mois pour les rendre dingues de moi. Anton l'avait compris, il fallait qu'il meure. Il était celui capable de faire tomber tout mon plan à l'eau.

Je me dégoûte en prononçant ces mots, mais je sais qu'il le faut. Pour eux, pour moi, pour nous. Le dégoût que je ressens pour moi-même donne une touche de sincérité à mon discours. Même moi, je pourrais croire à mon mensonge.

— L'amour est une faiblesse, je pensais que tu me connaissais mieux que ça, Jasper. Me croire capable d'aimer, c'est de la folie.

Toute cette haine dans ma voix appuie mes propos. Pourtant, elle n'est pas dirigée vers Jake, encore moins vers Kurt, non, c'est celle que j'éprouve envers Jasper Aspen. Le père de l'homme que j'aime plus que de raison.

— Fourbe est la vengeance d'une femme, ricane Alexeï.

— Tu n'as pas idée.

Parce que si je sors d'ici vivante, ils comprendront tous les deux ce qu'est la réelle vengeance d'Eliza Lanson. Ils comprendront lorsque je leur arracherai la vie en les regardant droit dans les yeux, le sourire aux lèvres et le cœur léger. À ce moment-là, ils verront que la mort peut être la plus douce des sentences.

Parce que je suis Eliza Lanson et qu'une haine profonde brûle en moi. Parce que le monstre jusque-là endormi, attend patiemment que les chaînes qui le maintiennent attaché sur cette table soient brisées.

Parce que je suis un monstre assoiffé de vengeance.
Parce que la pitié n'a plus sa place.

Chapitre 28

CONSEQUENCE

KURT

Je monte les marches trois par trois, Jake sur mes talons. Si j'ai vu juste, Eliza n'a jamais quitté l'immeuble et depuis vingt-cinq heures, elle est retenue juste au-dessus de nos têtes par mon père, déterminé à la briser avant de l'achever. Au dernier étage de l'immeuble, il n'y a qu'un appartement, je me crispe en découvrant qu'il n'est pas gardé.

Mon père est bien trop prévoyant pour ne pas placer des hommes armés devant la porte. À moins qu'il soit certain qu'on ne vienne pas fouiner. Il est vrai que planquer Eliza dans son immeuble était une idée frôlant le génie. Les choses sous notre nez sont souvent les moins faciles à trouver, comme lorsqu'on est au téléphone et qu'on cherche notre portable.

Flingue chargé, Jake tourne doucement la poignée qui s'ouvre sans résistance. S'il est vraiment ici, ne pas fermer la porte est une grossière erreur, ça nous permet d'entrer dans l'appartement en toute discrétion. Les murs sont tous isolés, camouflant les bruits d'une pièce à une autre.

Nous avançons sur la pointe des pieds pour ne pas nous faire remarquer, armes devant nous. Nous ne prenons pas la peine d'ouvrir les deux portes dans le couloir. Cet appartement est agencé de la même manière que celui de Lizzie. Donc, après une rapide analyse, ce sont un placard et des toilettes. Trop petit pour torturer quelqu'un.

Je jette un regard entendu à mon frère, puis ouvre celle qui nous mènera au salon. Deux hommes se retournent comme un seul : Jasper et Alexeï. Ce dernier rit en nous découvrant, avant de planter son glock sur la tempe de Lizzie. Elle ne cille pas, ne pleure pas, ne crie pas. Au contraire, elle rejoint le rire d'Alexeï.

— Maintenant que nos invités d'honneur sont présents, j'aimerais que tu me confirmes, ma douce Eliza, que c'est bien toi qui as tué mon fils.

Je me crispe de la tête aux pieds. Elle n'est pas assez dingue pour prendre la responsabilité du meurtre d'Anton sur le dos, ce n'est pas possible.

Tandis que je vise Alexeï, Jake tient en joue Jasper qui n'a pas eu le temps de sortir son arme.

— Il faut que je te le dise en quelle langue ? crache Eliza d'une voix mesquine. J'ai regardé ton fils droit dans les yeux avant d'appuyer sur la détente. Tu veux plus de détails pour me croire ?

Elle ne me regarde pas, elle fixe le plafond, semblant épuisée. Je m'apprête à la contredire, lorsque je vois son index bouger, elle me fait signe de ne rien dire. Je ne sais pas à quoi elle joue, mais elle semble en confiance, alors je la laisse faire, prêt à tirer si un seul des cheveux de ce bâtard bouge.

— Me confirmes-tu également ne jamais avoir aimé Kurt ni Jake, que tout n'était que manipulation pour t'en sortir et que si ta vie avait été menacée, tu les aurais tués sans la moindre hésitation ?

Ma prise autour de mon arme se resserre. Eliza est amoureuse de moi, je le sais. Elle ne me l'a jamais dit, j'en conviens, mais c'est le genre de chose qu'on sent. C'est le genre de sentiments qu'on voit briller dans le regard de l'autre. Je sais qu'elle m'aime et qu'elle ressent une profonde affection pour Jake. Elle aurait pu nous laisser crever, nous dénoncer, s'enfuir. Si elle ne l'a pas fait, c'est simplement parce qu'elle est amoureuse de moi, non ?

— Oui, je confirme. En revanche, tu tires ou on se fait cuire des œufs ?

Une détonation retentit avant que Jake ne s'écroule sur le sol. Sous le choc, j'observe mon père, un revolver à la main, encore fumant, tandis que j'entends vaguement le cri d'Eliza.

Tandis que tout le monde est sous le choc, j'explose de rire. Je ne pensais pas que cet enfoiré oserait faire feu sur Jake. Moi, oui. Sans la moindre hésitation. Mais abattre mon frère d'une balle dans le cœur, ça jamais.

Mon père m'observe, peu à peu il perd son sourire. La première balle que je tire, c'est dans la main d'Alexeï, celle qui tient l'arme, assurant la survie de Lizzie. Ce dernier lâche un cri de douleur tandis que Jake se relève doucement. Mon père laisse son flingue tomber sur le sol et recule d'un pas. Pour la première fois depuis ma venue au monde, je vois mon père effrayé et j'en jubile.

Jake attrape la paire de menottes dans sa poche arrière avant de s'avancer vers Jasper. Il serre les menottes avec force autour de ses poignets, lui arrachant une légère grimace. Pourtant, dans ses yeux, je sais qu'il a compris : ce n'est que le début de la fin. Chaque seconde, il se demandera si quelqu'un viendra le chercher, comme Lizzie a dû tant l'espérer. Sauf que lui, il n'en sortira pas vivant. Je vais m'assurer du menu qui lui sera concocté et surtout que le bouquet final sera à la hauteur de l'enflure qu'il est.

J'entends une respiration s'alourdir à ma droite, je me tourne vivement vers Lizzie et la vois, assise sur la table, un bras entourant la gorge d'Alexeï. Un regard vers elle m'apprend que la folle hystérique qui me sert de copine s'est déboîté le pouce pour se libérer des menottes. Lorsque Alexeï perd connaissance, Eliza le lâche comme si elle allait attraper la rage si elle le touchait une seconde de plus. Je la fixe, interdit :

— Tu n'aurais pas pu attendre deux minutes que je le fasse, mon serdtse ?

— J'ai l'impression que ça fait dix ans que j'attends, rétorque-t-elle. Bon tu me détaches, parce que j'ai déjà un pouce hors service, et ça fait un mal de chien !

Je m'empresse de m'exécuter, mettant son attitude sur le dos de la fatigue et du choc. Une fois libre, elle se jette à mon cou et m'embrasse avec tellement d'empressement que je suis un temps déstabilisé. Un temps seulement, car, l'instant d'après, je réponds avec férocité au baiser de la femme de ma vie, que j'ai bien cru ne plus jamais revoir.

Je tremble face à la douceur de sa langue sur la mienne et de la force qu'imposent ses lèvres. Ses bras entourent faiblement ma nuque, avant qu'elle ne me repousse. Elle plante son regard dans le mien, et pose avec tant de douceur sa main valide sur ma joue.

— Je t'aime, Kurt Aspen.

Mon cœur explose dans ma poitrine. Putain, ce sont les plus beaux mots du monde, je veux les entendre, encore et encore, jusqu'à mon dernier souffle. Un éclatant sourire étire mes lèvres avant que je ne la plaque avec fermeté contre moi. Elle grogne de douleur. Me rappelant de son état, je m'éloigne d'un bond.

Je n'ai jamais vu quelqu'un si mal en point. Lorsque l'adrénaline retombera, elle s'effondrera comme une pierre, c'est une certitude. Elle tourne doucement la tête vers Jake et lui offre un sourire éblouissant. Une pointe de jalousie naît dans mon estomac quand mon frère encercle avec la plus grande des délicatesses sa taille.

— Gilet pare-balles, hein ? ricane Lizzie en posant sa main sur le trou dans la veste de Jake.

— On ne part pas à la guerre sans protection, printsessa.

Elle sourit avant d'embrasser subtilement la joue de mon frère. Elle recule d'un pas, puis, sans crier gare, elle gifle Jake.

— Ne me refais plus jamais un coup pareil, tu m'entends ?

— J'adore quand tu t'inquiètes pour moi, Lizzie.

Elle lui colle une faible claque derrière la tête en ricanant. Je retire ma veste et la glisse sur les épaules de la femme de ma vie. Elle s'empresse de l'enfiler correctement avant de se relever en prenant appui sur mon bras. Ma veste ne cache qu'une partie de son corps, tombant juste sous ses fesses.

Ne pas bander. Ne. Pas. Bander.

Ne parvenant pas à rester debout, elle se rassoit pratiquement instantanément. Même si ses plaies ont été soignées, elle n'en reste pas moins en sale état, il lui faut du repos, mais je sais que si je lui impose de descendre dans son appartement, elle me coupera les couilles pour s'en faire un collier.

Néanmoins, je suis au bord de l'implosion. Lizzie est blessée sur chaque parcelle de son épiderme et je suis prêt à parier que son âme est dans le même état. Cette fois, mon père est allé au bout des choses. Cette étincelle d'humanité qui brillait dans le regard d'Eliza a disparu et quelque chose me dit que c'est définitif. La douce Eliza n'est plus. Elle est comme moi désormais, comme Jake. Elle est brisée, à tout jamais. Mais elle est forte, elle saura vivre avec.

— Ne me regarde pas comme ça, mon amour. Je vais bien. Un peu de repos et c'est reparti, comme en quarante.

Je souris. Ouais, elle est forte, elle se relèvera, qu'importent les coups. Elle ne sera plus jamais celle que j'ai kidnappée, mais elle sera bien plus coriace qu'avant. Parce qu'elle est comme ça. Eliza traverse l'enfer et elle en ressort plus grande, plus courageuse.

Lorsque je me tourne vers Jake, je remarque que ce dernier a les yeux rivés sur Jasper. Plein de haine, il le fixe sans ciller, l'arme pointée dans sa direction. Mon père, quant à lui, sourit, provoquant mon frère. C'est comme s'il le mettait au défi. Jake tirera, j'en suis certain. Il a cette force en lui, même si, actuellement, il a peur.

Lizzie se laisse glisser sur la table jusqu'à se retrouver à côté de lui. Elle pose délicatement sa main sur l'épaule de Jake. Je m'approche de mon frère et fais de même sur l'autre épaule. À travers ce geste, j'espère que mon père comprendra que même si c'est Jake qui appuie sur la détente, c'est nous trois qui le tuons.

C'est une fin méritée. Les trois personnes qu'il a le plus détruites, sont réunies, face à lui, le menaçant avec une arme. Ensemble. Trois âmes à jamais brisées par le même homme se tenant là, le regard rivé vers Jasper

Aspen.

— C'est tellement lâche de tuer un homme attaché, crache-t-il.

— Aussi lâche que de frapper un enfant, rétorqué-je.

— Aussi lâche que de frapper une femme attachée, poursuit Lizzie.

— Aussi lâche que de violer un gosse sans défense, termine Jake.

Après ses mots, Jake attrape la main de Lizzie et pose son index sur la détente avec le sien. Jake tourne sa tête navrée vers moi. Je lui souris avant de serrer plus fermement son épaule. Si deux personnes peuvent porter le coup fatal à Jasper, c'est bien mon frère et ma femme. Parce que finalement, je n'ai encaissé que des coups, tandis que Jake et Lizzie ont subi bien plus, au plus profond de leurs cœurs, par cet homme sans une once d'humanité.

Je me décale d'un pas, me plaçant derrière Lizzie et Jake. Mes mains se posent sur leurs épaules. Lorsque la balle fend l'air, je sais qu'on l'a tué, ensemble, en famille. Parce que c'est ce qu'on est. Une famille.

La balle termine sa course entre les deux yeux de Jasper. Un soupir de soulagement quitte mes lèvres tandis que je sens ce poids que je traînais depuis si longtemps, s'envoler. Je me sens libre. Terriblement libre, comme si plus rien ne pouvait plus jamais m'atteindre. Comme si sa mort m'avait redonné la vie. Je n'ai plus cette douleur vive dans la poitrine, elle se dissipe rapidement.

— C'est fini, souffle Lizzie.

— Pas exactement.

On se retourne tous les trois pour faire face à Alexeï. Arme pointée dans la direction de ma douce.

Un coup part. Puis un second. Une balle se plante dans la poitrine d'Alexeï. Mes yeux se posent sur Jake, qui tient fermement le flingue encore fumant. Je regarde Lizzie qui me sourit tendrement avant de tomber dans mes bras.

Je hurle.

Chapitre 29

Until Death

Kurt

Mes mains sont recouvertes de sang tandis que je hurle à Jake d'accélérer. Les larmes brouillent ma vue, j'appuie le plus fort possible sur l'abdomen de Lizzie, essayant de stopper l'hémorragie.

Elle perd trop de sang. Beaucoup trop. Putain. Ses paupières closes me déchirent le cœur. Jake roule comme un fou dans les rues d'Helena, nous arriverons bientôt chez mon père où ma mère et surtout Camille doivent dormir. Camille n'est pas une domestique comme les autres, elle a fait des études de médecine et avant que mon père ne la fasse chanter, elle était chirurgienne aux urgences. On ne peut pas aller à l'hôpital, les flics seraient forcément prévenus et tout le monde terminerait derrière les barreaux. Notre seule chance est donc Camille, en espérant que mon père ne l'ait pas liquidée.

Lorsque Jake se gare devant le repère du diable,

je m'empresse de sortir de la camionnette, Lizzie, fermement plaquée contre mon corps. Les traits tirés par l'inquiétude, Jake s'élance vers le perron. De l'extérieur, je l'entends hurler le prénom de Camille à pleins poumons. Je n'ai jamais vu mon frère si paniqué. Je n'ai jamais eu aussi peur.

Camille descend en quatrième vitesse, vêtue d'un simple tee-shirt et d'une culotte. Je ne m'en soucie pas et lorsqu'elle m'ordonne de descendre au sous-sol, je ne pose pas de questions et me rue dans les escaliers, Jake, devant moi, s'occupe d'ouvrir les portes qui nous barrent le passage.

J'écarquille les yeux en découvrant une vraie salle d'opération, avec des champs stériles dans ce sous-sol qui fut autrefois un simple garage. Il y a bien longtemps que je ne suis pas venu ici et je dois avouer que ça a bien changé.

Camille nous rejoint, accompagnée d'une femme que je n'ai jamais vue. Elle m'ordonne de déposer Lizzie sur la table d'opération tandis qu'elle attache ses cheveux et enfile une blouse ainsi que des gants.

— Tu connais son groupe ?

Je secoue négativement la tête. En espagnol, elle demande à la femme qui l'accompagne de sortir trois poches de O négatif avant de se tourner vers Jake et moi.

— Sortez les garçons, je vais prendre soin de votre amie.

Je ne bouge pas avant que Jake ne me tire vers la sortie. Dans le salon, ma mère nous attend, installée sur le canapé. Ses joues creusées par la drogue me donnent la gerbe. Elle n'est pas maigre : elle est squelettique. Se droguer est devenu sa priorité depuis bien longtemps, manger est une option. Elle le fait seulement si elle y pense, c'est-à-dire, très rarement.

C'est mon père qui l'a plongée là-dedans lorsqu'elle a commencé à montrer de faibles signes de rébellion quand il me passait à tabac. Si au début, il lui injectait l'héroïne de force, elle a fini par le supplier pour en avoir.

Ça le faisait rire. Il prenait un malin plaisir à refuser. C'est à ce moment que ma mère a commencé à se prostituer : une passe contre une dose. J'en ai vu, des mecs, passer ici avant que mon père ne l'apprenne. Je me rappellerai toujours ce qu'il a dit ce soir-là : «Tu veux être une pute, très bien, alors autant que tu me ramènes de l'argent». Ma mère a été attachée dans le garage des jours durant. Il y avait une queue dans la maison et toute la journée, on entendait ma mère hurler.

Cela a duré deux semaines avant qu'elle n'accepte de vendre son corps de son plein gré. Parfois, j'ai même cru qu'elle aimait ça.

— Mes petits garçons, souffle-t-elle en se levant.

Je me tends en l'entendant nous nommer ainsi. Elle a perdu le droit de m'appeler comme ça depuis le jour où elle a plié devant mon père. Le jour où elle s'est choisie elle plutôt que ses enfants.

— La ferme, crache Jake. C'est tout sauf le moment, Olga. La seule femme qui nous a un jour protégés est entre la vie et la mort. Alors, pitié, ferme-la !

— Je suis ta mère ! hurle-t-elle.

— Adoptive, rétorque du tac au tac Jake.

Je ricane avant de me planter devant elle. Je porte une haine aussi profonde contre cette femme que contre Jasper. Lorsque je la regarde, je ne ressens que du dégoût. De la honte d'être son fils. J'ai honte d'avoir un jour cru en cette femme. J'ai besoin de craquer. J'ai besoin de laisser sortir toute cette colère. Toute cette peur de perdre Lizzie.

— La femme qu'opère actuellement Camille s'est fait torturer pendant vingt-cinq heures par Jasper. Il voulait savoir où on était pour nous réduire à néant, et Lizzie, elle, elle n'a rien lâché. Pas un mot. Malgré les coups de couteau, malgré le flingue qui l'a violée, malgré la noyade qu'elle a subie.

Je marque un temps d'arrêt en la regardant avec haine. J'appuie chaque mot, chaque syllabe pour qu'elle comprenne que Lizzie a réussi là où elle, notre mère, a échoué. Elle nous a protégés, contre vents et marées, avec hargne et courage, sans jamais baisser la tête. Elle s'est battue avec détermination sans jamais céder.

— Mais ce n'est pas tout. Alexeï est arrivé et Lizzie a porté le chapeau pour la mort d'Anton alors que c'est moi qui l'ai tué. Elle a affirmé, en regardant ce monstre droit dans les yeux, qu'elle était coupable du meurtre de son fils. Pour moi. Pour me protéger. Elle a hurlé quand Jake s'est fait tirer dessus, croyant que sa vie était en danger. Elle m'a soigné lorsque je me suis pris une balle. Je l'ai kidnappée, pourtant, elle m'aime. Jake l'a frappée, mais, elle l'aime. Lizzie était prête à mourir pour nous. Et toi, Olga, peux-tu en dire autant ? Serais-tu prête à mourir pour nous ?

Elle m'observe, les larmes aux yeux, ça ne me fait ni chaud ni froid. Je ne ressens rien face à cette femme.

— Non, bien sûr que non, poursuit Jake avec autant de haine dans la voix que moi. Tu n'es même pas capable de faire face à ton addiction pour nous, alors tenir une journée de tortures sans interruption… Jamais.

— J'ai supporté votre père pendant plus de trente ans !

— Il est mort. Tu peux partir, vas-y.

Elle ne bouge pas, la bouche légèrement ouverte. Elle est sous le choc et c'est tant mieux. Avec un peu de chance, elle va se la fermer un long moment. Je me dirige vers la cuisine où je me sers un verre d'eau. Un instant, je referme les yeux et repense au courage de Lizzie et à son sourire avant de tomber.

Ce genre de sourire que j'avais pour Jake après m'être fait passer à tabac par Jasper. À travers ce sourire, je voulais simplement lui dire que c'était cool, que j'étais heureux de prendre pour lui.

Pense-t-elle ainsi ? Cette balle, si elle avait dit la vérité, m'aurait touché, moi. Alexeï a tiré pour venger son fils et il pensait sincèrement que c'était Lizzie la coupable. Pourquoi n'ai-je pas dit la vérité, putain ?

J'aurais dû tout dire à Alexeï. Lizzie ne serait pas entre la vie et la mort. Le cœur au bord des lèvres, je rejoins le salon. Olga plante son regard dans le mien avant de demander de but en blanc :

— Qui ? Qui dois-je remercier pour m'avoir libérée ?

— Personne ne t'a libérée. On n'a pas fait ça pour toi. Mais c'est Lizzie et Jake qui ont appuyé sur la détente.

— Tu l'aimes, pas vrai ? m'interroge-t-elle doucement.

— Plus que ma propre vie.

Elle se tourne vers Jake et lui pose la même question qu'à moi. Jake ne baisse pas les yeux avant de répondre :

— Assez pour te promettre que si elle meurt, je ferai de ton autopsie une chasse au trésor. Si tu avais tué Jasper avant, si tu avais eu un soupçon de courage, Lizzie n'aurait jamais été dans cette situation !

Je sens la jalousie remonter à la surface. J'ai

beaucoup de mal à accepter le syndrome de Lima de mon petit frère. Mais je sais également qu'il respecte assez ma relation avec Lizzie pour ne jamais se mettre entre elle et moi. Et surtout, une part de lui, conscient que ses sentiments sont complètement fictifs, déteste ressentir ce qu'il ressent, et ça, égoïstement, ça me fait plaisir.

— Cette fille, commence Olga, elle doit être assez exceptionnelle.

— Tu n'as pas idée, soufflé-je avant de me laisser tomber sur le canapé.

L'attente me rend barge, cela fait maintenant deux heures que Camille est enfermée avec Lizzie au sous-sol. Je ne suis pas médecin, mais je suppose que ça n'augure rien de bon. Il avait fallu moins de cinq minutes à Lizzie pour me retirer une balle du bras et me recoudre sans matériel professionnel et sans expérience.

Je ne supporte pas d'être incapable de l'aider. Je m'étais promis de la protéger contre le monde entier et pourtant, c'est elle qui m'a protégé, moi et mon petit frère, au péril de sa vie et sans la moindre hésitation.

Lorsque Camille remonte enfin, un simple coup d'œil à ma montre m'indique que l'opération a duré près de quatre heures. Jake et moi, nous nous levons comme un seul homme. On se plante devant elle, attendant le verdict. Mes mains tremblent telles des feuilles au vent tandis que mon cœur martèle ma cage thoracique. Je ne suis pas croyant, pourtant, je me surprends à prier tous les dieux pour qu'elle ait survécu, qu'elle n'ait pas de séquelles physiques et pas trop de séquelles psychologiques, mais sur ce dernier point je suis sceptique, bien que Lizzie soit plus forte qu'elle ne le pense.

— Votre amie est une battante, les garçons. Ça n'a pas été une mince affaire, mais elle est hors de danger.

Elle nous explique qu'elle a dû faire repartir le cœur de Lizzie, non pas une, mais deux fois. Eliza est réellement revenue d'entre les morts. Elle a nettoyé les plaies au ventre et a dû recoudre l'intérieur de son vagin déchiré par l'arme que mon connard de paternel lui a enfoncée avec force. Elle nous informe que vu la dose d'adrénaline qu'elle lui a injectée pour faire repartir son cœur la seconde fois, elle ne devrait pas tarder à se réveiller, mais qu'une fois cela fait, la morphine la plongera dans un sommeil profond en moins de cinq minutes. Si on veut la voir avant demain, c'est maintenant ou jamais.

Je ne peux m'empêcher de serrer Camille dans mes bras. Je lui annonce également que Jasper est mort et que, peu importe le chantage qu'il lui faisait, elle est libre. Ses yeux se remplissent de larmes, qui mettent une nanoseconde pour couler sur ses joues. Elle me répond qu'elle restera disponible jusqu'à ce qu'Eliza n'ait plus besoin de soins. Je descends au sous-sol en quatrième vitesse, Jake sur mes talons.

Dans la salle d'opération, la femme qui accompagnait Camille change la perfusion de Lizzie. Je la remercie en espagnol avant de m'approcher de celle qui a su me faire ressentir ce que personne n'était parvenu à me faire éprouver auparavant. C'est à mon tour d'avoir des picotements dans mes yeux, je sens les larmes perler au coin de mes paupières.

Lorsque je touche ses doigts, je remarque qu'elle a froid, je remonte doucement la couverture sur son corps en observant chaque trait de son visage. Même affaiblie comme elle est, elle reste magnifique. Ses yeux s'ouvrent difficilement tandis que je serre sa petite main dans la mienne.

— Je suis morte ?

Je souris avant d'embrasser son front. Jake serre son autre main, la tête basse.

— Non, mon serdtse. Tu as bien failli y rester, mais tu es une force de la nature.

Elle sourit, les paupières closes.

— Jake-Jake ?

— Je suis là.

— Cool.

Jake porte la main de Lizzie à ses lèvres. Je caresse délicatement sa paume tandis qu'elle sourit tendrement. Mon autre main caresse doucement ses cheveux.

— Je t'aime, Kurt…

— Moi aussi, putain, comme un dingue, bébé.

Je vois Jake se crisper, un sentiment étrange me broie la poitrine. Je ne supporte pas de faire du mal à Jake, mais je ne peux pas me passer d'Eliza, et je ne m'empêcherai pas de prononcer ces mots forts en sa présence alors qu'elle revient des abîmes de la mort. Je plante mon regard dans le sien et je sais, oui, je sais qu'il tiendra sa promesse faite en Ukraine. Il va partir. Mon petit frère a décidé de partir pour ne pas souffrir et pour me laisser vivre mon histoire avec Lizzie.

Il dépose un baiser sur le front d'Eliza qui semble s'endormir doucement, il murmure :

— Jusqu'à mon dernier souffle.

Puis il quitte la pièce. Le cœur en miettes, je regarde Lizzie à qui Jake vient de faire une promesse qu'il ne tiendra pas. La distance lui fera tout oublier, je l'espère. Je dépose un chaste baiser sur ses lèvres charnues, en me jurant de réparer les dégâts avec Jake. Si ce n'est pas aujourd'hui, alors ce sera plus tard. Mais lui aussi a le droit de trouver sa Lizzie. Celle avec qui il créera son monde.

— Tant que mon cœur bat, mon serdtse. Tant que mon cœur bat.

Chapitre 30

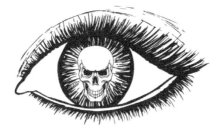

TIME FOR EXPLANATIONS

ELIZA

Une semaine… ça fait une semaine que je suis dans ce lit d'hôpital sans être à l'hôpital. Une semaine que mon calvaire s'est achevé, et d'une triste manière. J'ai cru mourir de douleur quand cette balle a perforé mon abdomen, mais j'ai rapidement sombré. J'entendais au loin les hurlements de Kurt, je sentais ses mains sur mon corps, la chaleur du sien, mais je n'étais plus là.

Une semaine… ça fait une semaine que Kurt est à mon chevet, qu'il ne me quitte pas d'une semelle. Il veille à ce que je ne manque de rien, s'assure que mes pansements soient changés régulièrement, que ma plaie cicatrise. Je peux lire dans son regard toute l'inquiétude qu'il ressent de me voir si affaiblie, et blessée. Et je déteste ce sentiment de faiblesse qui m'assaille.

Une semaine… ça fait une semaine que je me pose des milliards de questions, que j'ai besoin de réponses. Je sais qu'il me faut entamer une discussion sérieuse avec les frères Aspen pour tenter de comprendre. Je sais également que cette discussion sera éprouvante, mais j'en ai vraiment besoin pour aller de l'avant, tourner la page. Non, mieux, fermer le livre, et en débuter un nouveau.

Je me suis souvent demandé pourquoi ma famille a été visée et prise pour cible par cet homme, Jasper Aspen. Était-il entré chez moi par hasard ? Était-ce un désir profond de vengeance, une envie de sang ? Quel était le lien entre ma famille et ce type ? Mes parents avaient-ils des dettes ?

Dans aucun de mes scénarios, fruits de mon imagination macabre, mon frère n'était l'élément déclencheur de ce drame, de la nuit qui a changé ma vie à tout jamais.

J'ai toujours placé Nick sur un piédestal, c'était mon héros. Mes parents, cuisiniers, travaillaient beaucoup, du matin jusqu'au soir tard, parfois même la nuit à tour de rôle, alors, c'est Nick qui était chargé de s'occuper de moi. C'est lui qui m'amenait à l'école, préparait mon cartable, mon goûter. C'est lui qui m'a appris à faire du vélo, et qui a pansé mes bobos. Il m'a montré comment je pouvais grimper sur le toit ou dans les arbres sans risquer de tomber.

J'ai toujours eu l'intime conviction qu'il me comprenait mieux que personne. Lui non plus n'avait peur de rien, un vrai casse-cou, mais je pensais que c'était normal, c'était mon super héros. Il évoluait en marge de la société, c'est un fait, il n'avait pas beaucoup d'amis. C'était un loup solitaire, *mon* protecteur.

Malgré tout ce que j'ai pu imaginer ces derniers jours, je ne vois rien qui laissait présager que mon frère était un tueur à gages, assez fou pour offrir un minimum de confiance à Jasper Aspen. Le paternel

Aspen était un être égoïste et dénué de toute humanité, son regard en disait long sur le connard qu'il était. Sa mort est un cadeau, une fête qui devrait être célébrée comme il se doit.

À moins qu'il n'ait joué un autre rôle dans l'Organisation ? Quoi qu'il en soit, je n'ai jamais vu Nick rentrer à la maison couvert de sang ou encore blessé. Il lui arrivait parfois de sortir pour faire le pitre avec son seul ami, Doug. C'est vrai que le soir, il rentrait bien après moi, mais il était aussi plus vieux, donc avait des permissions plus longues que les miennes.

Il avait peur des araignées et même des libellules. Comment tuer un homme alors qu'on hurle comme une fillette face à une toute petite bête ?

Pourtant, j'ai vu la vidéo. J'ai reconnu mon frère ainsi que sa voix. Je sais que c'est lui qui tenait cette arme, qui a tiré avec et qui a retiré la vie d'un être humain, j'ai lu son carnet, reconnu son écriture, mais je n'arrive pas à me faire à cette idée. Comment imaginer l'être qui a été pendant si longtemps un pilier comme un imposteur ? Tellement de questions restent sans réponse que je brûle à l'intérieur de ne pas savoir.

Alors aujourd'hui, une semaine après la mort de Jasper et d'Alexeï, ainsi que ma presque mort, je suis prête à entendre la vérité. Plus que prête, c'est un besoin. Mon frère était-il vraiment un tueur en série ou alors s'est-il fait manipuler par Jasper ?

Je ne sais pas. Je suis dans le flou total, mais Kurt, lui, il sait, Jake aussi sûrement et j'en ai assez de faire la chasse aux indices. Si je veux avancer dans la vie, passer définitivement à autre chose, il me faut toutes les cartes en main et les frères Aspen peuvent m'y aider.

Assise face à Kurt et Jake qui vient de nous rejoindre, je leur annonce vouloir une discussion sérieuse, sans détour, et sans mensonge.

— Lizzie, j'ai mon avion qui décolle dans quatre heures, s'impatiente Jake, alors passe la seconde.

— Je me prépare psychologiquement, Jake, et si tu n'es pas content, t'as qu'à rester et pas te casser à l'autre bout du monde.

— Tu fais chier ! Je prends des vacances, nuance !

— Mouais… et moi je suis Angelina Jolie.

— Non, tu es cent fois plus bonne que cette bimbo.

Jake se prend une claque derrière la tête de la part de son frère, franchement mécontent de cette remarque. Je n'arrive pas à croire qu'il soit prêt à tout quitter et à s'envoler pour l'Ukraine. Après ce que nous venons de vivre, je pensais qu'il allait prendre le temps de profiter un peu de Kurt, après tout, si j'ai pris une balle, lui aussi. On aurait pu tous les trois mourir.

— J'ai besoin de réponses, soupiré-je. Et je crois que vous êtes les seuls à pouvoir me les apporter.

— Que veux-tu savoir, mon serdtse ? demande Kurt.

— Jasper m'a fait visionner une vidéo durant… pendant que j'étais… avec lui, dis-je alors que je cherche mes mots pour ne pas remuer le couteau dans la plaie. J'y ai vu mon frère abattre de sang-froid un homme qui menaçait d'un revolver Jasper. Et cet homme était mon frère, Nick. Il semblait proche de Jasper, disait qu'il ne le laisserait pas tomber. Mais là, je ne comprends pas. Je ne comprends pas ce que faisait mon frère aux côtés de Jasper. Et je comptais sur vous pour m'éclairer.

Je passe volontairement sous silence ce que j'ai appris dans le journal de Nick, ça ne les regarde pas. Il a le droit à son jardin secret, même dans la mort. Qui plus est, je veux leur point de vue, pas celui de Nick.

Jake baisse les yeux, Kurt soutient mon regard, mais personne ne prend la parole. J'attends, de longues secondes qui me paraissent de longues minutes.

— Que faisait Nick dans l'Organisation ? reprends-je, agacée.

— Nick travaillait pour l'Organisation, depuis plusieurs années déjà. Il a été enrôlé par Jasper tôt, formé par mon père dans la foulée. Ton frère avait la charge… comment dire… de ramener les personnes ciblées. Tu me suis ?

— Oui. Non. Va plus loin dans tes explications, que faisait-il précisément ? Avec qui travaillait-il ? J'ai besoin d'avoir plus de détails.

— L'Organisation était contactée pour exécuter des cibles. Nick recevait les dossiers des concernés, et devait à un moment précis, déterminé par Alexeï, les enlever et les remettre à l'Organisation. C'était une sorte de coursier. D'autres prenaient la suite pour la torture et l'exécution.

— Putain, m'exclamé-je. Sérieux ? Pourquoi était-il en lien avec Jasper ?

— Il a couvert les arrières de Jasper à maintes reprises lorsqu'il devait exécuter des missions aux États-Unis ou au Mexique. Il était une sorte de garde du corps de l'ombre d'un tireur d'élite.

Je revois la vidéo de Jasper dans ma tête, et le gars qui le tenait en joue parlait une langue latine, sûrement du mexicain alors. Je ne comprends cependant pas pourquoi Jasper est venu nous décimer, y compris Nick.

— Pourquoi s'en être pris à Nick ? À nous ? Je suis larguée…

— Nick a merdé sur une mission capitale, en ne livrant pas le… colis, répond Kurt. Une famille chinoise très puissante avait jeté son dévolu sur une jeune fille de huit ans que Nick devait enlever. Sauf que Jasper a failli à ses obligations en expliquant à Nick ce que cette petite fille allait devenir, à savoir une esclave sexuelle et surtout qui avait passé cette commande. De ce que j'ai entendu à l'époque, cette jeune fille te ressemblait, et Nick n'a pas pu lui administrer le sédatif prévu pour la déposer au point de rendez-vous. Jasper était dans une rage folle, j'ai entendu ce jour-là leur conversation téléphonique, c'était de la haute voltige ; Nick a menacé Jasper de dévoiler l'identité du couple chinois, et ça a pris des proportions énormes. Nick a voulu faire pression sur le couple chinois en envoyant des messages informatiques codés, mais ils ont retrouvé sa trace. Et Alexeï, qui a eu vent du capotage de la mission, a connu tous les détails. Bien entendu, Jasper a passé sous silence sa faute, mais il lui a été ordonné d'exécuter Nick, et toute sa famille, sur demande des Chinois. J'essaie de te la faire courte pour que tu comprennes bien. Et la suite, tu la connais.

Je ne retiens que l'acte de mon frère qui a voulu épargner la vie d'une jeune enfant d'un sombre avenir. Et je crois que j'ai envie de ne retenir que ça. Mon héros doit rester mon héros. Puis, comment lui tenir rigueur d'avoir été amené à tuer des personnes, j'en ai fait autant, à croire que c'est dans les gènes.

Jake, jusque-là silencieux, prend la parole.

— Moi, je n'ai pas connu ton frère, mais je ne peux pas m'empêcher de me dire que sans cette incartade, Jasper ne serait pas venu chez toi, ne t'aurait pas balafré le visage et n'aurait pas tué ta famille. Je vois ces événements comme l'élément déclencheur de mon calvaire, de ma déchéance.

À mon tour de baisser la tête. On ne se rend jamais

compte à quel point nos actes peuvent avoir des répercussions sur d'autres personnes, même si nous ne les connaissons pas.

— J'en suis désolée Jake, vraiment.

— Ne le sois pas, me répond-il. Aujourd'hui, je me rends compte que ça m'a rendu plus fort, plus fou certes, continue-t-il en riant, mais plus grand. Bon, dit-il en claquant des mains, ce n'est pas que je m'ennuie, mais je dois me barrer ! Je n'aime pas les adieux, poursuit-il en se levant, donc je ne vais pas vous prendre dans mes bras ! Bye !

Rapide, efficace... Jake vient de nous planter en quelques secondes. Kurt le regarde quitter la pièce, choqué par l'attitude de son frère. Nous n'avons pas le temps d'en parler que la chirurgienne m'ayant opérée vient m'annoncer que malgré les hématomes et les douleurs musculaires, elle va m'enlever les perfusions, reprendre mes constantes jusqu'à la fin de la journée. Si tout va bien, je vais pouvoir quitter ce lit, et surtout quitter cet endroit avant la tombée de la nuit.

J'ai rapidement compris qu'elle n'était pas là de gaieté de cœur, retenue contre son gré par ce connard de Jasper. Il est donc clair qu'elle va elle aussi prendre son envol, laissant derrière elle des années de séquestration moderne.

Avant que je ne quitte définitivement mon lit, Kurt m'interroge.

— Eliza...

Kurt ne m'appelle jamais par mon prénom, et quand il le fait je sais que l'heure est grave. Je le regarde, haussant un sourcil, en attendant qu'il poursuive.

— Je ne sais faire rien d'autre qu'exécuter des ordres de mission, je ne sais même pas si je veux faire quelque chose de différent. Nous pourrions peut-être faire ça… à deux, travailler ensemble, dit-il plein d'espoir.

— Tu sais que je ne peux pas être séparée de toi et que je te suivrai au bout du monde. En revanche, je ne veux pas exécuter d'innocents ni d'enfants, ou qu'ils soient des victimes collatérales de nos actions.

— Je te le promets, mon serdtse.

Kurt vient ensuite m'enlacer avec douceur, et suit l'évolution de mes résultats tout au long de l'après-midi. Il s'absente quelques instants alors que la docteure m'explique la posologie des pommades à passer sur les marques qui jonchent mon corps ou encore des piqûres de morphine à m'administrer en cas de douleurs trop fortes au niveau de mon abdomen. Je crois qu'elle a compris que ma convalescence n'allait pas être de tout repos.

Mon homme revient quelques instants plus tard, alors que je rassemble le peu d'affaires dont je dispose.

— Kurt, j'aimerais prendre une douche et m'habiller, tu penses que c'est possible ?

— Bien entendu, mais avant, regarde ça, dit-il en me tendant une enveloppe.

— Qu'est-ce que c'est ?

— Regarde.

J'ouvre l'enveloppe et découvre deux billets d'avion pour le soir même, tard. Je le regarde éberluée, puis lis à nouveau les bouts de papier que j'ai entre les doigts. Nous partons à Paris !

— À notre nouvelle vie, bébé.

Épilogue

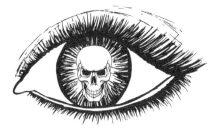

Deux ans plus tard

ELIZA

Le soleil brûle ma peau tandis qu'une brise légère fait virevolter mes cheveux. Une paire de lunettes posée sur le nez, je me prélasse tranquillement sur le sable fin. En deux ans, nous avons beaucoup voyagé, j'ai vu tous les océans, beaucoup de mers et énormément d'étendues sableuses, mais les plages australiennes restent mes préférées.

Cette beauté, brute et sauvage, me redonne immédiatement le sourire, qu'importent les circonstances. Face à l'océan, semblant infini, je me sens si libre. Plus aucune chaîne n'entrave mon être, mon cœur et mon âme. Je suis aussi libre que ces oiseaux qui virevoltent au-dessus de moi. Et c'est tellement bon d'être soi-même. Sans masque, sans faux-semblant, juste soi-même.

Kurt et moi avons traversé le globe, des fins fonds des jungles sud-américaines, passant par les plus grandes savanes africaines, les plus belles villes européennes, les plus petits villages asiatiques et j'en passe. Je vis la meilleure des vies. Pourtant, elle est remplie de sang, de morts, de tragédies. Mais je n'échangerais ma place pour rien au monde.

J'ai fixé mes limites. On ne tue pas d'innocents. Jamais. Hormis si notre vie est menacée bien sûr. Nous n'acceptons que les contrats où la tête d'un enfoiré – ou d'une femme, bien évidemment – est mise à prix. Kurt semble plutôt bien le vivre. Et puis il faut dire que je ne lui ai pas laissé le choix.

Lorsqu'il m'a demandé, deux ans auparavant, si j'accepterais de le suivre, je n'ai pas hésité, je le suivrais au bout du monde, dans l'enfer, dans l'oubli, dans la mort. Mais je refuse de tuer des innocents. Alors, allongée sur ce lit, une perfusion dans le bras et des hématomes plein le corps, je lui ai posé cet ultimatum : je viens avec toi, je serai à tes côtés pour chaque contrat, mais je ne veux aucun innocent blessé.

Il n'a pas tergiversé une seule petite seconde. À vrai dire, lui demander sur mon lit, encore affaiblie, c'était totalement volontaire. À cet instant, j'aurais pu lui demander la Lune, il aurait volé une fusée pour aller me la chercher lui-même.

En fait, je pense qu'il le ferait encore aujourd'hui, si cette idée saugrenue me traversait l'esprit…

Entre deux contrats, on se pose dans des coins de paradis comme celui-ci. Là où on est seuls au monde, où notre existence nous appartient. J'adore ces instants de bonheur volés entre deux meurtres. J'adore me perdre dans ses bras à la nuit tombée et entendre le son de sa voix me murmurer à quel point il est fou de moi.

Si je venais à faire le bilan de ma vie, aujourd'hui, j'aurais tellement de choses à raconter qu'il me faudrait toute une existence, peut-être même une autre, mais l'important, c'est que je n'ai aucun regret.

Parfois, je pense à mes parents, ils doivent se retourner dans leurs tombes en voyant celle que je suis devenue, mais dans un sens, j'aime à croire que c'est dans la logique des choses.

Je n'ai jamais été comme les autres, même avant leur mort, et vivre une vie bien rangée ne m'intéresse pas. Je ne m'imagine pas un seul instant me lever tous les matins, retourner des conseils à mes patients, alors que moi-même je ne sais pas comment gérer mon existence. Rentrer le soir et donner à bouffer à mon chien idiot, embrassant mon mari comme si j'étais amoureuse de lui.

Il faut reconnaître lorsque qu'une chose n'est pas faite pour nous. La monotonie, le train-train, par exemple, cela ne me convient pas. Si durant quatorze longues années j'ai cru que je pouvais rentrer dans le moule, aujourd'hui je ne me voile plus la face. Faire semblant d'être la petite psy modèle me fait chier. Je me faisais déjà chier, mais me l'avouer aurait signifié remettre tous mes choix de vie en question et à l'époque, je n'étais pas prête. Il était plus simple d'écouter les soucis des autres plutôt qu'affronter les miens.

Un immense sourire étire mes lèvres lorsque je vois le 4x4 qu'a loué Kurt arriver vers la maison à deux pas de la plage. Sans prendre la peine de ramasser mes affaires, je cours dans le sable fin tandis que les deux hommes sortent de la voiture.

Lorsque j'arrive à *sa* hauteur, mon cœur explose dans ma poitrine. Je m'arrête à un mètre de lui tandis que du coin de l'œil, je vois Kurt nous observer, les bras croisés sur sa poitrine, un fin sourire aux lèvres.

Je reporte mon attention sur ses yeux ébène. Il n'a pas changé. En deux ans, il est toujours le même homme qui a quitté la demeure des Aspen, la tête haute. Son sourire en coin m'énerve toujours autant, pourtant, mes yeux brûlent de larmes.

Parce qu'après deux ans sans se voir, il est là. Il est là, face à moi et j'ai l'impression d'être vraiment complète. Entière. Parce qu'il est ma famille au même titre que Kurt. Parce que je pourrais me prendre une rafale de balles en plein cœur si ça lui permettait de s'enfuir. Parce que je pourrais encore et encore affronter Jasper pour sa survie. Parce que c'est mon frère. Parce que c'est Jake.

Et je pleure. Je pleure parce qu'il m'a manqué. Parce qu'on est enfin réunis, même si ce n'est que pour quelques jours. Il est vraiment là. Après deux ans de séparation, à se demander ce qu'il pouvait bien faire de ses journées, Jake Aspen est face à moi.

N'y tenant plus, je comble l'espace qui nous sépare et plonge dans ses bras. Il m'accueille sans la moindre hésitation, me serrant fort contre son torse. Mes bras entourent sa nuque, priant pour que ce ne soit pas un rêve. Si tel est le cas, pitié qu'on ne me réveille jamais.

Les deux hommes de ma vie auprès de moi, je suis la femme la plus heureuse du monde. Même si je les aime d'une façon si différente, je pourrais crever pour eux, sans la moindre hésitation. Et je sais, oui, je sais qu'ils me rendraient la pareille sans y réfléchir.

Jake aura toujours cette place à part dans mon cœur. Celle du petit frère que je n'ai jamais eu. Il est ma famille et plus jamais je ne veux être séparée de lui aussi longtemps. Plus jamais.

— Lizzie, murmure-t-il, comme s'il n'y croyait pas.

Je resserre ma prise autour de son cou, pour m'assurer qu'il est bien là. Que c'est bien lui et non une sale blague de mon cerveau.

Doucement, je m'écarte et le regarde de la tête aux pieds. Il a muri, physiquement parlant. Ses traits enfantins se sont durcis, il est plus flippant maintenant. Ses cheveux ont foncé également, maintenant, il est presque aussi brun que moi. Mais hormis ça, il est toujours le même et c'est bien lui.

— Jake, regarde-toi! Putain, tu es devenu un homme.

— Ah parce que j'étais quoi avant?

— Un sale gosse prétentieux, ricane la voix de Kurt derrière moi.

L'homme de ma vie, celui qui m'a passé la corde au cou à Vegas l'an dernier, entoure ma taille de ses bras musclés. Je ne peux retenir mon sourire lorsque mon regard tombe sur l'avant-bras de Jake où trône le même tatouage que Kurt et moi.

On se l'était fait quelques heures avant que Jake ne s'envole pour l'Ukraine. C'était l'idée de Kurt, il voulait que même à distance, nous puissions nous rappeler que peu importe la merde dans laquelle nous nous trouvons, nous avons une famille qui viendra toujours nous sauver.

Trois oiseaux volant vers un lettrage magnifique : *J.E.K Forever.*

Nos initiales réunies pour toujours. Ce tatouage signifie beaucoup pour moi. Aussi bien la famille que la liberté avec les oiseaux. Depuis, un autre tatouage a trouvé sa place sur ma clavicule, tout aussi significatif, mais cette fois, je le partage seulement avec mon mari.

Un monde à nous.

Aucun tatouage aussi symbolique soit-il n'aurait pu définir notre relation mieux que ce tatouage. Parce qu'on l'a fait, on l'a créé ce monde à notre image. Ce monde à nous.

Tandis que Jake entre dans la maison, son sac sous le bras, je me tourne vers mon mari qui me sourit tendrement. J'entoure mes bras autour de sa nuque et me hisse sur la pointe des pieds afin de l'embrasser avec tout l'amour du monde.

Chacun de ses baisers m'enflamme un peu plus à chaque fois. Chaque jour, j'aime cet homme un peu plus, un peu plus fort, un peu plus loin. Arrivera peut-être un jour où je serai incapable de l'aimer plus fort, mais en attendant, je profite de cette course qui me mène droit vers un mur en briques.

Un mur que je suis prête à défoncer, encore et encore.

Et lorsque viendra l'heure pour moi de quitter cette terre, je sais que je sourirai. Parce que j'aurai vécu la plus folle, la plus unique et la plus belle des vies. La plus belle histoire d'amour. La plus forte et la plus dévastatrice, mais la plus belle. Parce qu'elle est à notre image. Elle est à nous.

— Jusqu'au dernier battement de mon cœur, soufflé-je.

— Jusqu'à ma dernière heure, mon serdtse.

CLAP DE FIN.

Remerciements

Je ne sais toujours pas commencer cette partie, pourtant ce sont – déjà – les deuxièmes que j'écris (ouais, alors pas tout à fait, mais j'ai gardé les mêmes bases de remerciements que lors de la première parution…) Je me suis trouvée dans ce roman, dans ce genre, j'ai aimé chaque mot, chaque phrase, chaque ligne. Ce livre, c'est moi, dans tous mes états, juste… moi. Autant dire qu'il compte terriblement pour moi.

Merci à mon papa, parce que tu es mon héros et que sans toi, ton soutien et ta confiance, jamais au grand jamais je n'aurais eu la confiance nécessaire pour me lancer. Tu es le meilleur papa du monde ! (PS : le plan à trois ce n'était pas mon idée… Je ne suis pas responsable de ce que mes mains écrivent !)

Pour vous remettre rapidement dans le contexte, j'ai écrit ce roman durant le premier confinement (vous savez cette période étrange début 2020 où personne ne pouvait sortir de chez lui sous peine de prendre une amende, vous avez l'image ?) C'était un coup de tête et bon nombre de personnes m'ont suivie dans cette aventure de folie !

Puisque cette partie sert à remercier, laissez-moi vous parler de la #UMANfamily !

Commençons par Melie ! Et oui, elle est toujours là ; en réalité, elle était là avant que je ne commence à écrire mon premier roman. Un jour, elle a vu de la lumière, elle est entrée, et n'est plus jamais repartie. Merci d'être restée malgré mes idées qui prouvent que je suis bonne pour l'asile ! Merci pour tes conseils et tes retours toujours sincères. Merci pour ton amitié. Merci pour tout. #TeamJake

Merci Cam. Merci pour ta gentillesse et ta folie. Merci pour tes commentaires hilarants durant les corrections. Merci d'être plus folle que moi, à côté, j'ai l'impression d'être saine d'esprit. Merci de m'avoir poussée dans mes retranchements. Merci de m'avoir appris que mes seules limites sont celles que je me fixe. Merci pour le titre de la saga. Merci pour tout ! #TeamKurt

Merci Paola pour tes retours (15 ans en retard) toujours sincères. Merci pour ta bonne humeur. Merci pour nos fous rires en Live et pour nos Skype sans queue ni tête. #TeamKurt

Merci Sarah ! Merci d'avoir compris que les meilleures caisses sont les Américaines bien que certaines Jap valent le détour ! Merci d'avoir rejoint la team On-a-un-karma-de-merde-parce-qu'on-tuait-des-chiots-dans-une-autre-vie. Tu es devenue une amie au fil des mois et je suis ravie de t'avoir dans ma vie. Merci pour tes corrections, tes commentaires et ta joie de vivre ! #TeamJake

Merci Sixtine pour ta franchise et ta douceur, tes heures de corrections et ton soutien à toute épreuve. #TeamKurt

Merci Clémence. Arrivée cent ans après la bataille tu as su ajouter ta pierre à l'édifice, la cerise sur le gâteau ! Merci de me suivre dans chacun de mes délires, de me soutenir et de me redonner confiance lorsque je n'y crois plus. Merci d'y croire plus fort que moi. J'ai trouvé en toi une personne de confiance, une amie fidèle et un rayon de soleil dans une nuit sans étoiles. Tu crois en moi comme peu de personnes l'ont fait jusque-là et pour ça, je ne te remercierai jamais assez. Merci pour tout. Merci d'être entrée dans ma vie. #TeamKurt

Merci à ma meilleure amie, Emma, pour me soutenir aussi bien dans le privé que dans le pro. Merci pour le temps que tu m'as consacré pour me débloquer. Je t'aime x1000, i am so sorry d'être chiante, mais tu ne m'aimerais pas si ce n'était pas le cas. #TeamJake

Merci à mes lecteurs Wattpad. Merci de me suivre depuis tout ce temps, merci pour vos retours. Merci pour ces belles rencontres et ces moments magiques. Merci de me permettre d'être ici aujourd'hui à vous écrire ces remerciements beaucoup trop longs.

Merci à l'équipe de First Flight de me suivre dans cette aventure, de faire confiance en ce roman. Merci de ne pas avoir dénaturé mon roman et pour ces conseils avisés. L'aventure ne fait que commencer (vous n'êtes pas prêts, je vais remplir votre catalogue Dark en 2-3 mouvements, et dans deux ans, vous regretterez de m'avoir fait signer un contrat… *sourire diabolique*)

Et enfin, merci à toi. Merci d'avoir fait voyager les Aspen et Lizzie jusque chez toi et j'espère qu'ils ont su t'embarquer dans leur monde. Merci, sans toi, je ne serais pas ici aujourd'hui. Merci d'être arrivé jusque-là et de lire cette dernière partie qui dure 100 ans (la vérité c'est que je ne suis pas prête à fermer définitivement le chapitre « Un monde à nous ») Il est pourtant l'heure de sortir la phrase bateau : sans ses lecteurs, un auteur ne serait rien… Alors merci cher lecteur, sans toi, sans mes proches, UMAN ne serait pas là aujourd'hui et… WOUAH ! Mon bébé va rejoindre ses grands frères, c'est dingue, non ? Je ne réalise toujours pas.

Si tu as aimé ce livre, alors il faut que tu saches : Déchéance tome 2 : Le fou est roi, arrive prochainement, tu pourras retrouver Jake-Jake et faire la connaissance d'Oxana (ou alors il est déjà sorti et tu es comme moi : tu lis les bouquins 100 ans après leur parution, on ouvre une nouvelle Team ?)

Dans tous les cas, que tu sois #TeamKurt ou #TeamJake (n'hésite pas à utiliser ces # sur les réseaux, histoire que je sache qui de Jake-Jake ou Kurt fait fureur) tu fais désormais partie de la #TeamUMAN et ça, petite étoile, ce n'est pas rien ! Les Aspen et Lizzie ne sont pas du genre à laisser un simple mortel entrer dans leur monde.

Xoxo,

MAZE ∞

Playlist

- ♪ Gringe – Jusqu'où elle m'aime
- ♪ Sara'h – Un monde à nous
- ♪ Yungblud – Anarchist
- ♪ Sixx AM – Life is Beautiful
- ♪ Andy Black – Put the gun down
- ♪ Sixx AM – Prayers for the damned
- ♪ Machine Gun Kelly – Kiss the sky
- ♪ The Cab – Angel with a shotgun
- ♪ Lomepal – Trop beau
- ♪ MKTO – Bad Girl
- ♪ Bring Me The Horizon – True Friends
- ♪ Bring Me The Horizon – Follow You
- ♪ Skillet – Monster
- ♪ Yungblud – California
- ♪ Sixx AM – Skin
- ♪ Machine Gun Kelly ft Camila Cabello – Bad Things

AUTRES LIVRES DE L'AUTEURE

Déchéance
SAISON 2
LE ROI EST FOU

16,99 €

Déchéance
SAISON 3
LA REINE EST FOLLE

16,99 €